HAYMON verlag

André Pilz

Man Down

Roman

HAYMON verlag
Innsbruck-Wien
www.haymonverlag.at

Die Songzitate im Roman stammen, soweit nicht aus dem Text ersichtlich, von: Mickie Krause – „Zeig doch mal die Möpse" (S. 69), Bob Marley – „Satisfy my Soul" (S. 109), Billy Idol – „Dancing with Myself" (S. 163) und TempEau – „Wie sehr ich dich vermisse" (S. 243)

ISBN 978-3-85218-623-8

Umschlag und Buchgestaltung:
Kurt Höretzeder, Büro für Grafische Gestaltung, Scheffau/Tirol
Mitarbeit: Ines Graus
Coverfoto: www.fotowerk-aichner.at

Gedruckt auf umweltfreundlichem,
chlor- und säurefrei gebleichtem Papier.

„Ich hab mein Lachen verlor'n
Eine ganze Generation besteht aus Waffen und Zorn"
Bushido

Für meine Eltern,
Esther Bernhard
&
Camila Torres

Besonderen Dank an Eva Rossmann

1

Ich war fett im Minus damals. Ich bekam ständig Briefe von meiner Bank, manchmal sogar zwei, drei in der Woche. Ich strich meinen Namen durch und schrieb „unbekannt verzogen" auf die Kuverts, dann warf ich sie in den nächsten Briefkasten. Die Bankmenschen riefen mich an, aber ich sagte, ich wäre nicht ich. Ich wäre nicht da. Aber ich würde Kai ausrichten, er möge während der Schalterzeiten vorbeischauen. Die Bankmenschen drohten mir, die Karte zu sperren, dabei spuckte der Bankomat eh schon lange nichts mehr aus. Ein paar Monate zuvor hatte sich die Bank mit ihren USA-Geschäften verspekuliert und der Staat war mit ein paar Millionen in die Bresche gesprungen. Die verantwortlichen Bosse waren mit einer fetten Abfindung und einer stattlichen Rente abgeschoben worden.

30.000 Euro monatlich für den Oberindianer.

30.000 verfickte Euros.

Jeden Monat.

Bis er abkratzt.

Damit er die drei Benz und seine Putzfrau behalten kann und weiterhin die brasilianische Transe in seinem Edelpuff arschficken darf.

Nein, ich wollte kein Geld geschenkt. Von niemandem. Ich hätte auch auf die monatlich knapp 300 Euro vom Staat geschissen, wenn Shane mich nicht zum Arbeitsamt geprügelt hätte. Alles, was ich wollte, war das Geld, das mir zustand, das Geld, für das ich geschwitzt hatte, sechs Tage in der Woche mit reichlich Überstunden. Meine Leasingfirma schuldete mir den Lohn für ein halbes Jahr, aber da der Chef längst über alle Berge war, wollte ich das Geld von der Auftragsfirma, die ihrerseits die Leasingfirma nicht bezahlt hatte, angeblich. Und bis diese scheiß Firma bezahlte, wollte ich das verfluchte Geld von meiner Bank, denn sie hatte auch von meiner Kohle gelebt, als ich genügend davon hatte. Aber der Bankomat spuckte nichts mehr aus und die Demütigung, mir noch einmal am Bankschalter vor allen Leuten sagen zu lassen, ohne Sicherheiten wäre es nicht möglich, mir weiterhin Geld zu geben, wollte ich kein zweites Mal riskieren.

Shane gewährte mir Kredit, damit ich Miete, Strom und Wasser bezahlen konnte, sonst wäre ich mit den läppischen 278,15 Euro monatlich längst auf der Straße gestanden. Natürlich hatte Shane selber kein Geld, weil er alles verprasste, sobald er etwas verdient hatte, aber er pumpte sich das Geld von seinen Brüdern, Öcal und Ugi.

Es war bei Gott kein gutes Gefühl, Leuten mit so zweifelhaftem Ruf, wie ihn die beiden in Giesing besaßen, Geld zu schulden, aber die Konditionen waren fair: Ich hatte sechs Monate Zeit, das Geld zurückzuzahlen – zinsfrei.

„Und wenn ich die Kohle nicht pünktlich zusammenkriege?"

„Dann", sagte Shane und betrachtete ehrfürchtig den Joint in seiner Hand, „ficken sie dich in den Arsch. Und deine Mutter muss dabei zuschauen."

Sechs Monate hatten damals wie eine kleine Unendlichkeit geschienen und alleine mit dem Geld von der Firma wäre ich ja sofort wieder im Plus gewesen. Außerdem war ich fest überzeugt, bald wieder arbeiten zu können. Aber je näher der Termin rückte, desto mehr belastete mich das Ganze. Mein Gesundheitszustand verbesserte sich nicht und die Firma vertröstete mich von einer Woche auf die nächste, ich rief ständig im Büro an, aber die beiden Sekretärinnen, zwei solariumgebräunte Schnattergänse, wimmelten mich ab und weigerten sich, Meyers Handynummer rauszurücken. Ich spazierte schließlich ohne Voranmeldung zu Meyer ins Büro (ich hatte Glück, denn Meyer war dort selten anzutreffen) und er versprach mir, dass das Geld spätestens am Monatsersten auf meinem Konto sein würde.

„Bei meiner Ehre", sagte er und streckte mir die Hand entgegen.

„Fick deine Ehre, verkauf deine scheiß Golduhr und gib mir das Geld", dachte ich mir und schlug trotzdem ein. Meyer war mit allem, was in München Rang und Namen hatte, per du, also glaubte und vertraute ich ihm. Das änderte aber nichts daran, dass ich weiterhin jeden Morgen aufwachte und an die Kohle dachte. Ich dachte den ganzen verfluchten Tag an das

Geld, das mir Meyer schuldete und ich meinerseits S
Brüdern. Und in den Nächten, da träumte ich zu fallen. V
einem Dach. Von einem Felsen. Aus einem Flugzeug. Ich stürzte jede Nacht in die Tiefe.

„Kauf dir nen Fallschirm", sagte Shane.

„Hätte ich ja längst getan", sagte ich. „Wenn ich das verdammte Geld nur schon hätte."

Gestern war ich auf dem Arbeitsamt. Ich kriege Geld fürs Nichtstun, dabei würde ich nichts lieber tun, als zu arbeiten. Ich will wieder auf ein Dach. Der Doc sagt, das würde sich nicht mehr spielen. Ich habe den Doc gewechselt, aber der neue sagt dasselbe.

Ich will wieder auf ein Dach, aber der Idiot vom Arbeitsamt schickte mich in einen Esoterik-Buchladen in Schwabing, der gebrauchte Wohlfühlliteratur und Tanzkreis-CDs zu Schleuderpreisen verkauft. Die Chefin, eine verrückte Hippiebraut, die immer barfuß ging, sagte mir, ich solle mir die Haare wachsen lassen und doch bitte nicht mehr mit der Bomberjacke auftauchen. Zehn Stunden am Tag lief in dem Geschäft Free-Jazz und im unteren Stock tranken die Hippietante und ihre Freunde und Angestellten literweise Kaffee, über den sie erst ein Pendel hielten, um zu sehen, ob nicht böse Geister in ihm wohnten, philosophierten, politisierten und rauchten um die Wette. Ich durfte oben an der Kasse in der Zugluft die Stellung halten. Die laute Jazzmusik machte mich verrückt, ich musste mich betrinken, um das Gedudel und Paulo Coelhos Fresse auf dem Riesenposter an der Wand zu ertragen, aber die Hippiebraut erwischte mich mit der Wodkaflasche inflagranti. Sie warf mich raus, und ganz entgegen ihrer Love & Peace-Attitude wurde sie sogar handgreiflich dabei. Mein nächster Einsatz war als Telefonist in einem Callcenter. Ich habe dort zwei Tage gearbeitet, dann hielt ich es nicht mehr aus. Zwölf Stunden zu sitzen und Leuten etwas am Telefon vorzulügen, dafür wurde ich nicht geschaffen. Dafür wurde kein Mensch geschaffen. Das ist völlig krank.

Nein. Ich will wieder auf ein Dach. Näher an die Sonne. Näher an den Himmel. Ich will an die frische Luft. Ich ersticke in geschlossenen Räumen, ich halte das nicht aus.

***

… e mich mit dem, was mich davon abhielt durch- … gab zwei, drei Wochen, da war ich jeden Tag … s gab Tage, da habe ich mich schon am Mor- … geschmissen. Ich verschiss die Zeit, so gut ich … der ich kiffte oder ich soff, meistens tat ich beides gleichzeitig. Mir war alles scheißegal. Es gab nur den Rausch, die Musik, das Lachen, das Philosophieren, den großen Weltschmerz. Ich hatte längst aufgegeben, die Stellenanzeigen zu lesen. Keiner wollte n Humpelbein wie mich.

Shane hatte immer Gras. Er saß dann in seinem Sessel wie n King, breitbeinig, lächelnd, das Gras auf seinen austrainierten Schenkeln angehäuft, mit ner Tüte so fett, dass Peter Tosh neidisch geworden wäre, und wenn er mir die Tüte dann reichte, tat er das so konzentriert, als wäre all das eine heilige Zeremonie. „Kauf dir mal neue Klamotten, Kai. Die Jeans kenne ich schon länger als dich."

„Kein Wunder. Die hast du mir geschenkt."

„Zieh sie sofort aus!"

„Das sind meine Lieblingsjeans."

„Und dieser Kapuzenpulli! Ich sehe seit drei Wochen dieselben Mottenlöcher."

„Ich hab nur zwei Sweatshirts."

„Dann zieh mal das andere an."

„Das finde ich nicht mehr."

„Warum sagst du dann, du hättest zwei?"

„Warum nicht?"

„Weil du nur noch eines hast, Mann!"

„Es ist ja nur verschollen. Wahrscheinlich liegt es in der Waschmaschine im Keller. Vielleicht liegt es unter der Matratze, was weiß ich."

Shane schüttelte den Kopf und strich sich mit beiden Händen die Haare aus dem Gesicht. Ich zog an der Tüte und legte mich auf seine Couch.

„Es gibt zwei Sorten von Menschen", sagte Shane. „Die einen sind Täter. Die anderen Opfer. Und du bist ein Opfer."

„Wenn du das sagst."

„Du hast Sehnsucht nach deinem Untergang. Du bist gerne unten. Ich bin gerne oben. Über mir darf keiner sein. Kein Boss, kein Gott. Ich bin frei. Dich kann keiner retten, du bist verloren."

Ich konnte ihm nicht widersprechen, also sagte ich gar nichts, rauchte das verdammte Weed und lächelte glückselig.

Irgendwann klingelte es an der Tür, einmal, zweimal, dreimal, aber Shane rührte sich nicht. Nach einer kurzen Pause hörten wir die Tür quietschen, dann Schritte, aber irgendwie war es uns scheißegal. Ob da nun ein Bulle auftauchte, ein Dieb oder der Postbote – jeder war willkommen. Shane verlangte den Joint zurück, zog daran und lächelte. Er dachte nicht im Traum daran, das Teil zu verstecken.

Und da stand dann diese Kleine im Zimmer. Das erste, was ich mir dachte: Gebt ihr ne neue Frisur, und sie sieht klasse aus. Gebt ihr ne neue Frisur und sie ist die Cameron Diaz von Giesing.

„Hallo", sagte sie schüchtern, ohne aufzublicken. Verdammt, sie war heiß, aber sie hatte zu viele Haare auf dem Kopf, hatte sie hochgesteckt, mit vielen Klammern zusammengerafft, die einzige Frau, die ich jemals mit so einer Frisur gesehen hatte, war Doris Day gewesen, und die hatte damit schon in den Filmen aus den 60ern beschissen ausgesehen. „Ihr seid wohl völlig bescheuert geworden."

„Was ist los?!", brummte Shane und runzelte die Stirn.

„Größer geht's wohl nicht, oder?"

Shane hob die Riesentüte lächelnd in die Höhe und schloss die Augen. „Für Senol Aydin nur das Größte! Für Senol Aydin nur das Beste!"

„Das ganze Stiegenhaus stinkt nach Gras, Shane."

„Ich werd' dir zeigen, dass Gras nicht stinkt!" Shane nahm einen tiefen Zug, packte die Kleine und setzte sie auf seinen Schoß, er grapschte nach ihren Titten und drückte seine Lippen auf ihre, aber sie wehrte sich heftig und sprang auf. Sie sagte etwas, das wie *„Ma bitte goarschen!"* klang und darauf schließen ließ, dass sie irgendwo aus den österreichischen Bergen kam. Sie trug einen braunen Minirock und ein graues T-Shirt. Und darüber eine dünne, schwarze Jacke. Ich weiß auch noch, dass ihre Füße ohne Söckchen in ihren schwarzen Sandalen steckten. Ihre Zehennägel waren weiß angemalt. Ich war zugedröhnt, aber ich erinnere mich an jedes Detail. Alles war verschwommen, alles floss dahin, nur sie war ganz klar, nur sie stand still. Ihre Zehennägel waren weiß.

Sie gab Shane ein Kuvert, sah kurz zu mir rüber, dann war sie schon wieder verschwunden.

Ich war zu müde, um zu fragen, wer sie war und wie sie hieß und was sie wollte. Hätte ich es getan, alles wäre bestimmt ganz anders gekommen.

So sagte ich nur: „Ich würde alles geben, sie zu küssen."

„Ist sie nicht ein bisschen billig?"

„Sie ist heiß!"

„Dir steigt das Zeug zu schnell ins Hirn."

„Sie ist heiß."

„Das meinst du nicht ernst."

„Ich würd sterben für nen Kuss, ich schwör."

„Sowas zu sagen bringt Unglück."

„Mein Leben für nen Kuss."

„Du kannst sie haben."

„Ich kann sie haben?"

„Scheiße, ja."

„Für nen Kuss? Ne Nacht? Eine Woche?"

„Von mir aus für immer."

Ich stand auf, nahm Shane die Tüte aus der Hand, zog daran, gab sie ihm wieder und warf mich zurück auf die Couch. „Das hast nicht du zu bestimmen. Du solltest sie nicht so behandeln, hörst du? Ich mag das nicht. Du kannst kein Mädchen so behandeln."

Shane winkte ab und streckte seinen Arm aus, um die Regler zu bedienen und die Lautstärke höherzufahren. Der Bass ließ die Fensterscheiben vibrieren. Er zog an seinem Joint wie ein Baby an seinem Schnuller. „Ich könnte Öcal fragen, ob er einen Job für dich hat."

„Danke, nein."

„Warum nicht?"

„Ich kenne deine Brüder."

„Kennst du nicht."

„Ich hab von ihnen gehört, Shane. Das genügt."

Ich spürte, wie das Gras einfuhr. Ich tauchte ein in die Musik, ich schwamm in der Musik, mit der Musik, ich war Musik, oh fuck, ich konnte mein Hirn nicht mehr beisammenhalten. Alles flog auseinander. Die ganze Scheiße explodierte.

„Du bist jetzt 25. Du hast kein Auto, keinen Fernseher, du hast nicht mal n Bett, dein Handy gehört mir und dein Arsch gehört meinen Brüdern. Ich mach mir Sorgen."

„Ich hab meine Musik. Ich hab die Sonne, ich hab das Gras. Du bringst mich zum Lachen, meine rechte Hand bringt mich zum Abspritzen. Was brauche ich mehr?"

Shane stand auf und setzte sich auf die Sessellehne. „Arbeite für Öcal und du hast richtig große Musik. Arbeite für Öcal und die Sonne scheint für dich auch in der Nacht und du musst nie mehr wichsen in deinem Leben, verstehst du?"

Shane zog ein paar Scheine aus seiner Hosentasche. Er schnupperte an ihnen und warf sie auf den Tisch. „Habe ich am Wochenende verdient!"

„Ich wette, das war keine ehrliche Arbeit."

„Was ist ehrliche Arbeit?"

„Ich weiß, was dreckige Arbeit ist."

Shane griff nach den Scheinen, knüllte sie zusammen und steckte sie wieder ein. „Ich muss dich enttäuschen. Ehrliche Arbeit gibt's nicht mehr. Bescheißen oder beschissen werden, so läuft's heute. Reich werden nicht die Klügsten, nicht die Fleißigsten, reich werden die Skrupellosesten, die Gewissenlosesten."

„Ich will gar nicht reich werden."

„Das denk ich mir. Gutmenschen wie du verhungern und fühlen sich dabei auch noch schuldig."

„Mit Drogen will ich nichts zu tun haben."

Shane zog an dem Joint, legte den Kopf in den Nacken und blies den Rauch mit geschlossenen Augen aus. „Dann eben nicht. Der Job ist sowieso nichts für deutsche Schwuchteln. Ihr Deutsche seid gute Soldaten gewesen. Jetzt seid ihr nur mehr Pussys. Lasst euch in der U-Bahn von Halbstarken zusammenschlagen, macht euch vor den Islamisten in die Hosen, lasst zu, dass Kanaken eure Feuerwehrleute und Polizisten bespucken. Früher wolltet ihr Helden sein, jetzt wollt ihr nur mehr euren Arsch im Warmen haben, ihr wollt schwarz-rot-goldene Fahnen schwenken und Sommermärchen erleben, euch bei Bohlen, Klum und Kerner den Finger in den Arsch stecken."

„Was sollen wir tun? Wieder hart wie Kruppstahl werden? Hitler auferstehen lassen?"

„Nein. Eier zeigen. Nur ein bisschen Eier zeigen."

Er nahm das englische Fußballmagazin, das er am Bahnhof geklaut hatte, weil ein zweiseitiger Bericht über Galatasaray Istanbul drinnen war, und blätterte darin. Shane verstand kaum ein Wort Englisch, er sah sich nur die Bilder an und lächelte glückselig.

Das Gras zog mich runter. Ich hatte zu viel erwischt. Ich wollte aufstehen, aber ich konnte nicht. Ich hatte das Gefühl, kopfabwärts gelähmt zu sein.

Shane legte das Heft beiseite und glotzte auf seine rotgelben Socken. Rot-gelb, die Vereinsfarben von Galatasaray.

„Meine Brüder wollen bis zum Ersten ihr Geld."

„Ich weiß, Shane."

„Ich habe mich für dich verbürgt, Kai."

„Nächste Woche hast du das Geld. Am zweiten, ich schwör. Am ersten zahlt mich der Meyer, am zweiten zahl ich dich."

„Du könntest das Geld ruck-zuck abarbeiten. Fahr einmal in der Woche in die Schweiz, hol n bisschen Dope von den Marokkanern und bring's nach München."

„Nein, Shane, nein. Drogengeschäfte sind mir zu heiß. Sowas ist ne Nummer zu groß für mich."

Shane öffnete eine Dose Bier und trank ein paar Schlucke. „Wir hatten zwei Jahre lang nen Topkurier, nen Weißrussen, den Max. Wie Max Schmeling, verstehst du? Max hatte Eier und Fäuste aus Stahl. Aber Max hatte nen Unfall. Und ich hab Einreiseverbot in die Schweiz."

„Ich vertick keine Drogen, Shane."

„Du sollst sie auch nicht verticken. Du sollst sie nur von A nach B bringen."

„Ich verkauf meine Seele nicht."

„Ich will deine mickrige Seele nicht. Nur die Grübchen in der Wange. Die werden die Zöllner und Bullen davon abhalten, dich zu kontrollieren. Keiner vermutet, dass n deutsches Milchgesicht wie du Drogen schmuggelt."

„Vergiss es."

„Das Gras geht an Studenten. Wenn die nicht kiffen, saufen sie. Wenn sie saufen, fahren sie besoffen Auto, ficken ohne Kondom ne ukrainische Aidsnutte oder stürzen beim Bungee-Jumping in Australien ab. Die suchen den Kick. Bevor sie Spießer werden, wollen sie die Sau rauslassen, verstehst du?"

„Scheiß drauf."

„Ich brauch nen Kurier, du brauchst die Kohle."

„Was nützt mir die Kohle, wenn ich in Stadelheim sitze?"

„Besser in Stadelheim mit Kohle als in Giesing pleite. Aus Stadelheim kommst du eines Tages raus. In Giesing bleibst du ohne Geld für immer."

***

Ich klickte mich durch die Fotoserie, die im Ordner *Eigene Bilder* gespeichert war. Ich kniete auf meiner Matratze, die Shorts hingen an meinen Knöcheln, mein Arsch hing in der Luft. Mein Laptop war uralt, hatte einen winzigen Bildschirm und eine Festplatte mit weniger Speicherplatz als jeder USB-Stick, außerdem waren bereits drei Tasten herausgebrochen, aber ich hatte das Gerät von Shane vor vielen Jahren geschenkt bekommen und es funktionierte immer noch, was sollte ich mich beklagen?

54 Fotos, das Übliche: Ein lächelndes Mädchen, angezogen, das lächelnde Mädchen ausgezogen, Mädchen spreizt Beine, Mädchen geht auf alle viere, Mädchen bläst, Mädchen wird geleckt, Mädchen mit Schwanz in Pussy, Mädchen mit Schwanz im Arsch, Mädchen mit Sperma im Gesicht.

Im Internet sind so viele nackte Menschen, man könnte meinen, jeden Menschen dort zu finden. Deine Nachbarin, die Kassiererin im Supermarkt, deine Schwiegermutter, deine Ex. Eine Schattenwelt der nackten Leiber.

Da lag also die schöne Unbekannte, keine 18 Jahre, vielleicht sogar erst 16, 17, unschuldig lächelnd, mit gespreizten Beinen, ein Muttermal am rechten Oberschenkel, die Pussy unrasiert.

„Ich fick dich, du geile Sau", stöhnte ich, massierte meinen Schwanz und begeilte mich am Anblick ihrer gespreizten Beine. „Ich fick dich! Du willst doch meinen harten Schwanz, den willst du doch ..." Und dann ahmte ich ihre Stimme nach und sagte: *„Oh ja, fick mich! Fick mich hart! Fick mich richtig hart!"*

Ich kam und spritzte auf den Bildschirm, spritzte auf ihren Hintern, weil das Klopapier in meiner Linken nicht alles auffangen konnte. Außer Atem und verschwitzt lag ich vor dem Laptop und starrte in ihr Gesicht. „Baby, Baby", sagte ich leise und berührte mit meinen Fingerspitzen den Bildschirm, wollte sie spüren, wollte ihre Haut berühren, aber sie lebte in dieser kalten Schattenwelt. Wie wünschte ich mir, ihren nackten, warmen Körper umarmen zu können, ihre roten Bäckchen nach ihrem Orgasmus zu sehen, den Duft ihres Saftes und ihres Schweißes zu riechen, ihren Herzschlag zu spüren, mit ihr zu lachen, einzuschlafen, aufzuwachen, aber das alles hier, das war so kalt und unwirklich, dass ich das Gefühl hatte, selber nur Illusion zu sein.

„Du wichst zu viel", sagte Shane, als wir beide gleichzeitig zugedröhnt in die Kloschüssel pissten.

„Woher willst du das wissen?"

„Die Flecken auf deiner Matratze."

„Ich sabbere im Schlaf."

„Sabberst du aus deinem Bauchnabel? Die Flecken sind genau in der Mitte!" Shane spuckte in die Schüssel. „Zu viel wichsen ist nicht gut. Du gewöhnst dich an den Druck, verstehst du? Und wenn du dann in ner Muschi steckst, dann kannst du nicht mehr abspritzen. Zu wenig Reibung, verstehst du mich?"

„Wichsen ist die beste Vorbeugung gegen Hodenkrebs."

„Und wozu brauchst du die verdammten Hoden, wenn du nie ne Schlampe besteigst?"

„Wichsen ist nicht so schlecht, Shane. In Gedanken treib ich's mit allen. Sogar mit deiner Mutter."

„Am Wochenende geh'n wir in' Puff."
„Wieso? Ist dort deine Mutter?"
„Wir geh'n in' Puff."
„Ich will aber nicht in' Puff."
„Ich lade dich ein."
„Scheiß drauf. Ich will nicht."
„Bist du schwul?"
„Mir tun die Nutten leid."
„Du bist schwul."
Shane glotzte auf den tropfenden Boiler, der bedrohlich über dem Spülkasten hing. „Sag dem Vermieter, er soll das in Ordnung bringen. Das ist ja lebensgefährlich."
„Ich hab die Wohnung zum Sonderpreis bekommen. Ich zahl nur drei viertel von der ursprünglichen Miete."
„Du bezahlst eines Tages mit deinem Leben, wenn der Boiler runterkommt und du da sitzt."
„Ich sitz da nie."
„Du kackst im Stehen?"
„Was soll ich kacken, wenn ich nichts zu fressen habe?"
Shane klopfte seinen Schwanz trocken und musterte mich von oben bis unten. „Scheiße, du hast Recht. Du wirst immer dünner."
Ich starrte in die Schüssel, die an mehreren Stellen Risse aufwies und selbst nach stundenlangem Schrubben nicht mehr sauber wurde. „Kannst' mir was leihen, Shane?"
„Hm."
„Fünfzig?"
Shane kramte in seiner Hosentasche und legte ein paar Scheine auf den Spülkasten. Ich wollte sie nehmen, da schlug er mit der flachen Hand drauf. „Keine Schmerztabletten!"
„Scheiße, Shane."
„Rauch Gras. Das ist gesünder."
„Ich brauch das Zeug. Manchmal fährt mir was in' Rücken, das ist wie n Hexenschuss, da kann ich mich stundenlang nicht mehr rühren, da kann ich nur mehr schreien. Manchmal humple ich rum wie Goebbels und das verdammte Bein wird so steif, dass ich mit den Händen nachhelfen muss, wenn

ich ne Treppe hochsteige. Dann brauch ich ein paar Hammertabletten, verstehst du?“

Ich pisste immer noch. Das Zeug, das da aus mir kam, gehörte auf den Sondermüll. Shane ließ nicht locker. „Überleg mal, warum der Doc sich weigert, dir das Zeug länger zu verschreiben.“

„Weil's die Krankenkasse ruiniert.“

„Nein! Der weiß, was bei dir abgeht.“

„Was geht denn bei mir ab?“

„Das mit dem Schmerz, das ist doch nur ne Kopfsache. Du musst den Kopf freikriegen, Babyface! Da ist n Knoten drin, den musst du lösen.“

„Ach, du glaubst, ich bilde mir das ein? Glaubst du, ich bin n Hypochonder?“

„Ich glaube, dass du dich gut fühlst, wenn du dich selbst bemitleiden kannst. Du hast den Sturz überlebt, sei dankbar! Du sitzt nicht im Rollstuhl, du bist noch mal davon gekommen! Was für n scheiß Glück du hattest, verdammt noch mal! Du solltest jeden Tag eine Party schmeißen!“

„Mir ist schon lang nicht mehr nach Party, Shane.“

„Fuck. Du kapierst es nicht. Das Leben ist ein Furz. Das ist schneller vorbei, als du es fühlen kannst. Ich will den alten Kai zurück. Den, der mit mir so viel gelacht hat. Der mit mir die verdammte Welt erobern wollte.“

„Was soll ich lachen, wenn ich mich scheiße fühle?“

„Weil du vielleicht tot bist, ehe du dich besser fühlst, und dann bereust du es, zu wenig gelacht zu haben.“

„Du redest wie diese Nutte Coelho.“

„Nein, ich red wie die alte Nutte Shane. Und die weiß, was dir fehlt. Ne Muschi. Du brauchst ganz dringend ne Muschi. Ich muss dir eine besorgen, sonst gehst du mir kaputt, und das kann ich nicht zulassen. Bist du doch mein bester Kumpel.“

Ich ging zurück in mein Zimmer, während Shane sich im Klo ne Prise Koks ins Hirn blies. Burcak, die in jenen Tagen an Shane klebte, als wäre sie sein Bodyguard (ich ahnte längst, dass sie scharf auf ihn war), empfing mich mit einem Brief in der Hand. Sie wedelte mit dem Kuvert vor ihrem Kinn, als wäre es ein Fächer.

„An Florian Samweber, Fischnalerstraße 22, 6020 Innsbruck, Österreich."

„Mein Stiefbruder."

„Du schreibst ihm jede Woche einen Brief", sagte Burcak, die so dunkle Augen hatte, dass ich ihrem Blick nie lange standhalten konnte. Diese Augen hatten Voodookräfte. Die konnten dich verhexen, die Augen, und ich fragte mich, warum sie das mit Shane nicht längst getan hatten. „Du schreibst ihm jede Woche einen Brief, aber er schreibt dir nie."

„..."

„Wann hast du ihn zum letzten Mal gesehen?"

„Wen?"

„Deinen Stiefbruder!"

„Vor zehn Jahren."

„Vor zehn Jahren?"

„Er war elf, ich fünfzehn."

„Aber er lebt doch in Innsbruck! Da bist du in zwei Stunden mit dem Zug."

„Mit jedem Tag, der vergeht, fällt es schwerer, in den Zug zu steigen."

Burcaks Ohrringe klimperten. „Warum schreibt ihr euch keine E-Mails?"

„Ich hab kein Internet mehr."

„Du hast kein Internet?", fragte Burcak und sah mich halb belustigt, halb mitleidig an. „Aber Shane hat Internet."

„Ich habe meine Mailadresse gelöscht."

„Wie kann man ohne Internet leben?"

Ich zuckte mit den Schultern.

„Ich richte dir eine neue Mailadresse ein", sagte Burcak und sah mich an, als wäre ich die ärmste Sau der Welt.

Eine halbe Stunde später waren Burcak und Shane verschwunden und ich lag alleine in meiner Bude auf meiner kaputten Matratze. Ich starrte an die Zimmerdecke und hörte die Autos vorbeirauschen, die Autos und die Lkws, die Mofas und die Motorräder, hörte sie hupen und bremsen und Gas geben, hörte Kavalierstarts und untertouriges Fahren, aufgemotzte Karren und abgesägte Auspuffe.

Ich kann nicht schlafen, Florian. Es ist drei Uhr in der Nacht und ich kann nicht schlafen. Mein Rücken schmerzt. Die Nachbarn sind so laut. Sie feiern eine Party. Sie feiern jede Nacht. Saufen, Raufen, Fressen, Ficken. Hartz IV bis zum Tod. Nie mehr arbeiten! Nie mehr einen Finger krumm machen. Der Bass lässt meine Fensterscheiben vibrieren, sie grölen und poltern, sie machen Party bis morgen früh. Und ich liege da und kann nicht schlafen. Und ich liege da und habe Angst. Ich habe Angst vor allem und jedem. Vor dem Atmen, dem Träumen, meinen Gedanken, meinen Gefühlen, vor dem Morgen. Ich habe Angst, dass mir wer den Strom abdreht oder das Wasser oder dass ich für Jahre auf einem Schuldenberg sitzen muss und die Zinsen mich auffressen. Ich habe Angst, dass ein islamistischer Selbstmordattentäter die U-Bahn in die Luft jagt und die Bombe mir die Beine wegreißt oder die Nägel mein Gesicht zerfetzen.

Florian, ich habe manchmal solche Angst, dass ich mir wünsche, ich wäre tot, damit die Angst ein Ende hat. Damit nur diese verdammte Angst ein Ende hat.

***

„Muss mit dir reden“, sagte Burcak und fuhr sich mit den Händen nervös durchs Haar.

„Über Shane?“

„Über deine Schulden.“

Ich betrachtete meine Handflächen. Früher hatte ich immer Blasen und Schwielen gehabt, kaputte Nägel, Striemen. Jetzt hatte ich Hände wie ein Bankangestellter.

„Wie viel kriegen die Gangster von dir?“

„Sagt dir Shane eigentlich auch, dass ich zu viel wichse?“

„Wie viel schuldest du Öcal und Ugi?“

„Es ist nicht so dramatisch, Burcak.“

„Wie viel?“

„Ey, Burcak …“

„Shanes Brüder sind Teufel“, sagte sie und machte mit ihren Zeigefingern Hörner an die Stirn.

„Du kennst sie?“

„Ich habe genug gehört, um zu wissen, was läuft. Die verleihen Geld nie ohne Hintergedanken.“

„Wer tut das schon?“

„Sie lassen ihre Schuldner für sich arbeiten. Sie lassen ihre Schuldner die Drecksarbeit machen. Und wenn was schief läuft, sind sie fein raus.“

„Ich krieg das auf die Reihe mit der Kohle, keine Angst.“

„Du hast das Geld bis zum Ersten beisammen?“

„Wenn die Firma zahlt und ich die Miete für einen Monat aussetze, müsste es klappen.“

„Ich lege drauf, wenn dir was dir fehlt.“

„Ich schaff das schon, Burcak.“

Wir saßen in irgendeinem von Burcaks vielen Lieblingscafés in einer Seitenstraße der Sendlinger Straße. Neben Burcak fühlte ich mich immer abgefuckt. Sie war geschminkt, nie aufdringlich, immer dezent, aber nie ohne Farben unterwegs. Sie trug die feinsten Sachen, alles perfekt abgestimmt. Ich saß da mit meiner schwarzen Bomberjacke, meinem Levispulli und meinen ausgewaschenen Jeans, meine Turnschuhe waren staubig und meine Gesichtshaut hatte seit Monaten keine Creme mehr gesehen.

„Hat Shane dir von Max erzählt?“

„Max Schmeling?“

„Pflegefall für den Rest seines Lebens.“

„Ist er auch von nem Dach gefallen?“

„Er ist vor ein Auto gefallen.“

„Shit happens.“

„Keiner glaubt, dass es ein Unfall war.“

Ich gab mich cool, aber in Wirklichkeit machte mich Burcaks Auftritt nervös. Ich hatte einiges über Öcal und Ugi gehört, aber ich dachte, ich wäre mit Shane befreundet, *so what*? Die würden mich schon nicht umlegen.

„Bald steh ich wieder auf nem Dach. Dann ist der Albtraum vorbei.“

„Du kannst was Besseres machen, als auf Dächern rumzuklettern."

„Ich habe den verdammten Job geliebt."

„Und bist vom Dach gefallen."

„Ich war völlig übermüdet."

„Warum gehst du nicht zurück auf die Uni? Weißt du, wie viele Leute gerne studieren würden und nicht können?"

„Glaubst du, ich könnte es mir leisten zu studieren? Glaubst du, ich hätte auch nur einen Cent für Studiengebühren?"

„Du würdest bestimmt ein Stipendium bekommen. Oder ein Darlehen von der Bank. Versuch es wenigstens!"

„Oh ja, die Banken warten nur auf mich, Burcak."

„Man muss es versuchen, Kai! Du kannst es nicht wissen, ehe du es nicht versucht hast. Wenn man etwas wirklich will, dann schafft man es auch."

„Ich will wieder als Dachdecker arbeiten."

„Du solltest studieren, Kai."

„Ich bin zu alt dafür! Ich muss jetzt Geld verdienen. Wenn ich drei Stunden in einem geschlossenen Raum sitze, drehe ich durch. Ich war meine ganze Kindheit an der frischen Luft."

„Habt ihr unter der Brücke gehaust?"

„Auf einem Bauernhof."

„Du vergeudest dein Leben, wenn du nicht studierst."

„Onkel Wilfried hat studiert."

„Und?"

„Arbeitet seit 25 Jahren für ne Unternehmensberaterfirma in Hamburg. Hat ne Eigentumswohnung dort."

„Klingt doch nicht so schlecht, oder? Das klingt doch gut!"

„Fährt nen Ferrari."

„Siehst du!"

„Trägt nen Herzschrittmacher und ein Toupet."

„Keiner bleibt ewig jung."

„Er ist erst 37, Burcak. Er ist 37 und völlig am Arsch. Studium ist Garantie für gar nichts. Die lassen den genauso bluten wie nen Hilfsarbeiter."

Burcak seufzte.

„Ich muss“, sagte sie, nachdem ihr Handy zweimal gepiept hatte. „Drück mir die Daumen.“

Sie legte einen 10-Euro-Schein auf den Tisch, las die SMS und stand auf.

„Schwangerschaftstest?“

„Vorstellungsgespräch.“

„Ich würde dir jeden Job geben.“

„Ich leihe dir das Geld, Kai. Ich leihe nie wem Geld, aber dir würde ich es geben.“

„Vergiss es. Ich steig wieder auf ein Dach.“

Sie lächelte traurig. „Du erinnerst mich an den Typen, der sich unbedingt den Namen seiner Freundin tätowieren lassen musste.“

„Und? Hat er den Namen falsch buchstabiert?“

„Ich habe ihn gewarnt, habe ihm gesagt, er soll es bleiben lassen, aber der Sturkopf tat es doch.“

„Er ist nicht mehr mit seiner Freundin zusammen?“

„Er war nur drei Wochen mit ihr zusammen.“

„Sandy war jeden Buchstaben wert, Burcak.“

„Drei Wochen.“

„Diese drei Wochen waren mehr wert als dreißig Jahre.“

„Du Dickschädel.“ Burcak packte ihr Handy in ihre Handtasche und holte einen Zettel heraus. „Dein Passwort. Für die Mailadresse.“

Sie warf sich den Schal um den Hals.

„Mailadresse?“

„Babyface25@gmail.com.“

Sie verabschiedete sich mit einem Kopfschütteln und einem Lächeln.

„Dickschädel“, fluchte sie, als sie die Tür öffnete und noch einmal zurücksah.

Die Nazis über mir lärmen jede Nacht. Sie schlafen am Tag, feiern in der Nacht und kotzen am Morgen. Keiner im Haus wagt es, sich zu beschweren oder die Polizei zu rufen. Ich doch auch nicht. Vor einem Jahr hat der Hausmeister, ein dicker, gutmü-

tiger Riese mit osteuropäischem Akzent, die Bullen geholt, aber die Nazis haben die nur ausgelacht. Und dem armen Kerl haben sie kurz darauf den Dackel vergiftet. Ich hab ihn gefunden, den Dackel, im Keller, als ich Wäsche waschen wollte, und hab ihn in die Biotonne geschmissen. Ich wollte dem Riesen den Anblick ersparen, und zum Verbuddeln gibt's bei uns nix. Leider fand er den Kadaver dann doch noch, als er die Tonnen zur Straße bringen wollte. Ich sah es zufällig vom Fenster aus. Er holte den Hund heraus, befreite sein Fell von Bananen- und Eierschalen, schaukelte ihn in seinen Armen wie ein Baby. Scheiße, da ist's mir eiskalt den Rücken runter. Ich beneidete den Hund. Kein Mensch der Welt hätte mich so liebevoll aus der Biotonne geholt.

Ich bin müde, so müde, aber ich kann nicht schlafen. Sie lassen mich nicht schlafen. Sie singen von Juden, die sie in ihre Messer flutschen lassen wollen. Vom dreckigen Zigeunerpack, das auf den Scheiterhaufen gehört. Ich ziele mit dem Zeigefinger meines ausgestreckten rechten Arms hoch zur Decke und wünsche mir, es wäre eine Knarre.

Ich würde denen allen ein zweites Loch in den Arsch schießen, ich schwör. Hätte ich eine Knarre, ich würde da rauf und sie durch die Wohnung jagen und aus dem Fenster springen lassen, eine braune Schwuchtel nach der anderen, und sie dann in die Biotonnen im Hinterhof stecken.

***

Ich sah die Kleine mit der Frisur auf der Straße, als ich gerade mit einer Bierkiste vom Getränkemarkt kam. Ich sah sie vor der Auslage eines Schmuckgeschäfts in der Nähe vom Gärtnerplatz, sie stand da vor dem Schaufenster, trug einen grauen Einteiler, der ihr nur knapp über den Hintern reichte, schwarze Stiefel und halterlose Strümpfe. Sie ging weiter, ohne sich umzusehen. Erst folgte ich ihr mit der Kiste, stellte sie dann aber auf eine Treppe in einer Hauseinfahrt, als sie mir zu schwer wurde. Ich hielt Abstand, ohne die Kleine auch nur für einen Augenblick aus den Augen zu lassen.

Sie spazierte herum, sah in Schaufenster, kaufte sich eine Zeitschrift in einem Kiosk und quatschte auf dem Gehsteig mit einer älteren Frau. Fast eine Stunde lang verfolgte ich sie.

Vor einer Bankfiliale in der Fraunhoferstraße blieb sie plötzlich stehen, drehte sich um und – wartete auf mich. Ich wollte sofort über die Straße, aber da war zu viel Verkehr.

„Was versprichst du dir davon?", rief sie.

Ich drehte mich um, als wüsste ich nicht, mit wem sie sprach.

„Mensch, sei nicht kindisch, du!"

Mir blieb nichts anderes übrig, als zu ihr zu gehen.

„Was immer du vorhast, vergiss es", sagte sie.

„Schade."

Ihr Blick war traurig und müde. „Was willst du von mir?"

„Dass du mit mir auf ein Bier gehst."

„Auf ein Bier?"

„Ja. Lass uns was trinken!"

Sie sah auf das Display ihres Handys. „Es ist erst halb 11!"

„Für n Bier ist es nie zu früh."

„Bier stinkt."

„Ich hab ne ganze Kiste hier in der Nähe geparkt."

„Dann lass sie ruhig stehen."

„Mach einen besseren Vorschlag."

„Latte Macchiato?"

„Oh Gott, nein!"

„...?"

„Was trinkst du, wenn du *trinkst*?"

„Wodka-Lemon."

„Okay. Okay! Wodka-Lemon. Ich lade dich ein! Lass uns Wodka-Lemon trinken."

„Aber doch nicht jetzt ..."

„Komm! Komm mit!"

Sie zuckte mit den Schultern. Ich mochte ihre Stimme. Ihren österreichischen Dialekt. Ihre winzig kleinen Sommersprossen auf dem sonnengebräunten Gesicht.

„Shit“, sagte ich, als wir ein paar Schritte gegangen waren und mir eingefallen war, dass ich höchstens noch ein paar Centstücke in der Tasche hatte. „Ich habe meine Geldtasche vergessen.“

„Tja“, sagte sie und stemmte ihre Hände in die Hüfte.

„Willst du nicht doch n Bier? Ich hab ne ganze Kiste, ich schwör.“

Sie musterte mich. Sie wollte ernst bleiben, aber sie konnte sich ein Lächeln nicht verkneifen.

„Warte hier“, sagte sie. „Ich wollte sowieso gerade was abheben. Ich lade dich ein.“

Sie verschwand im Vorraum der Bank. Im Vorraum *meiner* Bank. Der Bank, der ich Kohle schuldete. Der Bank, die mich mit Briefen und Anrufen bombardierte. Ich sah mein Spiegelbild in der Scheibe und schämte mich. Shane hatte Recht. Meine Klamotten gehörten verbrannt. Ich glotzte auf die ausgewaschene Jeans, bis ich bemerkte, dass der Fuzzi hinter dem Schalter mich anstarrte und dann losfetzte. Ich humpelte davon, ich hatte einen kleinen Vorsprung, denn der Fuzzi musste einen Umweg über einen Nebenraum machen. Ich bog in die nächste Seitenstraße links ab und blickte erst zurück, als ich ihn rufen hörte: „HERR SAMWEBER! HERR SAMWEBER! ICH MUSS MIT IHNEN REDEN! BLEIBEN SIE DOCH STEHEN!“

Ich lief weiter und weiter, ich wusste, was der von mir wollte, ich wollte es doch auch, aber ich konnte die verdammten Schulden nicht tilgen, ich konnte nicht mal verhindern, dass sie jeden Monat größer wurden.

Ich dachte, der Typ würde mich jeden Moment einholen, aber als ich zurückblickte, sah ich, dass der er immer noch am selben Fleck stand.

„HERR SAMWEBER! SEIEN SIE DOCH VERNÜNFTIG! LASSEN SIE UNS REDEN!“

Ich lachte und zeigte ihm meine Mittelfinger.

Als der Bankmensch wieder weg war, stoppte ich ein Taxi und fuhr zurück, der Taxifahrer warf mich vor der Bank raus, als ich ihm sagte, dass ich mein Geld vergessen hätte, und das war genau das, was ich wollte. Ich hätte keine Kraft mehr gehabt zurückzusprinten. Ich suchte nach der Kleinen, aber die Kleine war verschwunden. Ich suchte sie, suchte sie überall, eine halbe Stunde humpelte ich rum wie irr, die Straße auf und ab, aber sie war verschwunden.

Ich fand nur einen verwahrlosten Hund, der ebenfalls hilflos umherirrte und glaubte, in mir seinen neuen Meister gefunden zu haben. Nachdem ich die Suche nach der Kleinen aufgegeben hatte und zurück zu meiner Bierkiste wollte, fing es an zu regnen und der Hund machte sich davon. Er hatte schnell kapiert, dass ich ihm nichts zu bieten hatte. In wenigen Sekunden ging ein Wolkenbruch nieder, aber ich wagte es nicht, mich in ein Lokal oder Geschäft zu flüchten.

Ich hatte kein Geld.

Tag für Tag lockten die beleuchteten Schaufenster, aber es hatte keinen Sinn, diese Läden zu betreten.

Ich hatte kein Geld.

Kein Geld für neue Jeans, eine neue Jacke, neue Schuhe, kein Geld für ein Buch oder eine CD. Die Shorts, die ich trug, hatten Löcher. Die Socken hatten Löcher.

Scheiße, ja, diese Stadt fickt dich, wenn du kein Geld hast. Und ich hatte keins. Aber hätte ich eins gehabt, hätte ich die Kleine eingeladen, auf nen Wodka-Lemon oder zwei. Und das wär mein Tag geworden. Ich schwör. Mein Tag. Aber so trottete ich nach Hause, ohne Kohle und ohne die Kiste Bier, die mir irgendein Penner geklaut hatte.

Oh ja, es gibt eine Welt jenseits von ihrer Welt. Eine Welt voller Angst und Sorgen, voller Schmerz, Verzweiflung und Traurigkeit. Eine Welt nahe dem Tod und dem Wahnsinn. Ich wandle zwischen der heilen Welt und der dunklen. Ich bin mal da, mal dort. Ich habe ein Dach über dem Kopf, ich friere nur selten und stinke nur manchmal, ja, verdammt, es gibt Leute in der Stadt, denen geht es viel dreckiger. Ich muss noch keine Essensreste oder Pfandflaschen in Müllkübeln suchen, ich muss nicht betteln oder meinen Arsch verkaufen. Aber manchmal bin auch ich ganz tief unten, dann spüre ich, wie schwer mein Herz schlägt, weil all der Druck auf mir lastet, all die Schulden, all die Sorgen, dann spüre ich, wie mit jedem Tag ein Stück Lebensfreude verschwindet.

Heute Nacht haben sie ein fettes NO FUTURE an die Hauswand gegenüber gesprayt. Ja. NO FUTURE ist zurück. Ich habe das Gefühl, dass mir die Scheiße bis zum Hals steht und dass ich da nie mehr rauskomme. Das Gefühl, dass ich für immer verloren bin. Verdammt bin. No fucking future.

Ich bin nicht neidisch auf die großen Autos, auf die schönen Wohnungen, auf die schicken Kleider. Jeder Arsch weiß, dass Glück was anderes ist. Dass Glück so was wie die Kleine ist. Dass Glück ist, so n Kumpel wie Shane zu haben. Keinen Hodenkrebs zu haben.

Trotzdem wünsche ich mir einen Tag, an dem ich mir keine Sorgen um das Geld machen muss. Ich möchte eines Abends schlafen gehen ohne diesen Schatten über mir. Ich möchte eine Kanone auf den Spruch an der Wand da draußen richten und ihn in Grund und Boden bomben.

Ich will eine Zukunft!

Ich will leben. Ich will nen Job.

Ich bin verdammt noch mal zu jung für No Future.

***

Als ich am nächsten Morgen aufwachte, stand Shane mit dem Rücken zu mir am Fenster. Seine Gestalt verdunkelte den Raum. Shane hatte mächtige Schultern. Wie ein Footballspieler.

„Burcak will heiraten“, sagte er, ohne sich umzudrehen.

„Ne Bessere kriegst du nie wieder.“

„Ich habe nicht gesagt, dass sie *mich* heiraten will.“

„Sie will dich heiraten.“

„Woher weißt du das?“

„Sie hat mir gesagt: Ich kenne Shane, seit ich neun bin. Ich war schon so oft verliebt in ihn und er wollte nie was von mir wissen. Das ist meine letzte Chance. Und seine letzte Chance.“

Shane steckte sich einen Kaugummi in den Mund. „Das hat sie gesagt?“

„Ich habe sie gefragt, wie man auf nen Typen wie dich stehen kann, da fragte sie mich, ob ich dich schon mal nackt gesehen hätte."

„Das hat sie gesagt?"

„Du hättest Muskeln an Stellen, von denen sie gar nicht gewusst hätte, dass man da Muskeln haben könnte."

Shane lachte. „Das hat sie wirklich gesagt?"

„Ich bin mir sicher, sie meinte deine Hämorrhoiden."

Shane seufzte. „Wenn jemand Probleme mit dem Arsch hat, dann sie."

„Furzt sie?"

„Ihr Arsch ist zu fett."

„Burcak hat nen geilen Arsch."

„Der passt nicht mal mehr in ne Levis!"

„Sie hat nen geilen Arsch!"

„Das habe ich ihr auch knallhart ins Gesicht gesagt. Dass ihr Hintern zu dick ist."

„Das ist doch scheiße, Shane."

„Ich hab ihr gesagt, sie soll dafür sorgen, dass ihre Arschbacken wieder in ne Levis passen, dann kriegt sie mich."

„Das ist doch lächerlich! Schau in den Spiegel! Du siehst aus wie n Taliban!"

„Ein Mann muss nicht schön sein. Ein Mann muss ein Mann sein."

„Ich würde meine rechte Hand geben, wenn ich Burcak einmal den verdammten Arsch küssen dürfte."

„Fahr nach Thalkirchen. Im Zoo, da gibt's genug Elefantenärsche."

Ich knallte ihm das Kopfkissen an den Schädel.

„Burcak ist 1a. Die Frau hat Stil. Die ist klasse, die Burcak."

„Dann heirate du sie doch", sagte Shane und kickte das Kissen mit dem Fuß zurück.

„Pah. Ihr Bruder würde mich abstechen. Ich kenn euch Türken doch."

„Was willst du denn damit sagen?"

„Du weißt doch selber, wie's ist."

„Ich frage mich, warum ich dein bester Kumpel bin, wenn du keine Türken magst.“

„Weil ich keinen anderen Kumpel hab.“

Shane sah mich an und schien zu überlegen, ob ich scherzte oder es ernst meinte. Ich wusste es selber nicht.

„Es liegt nur an ihrem Arsch, Kai.“

„Du hast keine Ahnung ...“

„Fuck! Wenn dieser fette Arsch nicht wär!“ Er setzte sich auf das Fensterbrett. „Und überhaupt: Könntest du dir vorstellen, für den Rest deines Lebens immer mit der gleichen Frau Sex zu haben?“

Ich stand auf, zu schnell, der Schmerz schoss mir in den Rücken, mir wurde schwindlig, also setzte ich mich wieder.

„Ich könnte mir nicht vorstellen, mich nie mehr in jemand anderen verlieben zu dürfen.“

Shane warf mir ein Papierknäuel auf die Matratze. „Es ist immer dasselbe. Ich red vom Vögeln und du denkst an Scheißliebe.“

„Was ist das?“, fragte ich und nahm das Papier.

„Ticket für ne Runde Arschficken, Babyface.“

„Scheiße, was ist das fürn Wisch?“

„Lag in deinem Postkasten.“

„Hast du jetzt auch einen Schlüssel für meinen Briefkasten?“

„Meine Hände sind in Übung.“

„Du hast ihn einfach aufgebrochen?“

„Ey, ich bin dein bester Kumpel“, sagte er.

„Musst du deshalb meine Post lesen?“

Ich glättete das Papier. Der Brief war von Meyers Sekretärin.

„Sehr geehrter Herr Samweber, leider müssen wir Ihnen mitteilen, dass wir ... nach nochmaliger intensiver rechtlicher Prüfung zu dem Schluss gekommen sind ... kein Fehlverhalten unsererseits ... Ihrem Unfall, den wir natürlich sehr bedauern ... nicht um ein Arbeitsverhältnis im Sinne von § ... nicht verpflichtet ...“ Ich überflog den Inhalt, schnappte ein paar Satzfetzen auf und las sie Shane vor, aber erst die letzten beiden Sätze versetzten mir den K.o.-Schlag. „Aufgrund der finanziell angespannten Situation und des Ausbleibens eines erhofften

Kredits war die Firma Fritz Meyer gezwungen, letzten Donnerstag Insolvenz anzumelden."

Ich sah Shane an und ich wartete darauf, dass er loslachte und sagte, es wäre alles nur n Scherz. Aber Shane sagte nichts.

„Insolvenz?"

Mein Herz pumpte mein ganzes Blut in meinem Kopf. Mein Schädel wurde heiß, ich dachte, er müsste platzen. Meine Hände zitterten. Das Schreiben fiel zu Boden.

Bei meiner Ehre, hatte er gesagt. Bei meiner Ehre, hatte der verfluchte Schwanzlutscher gesagt.

„Der fette Meyer ist pleite", sagte Shane. „Der zahlt dir keinen Cent."

„Der zahlt mir jeden Cent."

„Der fette Meyer fickt dich."

„Wenn der nicht zahlt, schlitz ich ihn auf. Ich stech den ab, ich schwör."

„Der hat dicht gemacht. Zugesperrt!"

„Das kann der nicht bringen, Shane."

„Der fette Meyer kann alles."

„Der muss mir meinen Lohn bezahlen."

Shane hob den Brief auf, zerknüllte ihn und kickte ihn mit seinem Fuß zum Fenster raus.

Scheiß auf deine Ehre, Meyer. Scheiß auf dich.

Shane sah mich mit großen Augen an, spuckte seinen Kaugummi aus, verfehlte aber den Aschenbecher. Der Kaugummi landete auf einem Berg Schmutzwäsche. Shane machte sich nicht die Mühe, ihn aufzuheben, er steckte sich eine Zigarette in den Mund und zündete sie an. Ich sprang auf und wollte ihn zu Boden reißen, aber ich schaffte es nicht, ich schlug zu, links-rechts-links, die Fäuste prasselten auf ihn ein, aber er wehrte sie ab, duckte sich weg, schubste mich zurück, schlug mit seiner Linken zu und hielt in seiner Rechten die verdammte Zigarette in die Höhe. „Kämpf, Babyface! Kämpf! Lass dich nicht unterkriegen!"

Wir prügelten uns oft, Shane und ich, einfach so, aus Spaß, wenn wir zu viel getrunken hatten oder übermütig waren. Wir boxten, wir boxten uns gut. Ich hörte meinen Kiefer knacksen, ich spürte, wie meine rechte Faust explodierte, als sie auf Shanes Killerfaust traf. Ich roch seinen Schweiß, roch Zwiebel und Döner und Red Bull und Haarshampoo. Ich schmeckte Blut in meinem Mund. Der Schweinehund machte mich alle. Wie jedes Mal machte er mich alle.

„Was ist los, Babyface? Beiß, schlag, kratz! Wehr dich!"

Ich schlug, so fest und schnell ich konnte, die Schläge gingen nur ins Leere oder wurden pariert.

„EINMAL IN DEINEM GOTTVERDAMMTEN LEBEN SOLLST DU DICH WEHREN! STEH EINMAL DEINEN MANN! EINMAL! NUR EINMAL!"

Shane war ein verdammt guter Boxer. Weil er Schultern und Muskeln hatte für zwei und weil er einstecken konnte. Shane hatte keine Angst vor Schmerzen, keine Angst vor einer platten Nase oder einer Zahnlücke. Shane hatte nur Angst zu verlieren.

„Meine Brüder wollen ihr Geld", sagte er, nahm meinen Kopf in den Schwitzkasten und hob mit der Linken die Zigarette auf, die auf den Boden gefallen war. „Ihr Geld oder deinen Arsch."

„Ich krieg das Geld nicht zusammen", keuchte ich und trat ihm auf den rechten Fuß. „Wie denn?!"

Shane knallte mich auf den Boden.

„Ich kann Öcal anrufen. Ich kann ihm sagen, du fährst die nächsten Monate in die Schweiz und holst das Gras von den Marokkanern. Dann ist das gebongt, verstehst du? Die brauchen nen Kurier, du willst die Schulden loswerden. Der Deal ist fair." Shane zog an seiner Zigarette und stand auf. „Und du wärst der perfekte Mann dafür."

„Quatsch", stöhnte ich. „Ich würd mir in die Hose scheißen."

Shane half mir auf die Beine, ich stand da, krümmte mich vor Schmerzen, schaffte es nicht, meinen Oberkörper aufzurichten. Er legte seine Hand auf meinen Rücken.

„Keiner kontrolliert mein Babyface. Die Kanaken, die als Kuriere arbeiten, die fliegen alle früher oder später auf. Und wenn alle Stricke reißen – du bist nicht vorbestraft, du kriegst Bewährung, du kriegst bestimmt Bewährung. Sag mir, dass du es machst, und ich ruf meine Brüder an."

Ich wusste nicht mehr, was ich sagen, denken, tun sollte.

Es gibt einen Song von einem Rapper, in dem es heißt, es ist egal, ob man leidet oder glücklich ist, es ist sowieso nichts für immer. Weder das Glück noch das Leid. Wer heute lacht, weint morgen, wer heute in der Hölle ist, der kommt bald schon in den Himmel. Warum also sich dagegen stemmen? Was zählt ist, dass man lebt. Dass man was fühlt. Schmerz, Glück, scheißegal. Man muss nur fühlen.

Ich habe dem Rapper geschrieben, er soll sich die Beine amputieren lassen und sich für den Rest seines Lebens in einen Rollstuhl setzen, er soll sich in Guantanamo einsperren lassen, er soll eine Frau sein und sich von dreißig Kerlen in Darfour vergewaltigen und verstümmeln lassen. Dann soll er mir seinen Song nochmals vorsingen.

Weißt Du, was der Typ mir zurückgeschrieben hat? Er hat mich gefragt, wie ich es wagen könnte, für einen Krüppel, für einen Gefangenen, für eine Vergewaltigte zu sprechen, das müssten die schon selber tun. Ich sei doch bestimmt ein spießiges Sackgesicht, das noch gar nichts gefühlt habe in seinem Leben. Weder Freude noch Schmerz.

Und dann habe ich mich gefragt, wann ich das letzte Mal richtig glücklich war. Es ist so verdammt lange her. Aber ich bin auch nicht unglücklich. Das ist keine Zeit, sich unglücklich zu fühlen. Das ist keine Zeit, überhaupt etwas zu fühlen. Man will nur überleben. Man will nur nicht untergehen.

***

Heute ist es ein Jahr her. Vor einem Jahr bin ich von dem verdammten Schlossdach gefallen. Sechsmeterzwanzig, stand im Protokoll der Polizei. Mindestens acht Meter, meinten meine Kumpels. Ich brach mir das Schlüsselbein, den Oberschenkel, ich quetschte mir die Lunge, prellte mir viele Rippen und stauchte mir die Wirbelsäule. Es war bereits dämmrig, es war Abend, wir hatten Überstunden gemacht, im Licht der Schweinwerfer. Wir waren gerade dabei, das Werkzeug einzusammeln und den Staub vom Dach in den Innenhof zu kehren. Ich war schon müde, die Sonne hatte gebrannt, den ganzen Nachmittag, in unsere Gesichter, auf unsere Rücken, Arme,

Beine, es war heiß gewesen, Frühling, aber heiß, wirklich heiß. Ich war müde, total erschöpft. Ich weiß noch, dass ich mich nach einem Hammer bückte, einem Hammer mit rotem Griff und schwarzem Kopf ... und das nächste, an das ich mich erinnere, ist, dass ich rücklings am Boden lag, unten im Hof, und mich nicht rühren konnte. Ich hätte ganz laut gestöhnt, hat mir später ein Kumpel erzählt. Ganz laut gestöhnt und ihn angestarrt. Alle wären um mich rumgestanden. Ich erinnere mich nicht daran, dass da jemand war. Ich war doch allein dort unten. Allein mit dem Schmerz. Und dem Schock. Ich konnte mich nicht bewegen. Ich versuchte nur zu atmen, es war, als würde mir jemand die Luftröhre zudrücken, ich hatte Angst, auch nur einen Finger zu bewegen, weil ich dachte, ich müsste dann qualvoll ersticken. Ich konzentrierte mich auf jeden Atemzug.

Als sie mich auf der Bahre in den Krankenwagen luden, dachten meine Kumpels, ich würde sterben. Ich dachte das auch. Und ich dachte, ich müsste doch jetzt irgendwas vom Jenseits spüren. Aber da war nix. Gar nix. Kein heller Schein, kein weißes Licht, kein Engelsgesang. Kein Trost. Da war nichts. Und ich hab mir gedacht: Da fehlt doch noch was. Das kann nicht alles gewesen sein. Ich darf jetzt nicht sterben.

„Na?!", sagte Shane und legte mir seine Hand auf den Hinterkopf.

„Warum stehen wir hier? Ich hab Kohldampf. Mir ist kalt."

„Schau mal nach rechts", sagte Shane leise.

Ich sah eine Gruppe von drei Mädchen. Geschminkte Tussis in feinen Klamotten, beschäftigt mit ihren Zigaretten und Handys.

„Die Blonde! Siehst du die?"

„Ja. Aber sie sieht uns nicht."

„Ist sie nicht geil?"

„Bei der hast du keinen Meter, Shane."

„Klar hab ich!"

„Wetten nicht?"

Shane packte mich am Nacken. „Scheiße, und warum nicht?"

„Die sieht nicht so aus, als würde sie auf Typen wie dich stehen."

„Das wollen wir ja mal sehen."

Shane ließ mich los und rief den dreien zu: „Lust, mit uns was zu trinken?"

Die Blonde schüttelte den Kopf.

„Nein, danke", sagte die Zweite.

„Nö", sagte die Dritte. Die drei schmissen wie auf Kommando ihre Kippen weg.

„Und warum nicht?"

Sie tuschelten. Dann sagte die Blonde, ohne Shane eines Blickes zu würdigen: „Wir stehen nicht auf Moslems."

Shane klopfte mir auf die Schultern. „Die hält dich für nen verdammten Muselmanen."

„Lass uns in den Vier Höfen Wodka kaufen und nach Hause gehen. Dann darfst du mich auch sofort beschneiden."

Ich wollte die Stufen der Feldherrnhalle runter, ehe Shane anfing zu stänkern, da sagte er: „Hast du gewusst, dass Hitler oft hier gestanden ist?"

„Ich will's gar nicht wissen, Shane."

„Genau da, wo du jetzt stehst, Kai, ist Adolf Hitler gestanden."

„Fuck", sagte ich und machte einen Sprung zur Seite.

„Dort ist er auch gestanden."

„Shit. Lass mich in Ruhe!".

Ich rannte die Stufen der Feldherrnhalle runter.

Shane rief mir hinterher: „Du kannst dich hinstellen, wo du willst. Du kannst gehen, wohin du willst. Er war überall. Es war seine Stadt. Hier hat alles begonnen."

„Scheiße, was soll das, Shane? Ich muss mit verdammten Nazis in einem Haus wohnen, lass wenigstens die toten Nazis unter der Erde. Trinken wir darauf, dass sie tot sind! Pissen wir auf ihre Gräber!"

Shane schlenderte lässig die Treppe runter, zündete sich eine Zigarette an und sah ein letztes Mal rüber zu der Gruppe mit der Blonden.

Es fing an zu regnen. Shane stülpte sich seine Kapuze über den Schädel und marschierte über den Odeonsplatz Richtung Hofgarten. Ich folgte ihm humpelnd.

„Scheiß Nazischlampen."

„Reg dich nicht auf. So hübsch waren die auch nicht."

„Die haben Kinder ins Feuer geworfen."

„Sie haben Kippen auf den Boden geworfen und dir einen Korb gegeben, das ist alles."

„In den KZs, du Idiot. Ich bin der Scheißkanake, aber ihr habt Kinder ins Feuer geworfen."

„Ihr?! Ich könnte nicht mal den Meyer ins Feuer werfen, und ich hasse das Schwein", sagte ich und versuchte ihm zu folgen. Mein Rücken schmerzte, meine Beine schmerzten, aber ich blieb dran.

„Dein verdammter Großvater war dabei."

„Und dein Urgroßvater hat Armenier massakriert."

„Dafür hatte er keine Zeit", sagte Shane. „Er war damit beschäftigt, deine Urgroßmutter zu ficken."

Shane erhöhte sein Tempo, machte dann aber abrupt kehrt, rannte mich beinahe über den Haufen und hetzte in Richtung Marienplatz. Ich folgte ihm, wir sprachen kein Wort. Erst vor der Mariensäule blieb er stehen.

„Ich bin der Kanake, aber eure Großeltern waren beim größten Massenmord aller Zeiten dabei."

„Seit wann interessierst du dich für Geschichte? Du weißt doch nicht mal, in welchem Jahrhundert Adolf Hitler gelebt hat."

„Ich weiß einiges über diese Nazischeiße, Kai. Ich bin kein Idiot."

„Du glaubst, weil du irgendeinen Hollywoodfilm darüber gesehen hast, wüsstest du alles über diese Bastarde?"

„Quatsch, Babyface! Als Burcak noch Stadtführungen machte, bin ich ab und zu mitgegangen."

„Burcak hat Stadtführungen gemacht?"

„Burcak hat schon alles gemacht. Am Anfang war sie auf ihren Touren so nervös, dass ich Fragen stellen musste, auf die sie sich vorbereitet hatte. Ich weiß Bescheid, Kai."

„Hm."

„Die kommen wieder an die Macht", sagte Shane. Er schüttelte mich und riss den Mund auf, als wollte er mich auffressen. Ich starrte auf seine Zahnlücke. „Wenn diese ganze Wirtschaftsscheiße so weitergeht, wenn es noch mehr Arbeitslose gibt, geht alles wieder von vorne los."

„Dann lass uns bei einem Bier für den Weltfrieden beten."

„Da hilft kein Beten", sagte Shane, griff nach meiner Halskette und hielt mir das Kreuz vor die Nase. „Es gibt keinen Gott! Ein Gott hätte Adolf und den anderen Hurensöhnen in den Arsch getreten. Der hätte nicht zugesehen, wie Millionen Menschen verrecken."

Shane blieb vor einem Wahlplakat stehen. Auf dem Plakat war ein verschwommenes Bild einer Überwachungskamera. Zwei Jugendliche traten auf einen am Boden liegenden Mann ein.

„Schau dir das an! Zwei Kanaken machen nen Opa platt. Wenn zwei Nazis nen Kanaken halbtot schlagen, kommen sie nicht auf ein Wahlplakat."

„Aber sie kommen genauso in den Knast."

„Ich hätt dem Opa geholfen. Ich bin Kanake, aber ich hätt dem Opa geholfen."

„Du hättest ihm die Brieftasche geklaut und wärst weggerannt."

„Aber erst nachdem ich die beiden Wichser verprügelt hätte", sagte Shane und trat mit dem Bein gegen den Plakatständer.

Ein älteres Pärchen beobachtete uns aus sicherer Distanz.

„Drogendealer, Juden, Terroristen", schrie Shane und trat nochmals gegen das Plakat, „Kinderschänder, Moslems, wer räumt endlich mit diesem Gesindel auf?"

Ich zerrte Shane weg, ehe jemand die Polizei rufen konnte.

„Ich scheiß auf Politik", sagte Shane. „Ich scheiß drauf, wer an der Macht ist. Wer dir sagt, was Recht ist und was Unrecht ist. Die biegen sich immer alles zurecht. Deshalb musst du stark sein. So stark, dass dich keiner ficken kann. Kein Nazischläger, kein Richter, kein Bulle, kein Führer. Verlass dich niemals auf die Menschen. Und schon gar nicht auf Gott. Es gibt keinen Gott. Es gibt nur dich."

„Es gibt Freundschaft."

„Es gibt gar nichts."

„Aber für dich, Shane, für dich geh ich durchs Feuer."

„Du musst das Feuer sein, Kai. *Du* musst das Feuer sein. Du musst alles auffressen, was dich vernichten will. Sonst wirst du eines Tages zusehen müssen, wie sie deine Frau ficken, deine Kinder aufschlitzen. Willst du das?"

Da zog er etwas unter seinem Pulli hervor. Es war eine gottverdammte Pistole. Schwarz-silbern. Er sah nach links und rechts, er drehte sich um, er riss meinen Pulli hoch und steckte das Ding in meine Jeans.

„Die Knarre zielt genau auf meinen Schwanz", sagte ich und wagte es nicht, mich zu bewegen.

„Sie ist nicht geladen."

„Was soll ich dann damit?"

„Das Ding soll dich daran erinnern, dass sie dich platt machen, wenn du dich nicht wehrst."

„Und wenn ich mich wehre, gehe ich in' Knast."

„Entscheide, was besser ist."

Wir gingen schweigend Richtung Sendlinger Tor. Ich fühlte das Eisen auf meiner Haut. Das Unbehagen schwand. Ich fühlte mich unbesiegbar. Ich fühlte mich sexy.

Shane lachte. Er lachte mich aus.

„Ich werde nicht länger Opfer sein", sagte ich leise, als wir weitergingen.

Shane zog sich die Kapuze vom Kopf. „Was hast du gesagt?"

„Ich werde nie mehr Opfer sein."

Shane lächelte und gab einen seltsamen Gurgellaut von sich, der mich wohl provozieren sollte.

„Ich habe genug Dreck gefressen."

„Glaub ich nicht."

„ICH WERDE NIE MEHR OPFER SEIN!"

„Das musst du mir erst beweisen", sagte Shane und stellte mir ein Bein. Ich fiel zu Boden, aber ich blieb nicht liegen, ich schlug ihm meine Faust mit voller Wucht in die Eier. Shane sackte zusammen.

„9 Uhr 21“, stöhnte er und klopfte mit der rechten Hand mehrmals auf den Asphalt wie ein Kampfsportler, der im Würgegriff aufgibt. „Gleis 27.“

Ich ließ ihn zurück, ging zur U-Bahn-Station, ohne mich nach ihm umzusehen. Er holte mich nicht mehr ein.

Ich werde nie mehr Opfer sein.

Ich werde Feuer sein.

Ich werde dieses verdammte Eisen nehmen, es dieser Scheißwelt in den Arsch stecken und abdrücken.

2

Ich stand mit der Laptoptasche in der Hand vor dem grauen Betonblock und bestaunte seine Hässlichkeit. Die fünf Ringe auf einer Tafel neben der Eingangstür ließen darauf schließen, dass er für die Olympischen Spiele 1972 gebaut worden war – vermutlich für Journalisten oder Funktionäre. Die Fassade war nie renoviert worden. Die Fenster waren noch dieselben. Rechts von dem Haus eine Tankstelle. Links ein Altersheim, ein mächtiger Neubau. In den meisten Zimmern des Studentenheims brannte Licht. Im Altersheim war alles dunkel. Und so stand ich da eine halbe Stunde und wartete. Es war eine sternenklare Nacht, aber von den Sternen war nicht viel zu sehen. Der Himmel über der Stadt war von künstlichem Licht erleuchtet und schluckte sogar den Vollmond.

Ich rief Shane an. „Ich steh jetzt davor."

„Was ist los?"

„Ich steh vor dem Heim."

„Oh Mann! Was ist los?!"

„Ich steh vor dem Heim, Shane."

„Ist was passiert? Scheiße, red schon!"

„Nein, nichts ist passiert."

„...?"

„Das sieht so abgefuckt aus, das Heim."

„Du Arsch! Erschreck mich nicht so, Mann!"

„Scheiße, das sieht ja wirklich fertig aus."

Ich hörte Shane seufzen. „Was hast du erwartet?"

„Ein Studentenheim. Keinen abgefuckten Betonklotz."

„Oh Mann, Babyface, dieses Heim da draußen ist die letzte Absteige. Die Dusche ist im Klo, so klein, da darfst du keinen Ständer kriegen. Die Zimmer sind Doppelzimmer, sperr zwei Schweine rein und die haben dich wegen Tierquälerei. Das Haus ist für den Rest vom Fest, du verstehst schon. Da sind all die, die in keinem anderen Heim untergekommen sind."

Gregor. So hieß der Typ, dem ich den Stoff liefern sollte. Gregor Jenings. Zimmer 217.

„Wenn du das Zeug abgegeben hast, gibt's noch ne Überraschung", sagte Shane.

„Überraschung?"

„Schau mal, wer auf Zimmer 113 wohnt."

„Deine Mutter?"

Ich klopfte natürlich zuerst bei Zimmer 113, aber es machte niemand auf. Ich ging hoch in den zweiten Stock, die Tür zu Zimmer 217 stand zwar offen, aber auch hier war niemand. Musik donnerte aus zwei schwarzen Lautsprechertürmen unter dem Fenster. Mitten im Zimmer stand eine uralte Vespa, blitzblank geputzt und liebevoll gewartet. Da war keine Schraube locker, kein Teil rostig, kein Staubkorn irgendwo. Ich strich mit meiner Hand über das Blech und betrachtete die Poster an der Wand – Beatles, Stones, John Cleese, The Who, Paul Weller. Auf der Ablage über dem Schreibtisch standen unzählige leere Bierflaschen, von denen einige bis oben voll mit Kippen waren, in anderen schwamm der Schimmel in trüben Bierresten.

Ich ging zurück ins Stiegenhaus und traf dort eine Inderin, die mich freundlich grüßte. Sie ging an mir vorbei, ich sagte: „Entschuldigung!" Sie lächelte mich an. Sie hatte nen leichten Flaum über den Lippen. Ich versuchte, nicht drauf zu starren, und glotzte deshalb in ihren Ausschnitt. „Weißt du zufällig, wo Gregor ist?"

„Gregor? Es gibt keinen Gregor hier."

„Gregor Jenings, Zimmer 217."

„Ach, du meinst Rugby?!", sagte sie und lachte und ihre Titten hüpften. „Rugby ist in der Küche."

„Danke", sagte ich. Sie wollte die Treppe runter, da rief ich ihr hinterher: „Und wo ist die Küche?"

„Erster Stock. Am Ende des Gangs. Immer dem Lärm und dem Rauch nach."

Auf der gläsernen Küchentür hing ein Zettel: HEIMBAR! START: 19:00 UHR. MOTTO: WIR LASSEN UNS DAS SINGEN NICHT VERBIETEN! Und etwas kleiner darunter: *Widerstand gegen die Repressalien der Heimleitung.*

Die Küche war vollkommen verqualmt. Es war erst halb 8, aber die meisten Leute waren völlig blau. Nur die Mädchen schienen noch halbwegs ansprechbar zu sein. Die Typen schrien rum, tanzten mit entblößten Oberkörpern auf den Tischen, lagen am Boden oder hopsten zum Rhythmus der Musik. Zwei Mädchen grüßten mich freundlich mit Kopfnicken, die Jungs ignorierten mich, nur drei Typen in der Ecke stierten auf meine Laptoptasche.

Jemand drückte mir ein Bier in die Hand.

Die Musik war höllisch laut, ich trank das Bier und fühlte mich gut. Nach all diesen Nächten voller Albträume fühlte ich mich gut. Ich musste Shanes Brüder nicht länger fürchten. Ich fuhr für drei, vier Monate einmal die Woche in die Schweiz und war danach schuldenfrei. Alles würde gut werden.

Ich trank noch ein Bier, ich war high und ich genoss es. Der Schmerz in meinem Rücken verschwand, mein schlechtes Gewissen, meine Nervosität, meine Angst, alles ging flöten.

Ich schloss die Augen und war dankbar für den Augenblick. Glücklich, am Leben zu sein. Glücklich, ein Gangster zu sein. Die Ärzte meinten damals im Krankenhaus, ich sei haarscharf einem Leben im Rollstuhl entkommen. Und jetzt war ich ein Gangster.

Die Mädchen waren hübsch. Ja, sie waren jung und hübsch und kein bisschen arrogant. Sie waren heiß, heißer als die Münchner P1-Schlampen aus Plastik, die mich keines Blickes würdigten. Diese Mädchen hier sahen mich an, sie lächelten, sie schienen nur für mich zu lächeln, für mich zu tanzen, für mich zu leben, und sie schienen dieses Leben zu lieben, oh ja, sie liebten das Leben, nicht das Geld, nicht die Karriere, sie wollten alles probieren und alles fühlen. Und dann tippte mir jemand auf die Schulter und ich drehte mich um, und irgendwas explodierte in mir, irgendwas Großartiges breitete sich in meinem ganzen Körper aus.

Shanes Überraschung.

Diese Augen, dieses Lächeln, fuck, Shane, fuck!, wenn das kein Gott geschaffen hat, wenn das ein Zufall sein soll ... solche Augen, so ein Lächeln, ... Shane, Shane, wir müssen das noch mal diskutieren, das ist doch alles Müll, was du da quatschst, so n verdammtes Wunder soll einfach so aus dem Nichts entstanden sein?

„Hi“, sagte sie und zog ihre Unterlippe nach rechts und biss darauf, als hätte sie was ausgefressen. Wir sahen uns an, und als die Boxen ausfielen und die plötzliche Stille einen seltsamen Mix aus Stimmengewirr, Gelächter und klirrenden Bierflaschen erzeugte, sagte ich: „Du?“

„Für den Abgang letztes Mal schuldest du mir einen Drink!“ Sie reichte mir ihr leeres Glas. „Wodka-Lemon.“

„Hm.“

„Schon wieder Geldtasche vergessen?“

„Ich hab dich überall gesucht.“

„Ich weiß. Ich habe dich gesehen.“

„Du hast mich gesehen?“

„Ich stand in der Bank und du ranntest drei-, viermal aufgeregt auf der anderen Straßenseite vorbei.“

„Aber warum hast du mich nicht gerufen?“

„War witzig, dir zuzuschauen.“

„Ich war verzweifelt.“

„Verzweifelt?“ Sie lachte. „Wohin bist du nur verschwunden? Und was wollte der Typ von der Bank von dir?“

„GELD!“, schrie ich, weil die Musik wieder einsetzte, dass es einem die Ohren wegpustete, und ich spuckte ihr dabei aus Versehen ins Gesicht.

Je veux une femme like you.

„TSCHULDIGUNG!“ Ich wollte ihr die Spucke wegwischen, aber sie tat es selbst. „WOLLT ICH NICHT!“

Sie nickte und lächelte. „SCHON OKAY!“

„DU SIEHST AUS WIE CAMERON DIAZ!“

„DIE HAT SENF!“

„WAS?!“

„DIE KAMERA! SENF MACHT DIE FOTOS!“

Je veux une femme like you.

„Nein, nein“, ich schüttelte den Kopf.

„Doch, doch“, sagte sie und lächelte.

Sie biss sich wieder auf die Unterlippe.

„ICH BIN MARION!"
„KAI!"
„HI!"
„ICH HEISSE KAI!"
„WAS?!"
„DU WOHNST AUF ZIMMER 113?"
„WAS?!"
„DU WOHNST HIER?"
„ICH TRINK KEIN BIER! WODKA-LEMON!"
Une femme like you.

Ich lächelte, wir konnten uns nicht unterhalten, der Typ hinter dem Laptop drehte die Musik immer lauter und hüpfte im Takt auf und ab.

„HEY! HEY! HEY!", brüllte er.

„HEY! HEY! HEY!", antwortete ihm die pogende Masse.

Ich holte einen Wodka-Lemon und ein Bier und wir setzten uns auf einen Blechkasten, der vor der Balkontür stand. Den hatte die Heimleitung dahingestellt, wie ich später erfuhr, damit keiner auf die Idee kam, die Terrassentür zu knacken. Dass der Zugang zur Terrasse versperrt blieb, war eine Strafmaßnahme.

„DU HAST GRÜBCHEN!", lachte sie. „WENN DU LACHST, HAST DU GRÜBCHEN IN DER WANGE!"

„BÜBCHEN? WAS FÜR BÜBCHEN?!"

Sie lachte, schüttelte den Kopf und zuckte mit den Schultern.

Wir beobachteten die tanzenden Leute, unsere Arme berührten sich hin und wieder. Sofort zuckten wir zurück und sahen uns verschämt an.

Wie zwei Teenies, dachte ich.

Nach meinem vierten Bier zuckte ich nicht mehr zurück. Unsere Haut berührte sich, und es fühlte sich gut an. Sie ließ es geschehen. Sie war nicht betrunken wie ich, sie trank kaum etwas, aber sie ließ es geschehen. Ich hätte die ganze Nacht dort sitzen können, und ich wäre wahrscheinlich die ganze Nacht dort gesessen, hätte ich nicht auf das Display meines Handys geschaut.

Fuck.

Siebzehn Anrufe. Alle von Shane.

„KENNST DU RUGBY?“, schrie ich in Marions Ohr.

„SCHÖN, JA.“

„ICH SUCHE GREGOR! GREGOR JENINGS!“

„RUGBY?!“ Mit einer Kopfbewegung deutete sie Richtung DJ.

Rugby sah aus wie ein zu fett gewordener Beatle. Er hatte einen Pilzkopf, einen buschigen Ohrenbart und Schweinsäuglein, aus denen er kaum heraussah. Er wog bestimmt über 100 Kilo. Seine Hüfte war zu breit, seine Schultern waren zu schmal, Bauch und Hintern zu dick. Sein Kopf war ein übergroßer Kürbis. Seine Frisur ein Verbrechen.

Ich ließ Marion ungern alleine, denn ich wusste, dass sich die Typen wie Geier auf sie stürzen würden, sobald ich weg war. Aber Geschäft war Geschäft. Ich hatte eine Laptoptasche voller Gras bei mir, und sie endlich loszuwerden, wäre kein Fehler.

Rugbys Haar war beinahe so schwarz wie das von Shane.

„RUGBY?“

„JAU!“

„KAI.“

Er grinste. Von einem Ohr zum anderen. Ich hob meine Laptoptasche auf und klopfte drauf. Er grinste nur. Hielt mir sein Bier entgegen. „PROST!“

„PROST!“

Wir gingen hinaus. Wie ich geahnt hatte, war Marion von drei Typen umringt.

„Lass uns in mein Zimmer gehen“, sagte Rugby und umarmte mich, als würden wir uns seit Jahren kennen. „Ich habe schon bei Shane angerufen und mich beschwert.“

217 stand offen, aber jetzt saßen zwei Typen drinnen am Schreibtisch vor einem übergroßen Computerbildschirm und zogen sich nen Pornoclip rein. Die beiden sahen kurz auf, dann wieder auf den Bildschirm. Sie nuschelten was und kicherten.

Ich schloss die Tür hinter mir, ich wollte nicht, dass jemand unser Geschäft mitbekam.

Rugby holte das Gras, das in zwei durchsichtigen Nylonsäckchen verpackt war, aus der Laptoptasche. Die beiden Typen vorm Computer machten mich nervös. Aber ich wollte alles so schnell wie möglich hinter mich bringen und zu Marion zurück.

„Du bist also mein neuer Bote“, sagte Rugby und wog den Stoff in seinen Händen. „Ich hoffe, du endest nicht wie Max.“

„Seh ich aus wie Moritz?“

Rugby quittierte den Witz mit einem heftigen Kopfschütteln. „Den Max, den hat ein Auto erwischt. Und welche Drecksau auch immer ihn abgeschossen hat, hat ihn noch in nem Gebüsch an der Isar versteckt, damit ihn so schnell keiner findet.“ Rugby riss seine Augen auf, als wollte er so den Schrecken der Tat verdeutlichen. „Dreifacher Schädelbruch, zertrümmertes Kiefer, offener Unterschenkelbruch, zertrümmertes Becken ... Die arme Sau war nicht bewusstlos und konnte doch nicht schreien. Ich glaube, die Schmerzen haben ihm den Verstand geraubt.“

Rugby musterte mich. Seine Pupillen flitzten hin und her. Er sah in mein rechtes Auge, in mein linkes, in mein rechtes, in mein linkes. Mir wurde ganz schwindlig. Er hob sein Bettgestell und warf das Gras unter die Matratze. Er nahm die Laptoptasche, öffnete eine Seitentasche, zog ein kleines Säckchen heraus und legte es auf den Schreibtisch.

„Was ist das?“, fragte ich.

„Ein kleines Präsent für Violetta.“

„Violetta?“

„Violetta Locatelli.“

„Und? Sollte ich den Porno kennen?“

„Violetta kommt aus Mailand. Jeder, der ihre Titten gesehen hat, schwört, es gäbe keine geileren in diesem Universum.“

„Fuck. Was soll das, Rugby? Was habe ich mit dem Porno zu tun?“

„Violetta wohnt im vierten Stock. Auf Zimmer 404.“

„Na und? Scheiß drauf!“ Ich stand auf und wollte mir das Säckchen schnappen, aber Rugby war schneller. „Was ist da drin? Was ist das?“

„Nichts, was dich aufregen sollte“, sagte Rugby und steckte es in seine Hosentasche.

Ich holte mein Handy aus meiner Jacke und suchte im Verzeichnis nach Shanes Nummer. Rugby riss mir das Handy aus der Hand. „Das hat alles seine Richtigkeit, Kai."

„Fuck."

„Violetta schläft mit wichtigen Männern."

„Na und?!"

„Wer Violetta einen Gefallen tut, der tut sich selber einen Gefallen."

„Das ist Koks! Das ist doch kein Gras, das ist Koks! Ihr habt mir Koks untergejubelt!"

„Violetta ist unsere Madonna. Sie hält ihre Hände schützend über das Heim. Sie gibt uns den Segen und verlangt nicht viel dafür."

„Warum hat mir Shane nichts davon erzählt?"

„Weil Shane nichts davon weiß."

„Willst du mich verarschen? Der bricht dir die Nase, Rugby. Du kannst hier keine Privatgeschäfte machen. Shane macht dich alle!"

„Shane", sagte Rugby. „Fick Shane! Shane ist mir egal. Aber Öcal und Ugi werden verdammt sauer, wenn es hier nicht nach Plan läuft, und das zählt für mich."

„Was hat das mit Violetta zu tun?"

„Ohne Violetta läuft hier nichts. Null. Violetta ist mit dem Heimleiter zusammen. Sie bumst zwar hin und wieder auch Öcal, aber offiziell ist sie mit dem Heimleiter zusammen. Und wenn sie kein Koks kriegt, ist sie schlecht drauf, und wenn sie schlecht drauf ist, dann bläst sie dem Affen keinen mehr, und dann räumt der hier auf und wirft uns alle raus."

„Heimleiter?"

„Ist ein hohes Vieh im Rathaus. Dem gehört der graue Benz auf dem Parkplatz, das Penthouse hier im vierten Stock und Violetta Locatellis Dose."

„Fuck. Ich will mit Koks nichts zu tun haben."

Rugby umarmte mich. „Mach dir nicht ins Hemd, Kai! Wegen den paar Gramm wird dir nichts passieren. Wenn du in den Knast gehst, dann wegen dem Gras. Keinem Richter der Welt kannst du verticken, dass du so viel Gras für deinen Eigenbedarf brauchst."

Wir gingen zurück auf die Party. Ich suchte Marion und fand sie nicht. Ich war traurig, trank noch zwei, drei Bier, ehe ich sie als Spiegelbild im Fenster sah. Sie saß dort, wo die Kochplatten und Waschbecken waren und die Mikrowelle stand und ein riesiger zweitüriger Kühlschrank.

Ich tat so, als würde ich etwas in den Müllsack werfen, der dort lag, neben einer Kiste für Glas und einer Kiste für Plastik und einer Kiste für Papier. Unsere Blicke trafen sich. Ich fror. Für einen Augenblick fror ich. Ich hatte das Gefühl, ganz nackt zu sein. Ihr schutzlos ausgeliefert zu sein. Sie berührte etwas in meinem Herzen, das seit Jahren nicht mehr berührt worden war. Sie weckte einen Teil von mir, der ewige Zeit geschlafen hatte. Ich fühlte mich seltsam vollkommen, schwach und stark zugleich. Ich war verwirrt und gerührt. Wusste nicht, ob ich heulen sollte oder die Nacht durchtanzen.

Ich suchte ihren Blick noch einmal, sie sah weg, aber sie spürte meinen Blick. Sie wollte meinen Blick. Ich ging so cool wie möglich zurück zu Rugby, der wieder DJ spielte.

Ich trank noch zwei Bier, dann verschwand ich.

Draußen, auf dem Weg zur U-Bahn, sah ich noch mal hoch zur Küche. Marion stand am Fenster und sah hinaus. Ich glaube nicht, dass sie mich sehen konnte. Sie starrte in die Dunkelheit, als würde sie dort etwas suchen. Als würde sie mich dort suchen. Aber als ich winkte, reagierte sie nicht.

Niemals in meinem Leben habe ich einen traurigeren Blick gesehen als in jener Nacht.

Fuck, ja, ich bin jetzt Drogenkurier, aber ich werde einen Teufel tun, mich zu schämen. Ich werde niemals harten Stoff transportieren, ich werde ihn niemals Junkies oder Kindern liefern. Die, die mit ihren Plastikfingern auf mich zeigen, die mich im Gefängnis sehen wollen, wissen nicht, wie es ist, wenn das Wasser immer höher steigt und beginnt, in sämtliche Körperöffnungen einzudringen. Wenn das Geld knapp wird und die Angst dich nicht mehr schlafen lässt, die Angst, am Ende des Monats nichts mehr zum Fressen zu haben, die Angst, mit zerrissener Jeans, abgefuckten T-Shirts und kaputten Schuhen auf die Straße zu müssen, dann wirst du zum Wolf.

Ich träume immer noch jede Nacht von einem Sturz. Ich falle von Dächern, von Felsen, von Sternen, von Brücken. Ich träume jede verdammte Nacht davon zu fallen.

Aber wenn ich aus den Albträumen hochschrecke, dann liege ich nicht mehr wach und zitternd im Bett und wünsche mir, nie geboren worden zu sein, fuck nein. Ich liege da und freu mich auf den Morgen, denke an Marion, an dieses Lächeln und diese Augen. Und ich denke an Meyer und was ich mit ihm machen würde, wenn ich ihm eines Tages auf der Straße begegnen sollte. Scheiße nein, ich werde nicht aufgeben, Florian, ich werde mich nicht vor eine U-Bahn werfen, wie ich es mir so oft ausgemalt habe.

Der verdammte Unfall war nicht meine Schuld. Dass ich in der Scheiße stecke, ist nicht meine Schuld. Wenn ich gehe, haben die gesiegt, die mein Leben ruiniert haben. Wenn ich gehe, tanzen sie auf meinem Grab. Der einzige, der auf meinem Grab tanzen darf, bist du.

***

Ich stieg in der Silberhornstraße in die überfüllte U2 Richtung Marienplatz, überlegte mir, ob ich Shane um Marions Handynummer bitten sollte, als eine Station weiter, am Kolumbusplatz, Burcak zustieg. Sie nahm mich erst nicht wahr, ich musste mehrmals ihren Namen rufen, sie drängte sich zu mir durch, umarmte mich und drückte mir nen dicken Schmatz auf die Wange.

„Ich habe die Stelle“, sagte sie.

„Und ich hab mich verliebt.“

„Ich bin jetzt Mitarbeiterin in einer der besten Anwaltskanzleien Münchens“, sagte sie leise und ihre Augen wurden zu Schlitzen, weil ihr ganzes Gesicht aus einem einzigen glücklichen Lächeln bestand. In ihrer Aufregung schien sie gar nicht gehört haben, was ich gesagt hatte.

„Wow“, sagte ich und schnalzte mit der Zunge.

„Naja. Eigentlich bin ich ja nur die Sekretärin, aber was soll’s? Ich verdiene wie eine Chefin und muss nicht länger im Supermarkt Regale einräumen.“

Ich bekam noch einen Schmatz und wusste nicht, ob ich mich wirklich freuen sollte oder nicht. Bald würde sie ein Auto haben und nicht mehr mit mir in den dreckigen U-Bahn-Waggons zwischen all den schwitzenden, schmatzenden, lachenden, schimpfenden, quatschenden Menschen eingepfercht sein. Bald würde sie mit Yuppies nach Büroschluss essen gehen und Cocktails schlürfen und mich und Shane vergessen haben.

Burcak sprudelte los, aber ich verstand nur Bahnhof. Ich hatte mir was eingeschmissen und war gar nicht richtig bei mir. Ich versuchte mich zusammenzureißen, aber Burcak checkte sofort, dass ich in höheren Sphären tingelte.

„Du siehst irr aus."

Ich sah ihr in die Augen, mit der besten Unschuldsmiene, die ich hatte.

„Ey, Kai!"

„Ich bin jung, Burcak."

„So wirst du nicht alt."

„Ich hab das unter Kontrolle, ehrlich."

Burcak seufzte. „Hat das Geld wenigstens gereicht?"

„Welches Geld?"

„Na, von der Firma."

Ich kratzte mich verlegen an der Nase. „Ich hab es nicht bekommen."

„Das darf doch nicht wahr sein!"

„Keinen Cent."

„Die vertrösten dich jetzt schon seit Monaten. Du musst dich endlich wehren!"

„Ich werde es gar nicht bekommen."

„Das ist jetzt ein Witz, oder?"

„Der Meyer hat Insolvenz angemeldet. Der sperrt zu."

„Na und? Der muss dir deinen Lohn ausbezahlen. Es muss doch einen Ausgleich geben."

„Ich war letzte Woche beim Meyer, aber das Gelände war verriegelt, das Büro versperrt, alles wie ausgestorben. Die Fahrzeuge, die Werkzeuge, die Gerüste alles weg. Wahrscheinlich hockt der Meyer längst in seinem Bungalow auf Ibiza."

„So schnell geht ein Konkurs nicht durch", sagte sie. „Der kann nicht einfach so davon."

„Leute wie Meyer können alles, Burcak. Die Meyers, die grasen alles ab, und wenn sie die Gegend kahl gefressen haben, ziehen sie weiter."

„Jammer nicht, sondern wehr dich!", sagte sie, und ich konnte sehen, wie es in ihrem Köpfchen arbeitete, ich wollte etwas sagen, wollte sie ablenken, aber ich war zugedröhnt, ich konnte meinen Mund nicht bewegen.

„Moment", sagte sie. „Wie hast du denn jetzt ...?"

„Ach, Burcak ...", sagte ich.

„Oh nein!"

„Es ist nur Gras, Burcak."

„Ich hasse dich."

„Es ist nur Gras."

„Ich hasse dich."

„Ich hab nix mit Koks oder so, Burcak, ich schwör. Es ist nur Gras!"

Burcak schob ihr Kinn vor, trotzig. Sie starrte aus dem Fenster, dabei gab es da draußen nur die Dunkelheit des U-Bahn-Schachtes. Jemand hatte sämtliche Kippfenster aufgerissen, es zog und der Zug dröhnte. Nach dem Halt im Bahnhof gab es freie Sitzplätze und wir setzten uns.

„Ich hätte dir das Geld geliehen", sagte sie leise. „Ich hätte dir das Geld gegeben. Aber du? Du Idiot schmuggelst lieber Drogen!"

„Ich mach das nicht lange. Ich find nen Job. Ich hab bald wieder Kohle."

„Drogenschmuggeln ist kein Kavaliersdelikt."

„Ich schmuggle keine Drogen."

„*Keine* Drogen?!"

„Das bisschen Gras, das kann man doch nicht Drogen nennen! Oder willst du behaupten, die ganze Welt sei drogensüchtig? Ey, Burcak! Die ganze verdammte Welt kifft!"

„ICH KIFFE NICHT!", schrie Burcak, und alle Fahrgäste um uns herum glotzten uns an. Aber sie sprach kein bisschen leiser, als sie sagte: „Meine Oma kifft nicht. Meine Mama kifft nicht. Meine Cousinen kiffen nicht. Meine WG-Kolleginnen nicht, meine Freundinnen nicht ..."

„Ihr seid Türkinnen!"

„Bitte?!"

„Ihr dürft sowieso nichts."

„Was soll das jetzt heißen?"

„Das heißt, was es heißt. Ihr dürft nicht ficken, nicht kiffen, nicht im Minirock rumrennen, nicht flirten, nichts. Sei froh, dass du alleine mit der U-Bahn fahren darfst."

„Was ist das, was ich hier trage? Was ist das?"

„..."

„Wenn das kein Mini ist, was dann?"

„..."

Wenn Burcak böse wurde, bebten ihre Nasenfügel. „Wir leben nicht im Mittelalter, wie du vielleicht glaubst."

„Habe ich das gesagt?"

Burcak boxte mich in die Seite und traf das Eisen.

„Autsch", sagte sie und sah mich böse an. „AUTSCH!"

„Meine Knochen sind hart."

„Was hast du da? Was ist das?" Sie wollte danach greifen, aber ich packte ihre Hände. Fühlten sich gut an, die Hände.

Ich stellte mir vor, es wären *ihre* Hände.

Marions Hände.

„Warum findest du das so schlimm mit dem bisschen Gras? Weil es gegen das Gesetz ist? Oder weil ich Menschen zugrunde richte? Dann müsste man Saufen und Rauchen verbieten. Alk und Nikotin töten viel mehr Menschen als Marihuana. Wie viele Menschen sterben alleine durch besoffene Autofahrer?"

„Bist du so blöd oder stellst du dich nur blöd?"

„Sag du's mir."

„Erst ist es Gras, dann sind's ein paar Pillen, dann ist es Koks und dann Crack und irgendwann dealst du mit Heroin. Die Rolltreppe in dem Geschäft geht immer nach unten, nie nach oben. Willst du wie Max enden?"

„Lord, forgive me", sang ich, *„for I've sinned, over and over again, just to stay on top, I recall memories, filled with sin, over and over again and again."*

„Oh, ich verstehe“, sagte Burcak, „für dich ist das alles ein Spiel. Aber für die, die dich eines Tages schnappen werden, ist es kein Spiel.“

„No risk, no fun!“

„Du hast keine sieben Leben. Du hast nur eines.“

„Und das verbring ich nicht im Knast, Burcak. Keine Angst.“

„Auf Rauschgifthandel steht immer Haft!“

„Scheiß drauf.“

„Sag das dem Richter, okay?“

„Ich geh nie in' Knast, Burcak. Nie. Shane und ich, wir haben uns das geschworen: Niemals Knast!“

„Oh! Ihr seid ja so tough. Ihr bringt euch vorher um, oder?“

„Get rich or die tryin'.“

„Wow. 50 Cent.“

„Ich liebe Fifty.“

„Echt Klasse.“

„Ich liebe Fifty.“

„Das ist nicht so leicht, sich das Leben zu nehmen. Das klingt jetzt cool, alles oder nichts, Tod oder Freiheit, aber wenn es soweit ist, dann sieht's ganz anders aus.“

„Sprichst du aus Erfahrung?“

„Ja!“, fauchte sie mich an, „ja, das tu ich! Mein Bruder hat denselben Mist gebaut. Der hat auch gedealt. Das ist zehn Jahre her, und das war das Schlimmste, das ich in meinem Leben durchgemacht habe.“

„Ali war im Knast?“

Sie starrte wieder aus dem Fenster. Zwei Schwule mit Schnauzbärten in Lederhosentracht stiegen zu. Sie glotzten mich an, als wäre ich einer von ihnen. Ich hatte schon öfter die Erfahrung gemacht, dass Schwuchteln auf mich flogen, keine Ahnung warum, es war mir weder peinlich noch unangenehm, im Gegenteil, irgendwie schmeichelte es mir, auch wenn ich das Shane niemals gestanden hätte.

„Drei Jahre war er im Gefängnis. Drei Jahre klingen nicht so schlimm, aber es war eine Ewigkeit. Und er hat meinen Eltern nicht drei, sondern 15 Jahre ihres Lebens gestohlen. Sie sind durch die Hölle. Sie sind gestorben, jeden Tag ein bisschen.

Und ich bin mit ihnen gestorben." Burcak sah mir in die Augen. „Ich habe gesehen, wie alles anfing ... Ich habe alles mitangesehen ... und ich konnte nichts tun ... Ich konnte nichts tun! Ich war ja nur ein Mädchen. Er hat über Mädchen gelacht ... Was weiß schon ein Mädchen? Kümmere dich um deine Sachen und halt die Klappe! ... Ich habe zugeschaut, wie er abstürzte."

„Bist du deshalb nach München gezogen? Um deiner Familie zu entkommen?"

„Man entkommt seiner Familie nicht, egal, wie weit entfernt sie ist."

„Gab bestimmt nen Mordskrach mit deinen Eltern, als sie erfuhren, dass das Töchterchen nach München ziehen wollte. Das ist doch nicht so einfach bei euch."

„Bei uns?"

„Na, bei euch Moslems."

„Mich hätte nichts in Köln gehalten, Kai. Aber das hat nichts mit meiner Familie zu tun. Wir sind eine glückliche Familie. Viel glücklicher als jede deutsche Durchschnittsfamilie. Und wir sind auch nicht so rückständig, wie du meinst."

„So? Dürftest du einen Deutschen heiraten?"

„Natürlich."

„Natürlich nicht!"

„Meine Schwester hat einen Deutschen geheiratet, Kai."

„Einen Christen?"

„..."

„Also nen Moslem ..."

„Na und?! Was weißt du schon?! Was weißt du über mich und meine Familie?"

„Shane erzählt mir manchmal was."

„Shane? Was weiß *der* schon von Familie? Seine Eltern sind geschieden, seine Brüder saufen, raufen, kiffen und verticken Drogen. Seine Schwester wurde über Nacht mit einem Mann verheiratet, den sie nie zuvor gesehen hat. Sie heult, jedes Mal, wenn sie ihn anruft. Was weiß *der* von Familie?"

Burcak setzte sich Kopfhörer auf und sah aus dem Fenster. Sie drehte die Musik viel zu laut. Als sie aufstand, um auszusteigen, glotzte ich auf ihren Arsch.

„Kein Gramm zu viel.“

„Was?“

Ich kniff in ihren Hintern. Burcak verzog das Gesicht. „Den Kampf hab ich längst aufgegeben.“

„Den Kampf um Shane?“

„Den auch.“

Die U-Bahn hielt, die Türen öffneten sich und Burcak stieg aus. Sie drehte sich noch einmal um.

„Ich liebe Schokolade“, sagte sie. „Ich hasse Fitnesscenter. Ich mache keine Diät, weil Diäten bei mir gar nichts nützen.“

„Du musst keine Diät machen, Burcak.“

„Sag ehrlich – ist mein Hintern zu fett?“

„Der Hintern einer Frau kann gar nicht zu dick sein.“

Sie verdrehte die Augen, sagte „Falsche Antwort!“ und winkte zum Abschied. Ihre Stöckelschuhe klapperten, als sie Richtung Rolltreppe stolzierte. Burcak überragte die Leute, die mit ihr ausgestiegen waren. Sie war einen halben Kopf größer als ich, hatte Beine bis zum Mond. Die Türen schlossen und die U-Bahn fuhr weiter.

Seit meinem Unfall bin ich unzählige Nächte wach gelegen. Ich war müde, so müde, aber die Schmerzen ließen mich nicht schlafen, selbst die Tabletten konnten oft nichts mehr ausrichten, weil sie mit der Zeit ihre Wirkung verloren. Ich konnte nichts tun, als Musik zu hören oder in die Dunkelheit zu starren und über das Leben und den Tod und Gott und den Teufel nachzudenken. Manchmal war jede einzelne Minute eine Qual. Ich konnte nicht liegen und setzte mich in Onkel Wilfrieds alten Fernsehsessel, ich konnte nicht sitzen und legte mich zurück ins Bett, ich sah ständig auf die Uhr, aber der Zeiger bewegte sich nicht weiter. Der verfluchte Zeiger war tot.

Jetzt bin ich nicht mehr verzweifelt, wenn ich nicht schlafen kann, weil ich die Zeit nutze, um Dir zu schreiben. Ich höre Musik, ganz leise. 50 Cent begleitet mich durch die Nacht.

This is what you call Ryder music ...

Ich kann nicht mehr schlafen.

... all the gangsters are ridin’ to...

Ich bin nur mehr wach. Ich kann nicht mehr schlafen. Ich sitze am Fenster, trinke billigen Fusel aus einem 1,50-Euro-Tetrapak und sehe zu den Sternen. Ich sehe eine Sternschnuppe fallen. Was soll ich mir wünschen? Schuldenfrei zu sein? Nein. Eine Villa in Grünwald mit nem Benz davor? Nein, nein. Neue Klamotten? Ne Weltreise? Einen Blowjob von der besten Nutte der Stadt? Fuck, nein! Ich wünsch mir nur eins: Dass die Kleine von 113 mit mir ausgeht. Das ist mein größter Wunsch. Mein einziger Wunsch. Eine Nacht mit der Kleinen. Dass wir trinken und quatschen und lachen und tanzen und alles vergessen, eine ganze verdammte Nacht lang. Dass wir durch München ziehen, nur sie und ich. Das wünsch ich mir. Mein Leben für nen Kuss. Meine verdammte Seele für ne Nacht.

Mein Handy klingelte um 01:34. Ich tappte im Dunkeln nach dem Scheißding und nahm ab.

„Fuck", sagte ich. „Was soll die Scheiße, Shane? Ich hab mir fast in die Hosen gemacht vor Schreck."

„Tut mir leid, wenn ich dich geweckt habe. Ich wollte dir nur sagen, dass du einen wichtigen Termin hast."

„*Burcak?*"

„Nächsten Donnerstag, 10 Uhr. Dr. Rensing."

„Rensing?"

„Du gehst da hin, dass das klar ist."

„Was ist los?"

„Nächsten Donnerstag, 10 Uhr. Wir treffen uns eine halbe Stunde vorher am Marienplatz, dort, wo wir uns immer treffen."

„Scheiße, ich geh zu keinem Psychoonkel."

„Rensing ist Anwalt."

„Ich hasse Anwälte. Alles Nutten."

„Rensing ist mein Anwalt."

„Du hast nen Anwalt?"

„Ich arbeite in seiner Kanzlei, habe ich dir doch erzählt!"

„Alles Nutten, Burcak."

„Hör auf, Kai."

„Für Geld, da hauen sie die größte Drecksau aus der Scheiße. Die verteidigen Kinderschänder, Nazis, Waffenschieber – ich kenne die Brut."

„Selbst Nazis, Waffenschieber und sogar Kinderschänder haben einen fairen Prozess verdient, Kai."

„Alles Nutten, diese Anwälte."

„Ich möchte auch Rechtsanwältin werden."

„Kannst du gleich auf den Strich gehen, dann machst du dir wenigstens nur die Muschi und nicht die Hände schmutzig."

„..."

„Warum schläfst du nicht, Burcak?"

„Du musst die Firma verklagen."

„Der Meyer lacht mich aus."

„Hör auf mit dem Rauschgift. Hol dir das Geld von der Firma!"

Ich setzte mich auf. Die Luft war stickig, aber es war nicht möglich, in der Nacht das Fenster offen zu lassen. Die Straße war zu laut.

„Burcak ..."

„Du bist im Recht, Kai!"

Ich ging aufs Klo, setzte mich auf die Brille und pisste so geräuschlos wie möglich. Burcak redete mir ins Gewissen. Im Haus nebenan stritt das Ehepaar Ngubwi lautstark bei offenem Fenster. Shane und ich hatten Wetten abgeschlossen, wann wer wen absticht. Shane setzte auf die Frau, ich auf mich. „Ich bringe beide irgendwann um."

„Nächste Woche, Donnerstag um halb zehn", sagte Burcak.

„Wie soll ich einen Anwalt zahlen?"

„Der Typ gibt dir nen Vorschuss, du zahlst, wenn du das Geld hast."

„Und wenn ich keins kriege?"

Sie zögerte.

„Der muss zahlen", sagte sie leise. „Und jetzt versprich mir eins: Du schmuggelst kein Rauschgift mehr."

„Wenn ich das Geld kriege, lass ich es. Ehrenwort."

„Nein. Sofort."

„Gute Nacht, Burcak."
„SOFORT!"
„Okay, Burcak. Okay."
„Ich hab dein Ehrenwort."
Ich hörte auf die Geräusche, die von der Wohnung unter mir heraufdrangen. Ein Klopfen und Hämmern, wütend, brutal. Manchmal weckte mich der Typ um vier Uhr morgens mit undefinierbaren Geräuschen im Minutentakt, die schließlich in einer Lärmorgie, in einem Getöse endeten.
„Ich hab wen kennengelernt, Burcak."
Burcak lachte. „Du bist verliebt?"
„Ich würde sterben für nen Kuss."
„Sag das nicht. Das bringt Unglück."
„Der Tod wäre kein Unglück."
Für einen Augenblick war's ganz still in der Leitung und auch still in der Wohnung darunter. Dann flüsterte sie: „Sag das nie wieder. Das ist eine Sünde."
Sie legte auf und ließ mich in der Nacht alleine.

***

Der Marokkaner, der dieses Mal auftauchte, war überrascht, mich zu sehen. Er gab mir die Laptoptasche und steckte das Kuvert ein, ohne die Scheine zu zählen. Er fragte mich, wo Max sei.
„Max won't come no more."
Er zog ein Gesicht, als hätte man ihm drei Zähne gezogen. *„My name is Abdelkader. Who the fuck are you, asshole?"*
„Kai."
„Who are you?"
„Kai."
„You faggot. Where is Max?"
„He quit."
„Max was good", sagte er und nickte. *„Max was damned good."*
„I am better. Or are we talking about blowjobs?"
„Listen, you fucking cunt", sagte er leise, setzte sich und trat mir mit voller Wucht gegen das Schienbein, sodass ich vor Schmerzen auf die Zähne biss. *„Someone's watching us ..."*

Er bestellte in Seelenruhe in dem abgefuckten Bahnhofscafé irgendnen beschissenen asiatischen Wohlfühltee. Ich verlangte ein Bier. Mein Schienbein schmerzte höllisch, ich konnte mein Bein kaum bewegen, aber ich ließ mir nichts anmerken. Ich sah mich um, so unauffällig wie möglich. Ich konnte niemanden Verdächtigen erkennen.

Der Marokkaner kratzte sich an der Nase und zeigte mit dem Zeigefinger Richtung Ausgang. Ich drehte mich um. Da standen ein Polizist und eine Polizistin. Die beiden glotzten zu uns rüber.

Ich spürte, wie mir der Schweiß aus allen Poren kroch. Mein Kopf war feuerheiß. Die verdammten Drogen standen unter unserem Tisch. Ich dachte mir nur: Fuck, das war's jetzt mit Marion. Ich werde heute Nacht nicht zu Hause schlafen. Ich werde viele Nächte nicht zu Hause schlafen.

„*If you wreck this, I'll kill you, asshole*", sagte der Marokkaner. Die Kellnerin brachte das Bier und den Tee. Meine Hände zitterten, ich war in wenigen Sekunden am ganzen Körper klatschnass.

„*If the cops come over, you take the shit and run.*"

„Wohin?"

„*I take care of them.*"

„Wohin soll ich rennen, verdammt?"

„*They're coming.*"

„*Fuck!*"

„*Run, asshole! Run!*"

Er packte die Tasche und warf sie an mein Schienbein. Ich rührte mich nicht. Die Polizisten kamen zu uns.

„*Grüezi!*", sagte der Mann und tippte zum Gruß an seine Kappe.

Ich nickte bloß mit dem Kopf. Der Marokkaner schwieg. Er starrte auf die Tischplatte.

„Sind die Herrschaften Bahnreisende?"

„Ja", sagte ich.

„Wohin geht die Reise, wenn man fragen darf?"

„München."

„Sie fahren nach München?"

„Ja."

„Und Sie?"

Der Marokkaner zuckte mit den Schultern. Er lächelte. Er tastete seine Jacke ab, als suche er seine Zigaretten.

Oder eine Waffe.

Fuck.

„Wenn Sie sich bitte ausweisen würden."

Die Tasche lag schwer auf meinen Füßen. Ich fragte mich, wie streng die Drogengesetze in der Schweiz waren. Ich fragte mich, was Burcak von mir halten würde, wenn sie hörte, dass sie mich geschnappt hatten. Mit ner Tasche voller Gras. Dr. Rensing würde meine Verteidigung nicht übernehmen, soviel stand fest.

„Ihren Ausweis bitte", wiederholte der Bulle, und ich hätte in dem Moment keinen Cent mehr auf meinen Arsch gewettet.

Ich griff in meine Jackentasche und kramte nach meinem Reisepass. Der Marokkaner tat dasselbe, ich hoffte, er würde jetzt kein Eisen ziehen und die beiden übern Haufen schießen, da stand er auch schon auf und rannte davon. Die Polizistin folgte ihm, ihr Kollege blieb bei mir.

Ich war so überrascht, dass mir die Spucke wegblieb.

„Kennen Sie seinen Namen?", fragte der Polizist.

„..."

„Wissen Sie seinen Namen?"

„..."

„Sie wissen nicht, wie dieser Mann heißt?"

„Nein. Er hat sich einfach zu mir an den Tisch gesetzt."

„Was wollte er?"

„..."

„Er hat sich zu Ihnen gesetzt, und?"

„Er wollte mir was andrehen."

„Drogen?"

„Nein."

„Was wollte er Ihnen andrehen?"

„..."

„Er hat Ihnen Drogen angeboten!"

„Nein, nein", sagte ich.

„Sondern?“

„Er …“

„Würden Sie mir bitte antworten oder verstehen Sie meine Frage nicht?!“

„Ich verstehe Ihre Aufregung nicht.“

„Was wollte der Afrikaner von Ihnen?“

„Er fragte, ob ich das neueste Motorola haben will.“

„Einen Motorroller?“

„Ein Handy.“

„Ist das seine Tasche? Gehört die ihm?“

Ich zögerte für einen Augenblick. Ich spürte, wie das Blut wieder in meinen Kopf schoss. Mein Schädel muss feuerrot gewesen sein. Ich sagte: „Nein, das ist mein Laptop.“

Die Polizistin kam zurück, außer Atem, die Mütze hielt sie in den Händen.

„Der ist weg“, sagte sie. „Den sehn wir nicht mehr. Soll ich Verstärkung holen?“

„Nein.“

„Und was ist mit dem?“

Der Polizist kontrollierte meinen Pass. Er nahm sein Handy und rief jemanden an, ohne dass ich auch nur ein Wort seines Schweizer Dialektes verstehen konnte.

„Hm“, sagte er und gab mir den Ausweis zurück. „Es liegt nichts gegen Sie vor.“

„Haben Sie etwas anderes erwartet?“

„Bitte begleiten Sie uns trotzdem zu unserem Auto. Wir müssen die Daten aufnehmen.“

„Das geht nicht. Gleich fährt mein Zug. Ich muss zurück nach München.“

„Sie müssen erst mal mit uns kommen.“

„Meine Freundin ist im neunten Monat.“

„Schön für sie.“

„Ich muss zu ihr.“

„Sie bleiben hier, Herr Samweber.“

„Meine Freundin ist schwanger, sie braucht mich! Sie können sie anrufen!“

„Wir verhandeln nicht.“

„Sie braucht mich!“

Die Polizistin seufzte. „Name?“

„Kai Samweber.“

„Den Ihrer Freundin!“

„Burcak Cedim.“

„Nummer?“

Ich diktierte ihnen Burcaks Handynummer, die einzige, die ich neben Shanes auswendig konnte.

„Ich weiß nicht, welche Vorwahl Sie aus der Schweiz wählen müssen.“

„Keine Angst“, sagte die Polizistin, klappte ihr Handy auf und hielt es an ihr Ohr. „Wir leben hier nicht hinter den Bergen.“

Ich fragte mich, ob Burcak mitspielen und ihnen irgendeinen Mist erzählen würde. In meinem Kopf leierte ich das Vaterunser und sah dabei auf das Abzeichen an ihrer Uniform, sah, wie ihre Brust sich im Rhythmus ihres Atems bewegte. Sie klappte das Handy wieder zu.

„Sprachbox“, sagte sie.

„Ich muss zurück nach München. Ich habe doch überhaupt nichts getan!“

„Wir müssen auf jeden Fall Ihre Personalien aufnehmen. Bitte kommen Sie mit uns auf die Wache.“

„Mein Zug!“

„Keine Angst. Wenn Sie diesen nicht schaffen – in zwei Stunden fährt der nächste.“

„Meine Freundin!“

„In zwei Stunden sitzen Sie im Zug“, sagte sie genervt.

Ich stand auf, es war alles vorbei.

Run.

„Ihr Computer“, sagte der Polizist.

„Ja, mein Computer“, sagte ich und hob die Laptoptasche auf.

Run, asshole, run!

Die Kellnerin kam angestürmt und ich bezahlte das Bier und den Tee mit einem 20-Euro-Schein. „Passt so.“

Wir verließen das Bahnhofsgebäude. Ich dachte daran loszusprinten, aber wohin? Vielleicht könnte ich die Tasche ja loswerden, aber wo?

Run.

Dann hörten wir einen Schrei, so nen Schrei, der durch und durch geht. Wir drehten uns um und sahen auf dem Gehsteig eine Frau knien, ihre Hände waren voller Blut, ihre Jacke war voller Blut, sogar ihr Gesicht war rot, sie stieß in kurzen Abständen Schreie aus, ich dachte, sie hätte n Loch im Bauch oder ein Bein verloren. Die Bullen liefen sofort los, ich folgte ihnen, blieb aber stehen, als ich sah, woher das Blut kam. Ein großer, schwarzer Hund lag auf dem Asphalt, er zuckte und jaulte, versuchte sich aufzurichten, aber es gelang ihm nicht. Es sah aus, als hätte er einen epileptischen Anfall oder zu viel LSD erwischt. Aus einer tiefen Wunde an seiner Kehle spritzte Blut. Die Frau kniete neben dem Tier, warf sich auf den Hund, schrie, als wäre es ihr Kind. Sie drückte ihn an sich, aber das Blut konnte sie nicht stoppen.

Menschen kamen angelaufen, schnell waren die Frau und der Hund umzingelt, mir wurde schlecht und schwindlig, ich machte mich davon, es fühlte sich an, als würde ich auf Watte gehen, ich hatte keinen festen Boden unter den Füßen. Ich lief die Stufen zum Eingang hoch, ohne mich umzusehen, drückte gegen die Tür und suchte auf der Anzeigetafel den nächsten Zug. Ich wollte auf keinen Fall direkt nach München fahren. Wer weiß, ob die Bullen Verstärkung anforderten oder den Zoll informierten, wenn sie merkten, dass ich weg war. Ich beschloss, den Regionalzug nach Bregenz zu nehmen, um dort umzusteigen.

Ich überlegte mir, ein Ticket am Schalter zu kaufen, aber dafür hatte ich keine Zeit.

Als ich mich umdrehte, stieß ich mit *ihm* zusammen.

Ich wollte an ihm vorbei, aber er versperrte mir den Weg. Er war fast einen Kopf kleiner als ich, aber der hätte mich entzweigeschlagen, wenn er gewollt hätte.

„Next time I tell you to run, you run. If you don’t do it, I’m gonna kill you, asshole. I swear to God, I’ll kill you.“

„Wohin hätte ich denn rennen sollen?! Ich kenn mich in dem Kaff überhaupt nicht aus.“

Der Typ starrte mich nieder.

„I miss Max", sagte er und bohrte mir den Zeigefinger in die Brust. *„Max was good. You're a piece of shit."*

„What the fuck have you done with that dog?"

„You worry about that dog? You should worry about yourself."

„You are a psycho."

„I saved your fuckin' ass", sagte er und trat mir wieder gegen den Fuß. *„Next time Abdelkader tells you: run – you run, you sonofabitch."*

„Jaja, ich hab's verstanden, verdammt."

„What did you tell those cops?"

„Nothing."

„You talked to them."

„I did not say anything."

„What did you tell them about me?"

„I told them I had no fucking clue who you were."

Er warf mir einen letzten verächtlichen Blick zu, dann verpisste er sich, und ich humpelte zum Bahnsteig.

Erst als wir Lindau und den Bodensee hinter uns gelassen hatten, fühlte ich mich wirklich sicher. Ich weiß nicht, wer mir mehr Angst eingejagt hatte – die Bullen oder der Marokkaner. Vielleicht auch die Tatsache, dass ich so nem Job nicht wirklich gewachsen war. Ich war kein harter Hund, ich war nicht geschaffen für diese Scheiße.

Der Zug rauschte nur so dahin, ich lehnte mit dem Kopf an der Scheibe. Ich sah den Hund im Todeskampf vor mir. Wäre ich gerannt, als die Bullen auftauchten, wäre er noch am Leben. Er hätte nicht sterben müssen.

Und auf einmal erfüllte mich eine große Leere. Ich verspürte eine übermächtige Antriebslosigkeit, konnte nicht einmal mehr meine Finger bewegen, und es kostete mich Riesenkräfte, die Augenlider offen zu halten. Alles schien sinnlos, absolut sinnlos. Jedes Sein, jedes Leben, jedes Tun. Alles sinnlos, alles umsonst. Irgendwann würde ich genauso enden wie der arme Köter. Wir würden alle sterben. Ich wünschte, der Schmerz hätte mich dazu gebracht, dem Mann auf dem Sitz gegenüber, der seit einer Stunde in sein Handy plärrte, das Scheißding aus der Hand zu schlagen. Ich wünschte, ich hätte aufstehen können, die Tür öffnen und rausspringen, aber ich konnte nichts tun.

Ich bin mir sicher, dass mein Leben in Gewalt enden wird, Florian. Dass ich jemanden töten werde oder dass mich wer totschlägt. Ich fühle das, und dieses Gefühl ist so stark, dass es für mich Gewissheit ist: Mein Leben wird in Gewalt enden. Und manchmal, da wird mir klar – das ganze Leben ist schon vorbei ... alles kommt, wie es kommt, ich kann da gar nichts mehr ändern. Ich bin dazu gezwungen, dieses Leben zu leben. Augen zu und durch. So wie einer in einen Achterbahnwagen einsteigt und nichts mehr tun kann. Es geht bergauf, es geht bergab, alles Vollkaracho, du kannst nichts tun, du bist der Scheiße ausgeliefert. Du hast nur deine Gefühle, du liebst, du hasst, du fühlst Glück und Schmerz, aber an der Fahrtrichtung und am Ziel kannst du nichts ändern, auch wenn du noch so schreist und fluchst.

Ich habe Angst, dass ich eines Tages ausraste und etwas tue, das mich in den Knast bringt. Ich überstehe den Knast nicht, das weißt Du. Ich geh da drinnen kaputt. Ich bin wütend genug, wen zu töten, aber nicht hart genug, meine Zeit abzusitzen. Von mir aus nenn mich eine verdammte Schwuchtel, nenn mich einen Feigling. Ich bin nicht der Krieger, der ich gerne wäre, nicht aus Eisen und Stahl wie Shane, aber ich habe diese Wut in mir. Mir wird manchmal schwarz vor Augen, weil diese Ungeheuer in mir rebellieren, weil sie raus wollen, töten wollen, sie können dieses Leben, diese Demütigungen keinen Tag länger ertragen.

Ich wünschte, ich könnte in einen Fluss steigen und all die Wut, den Hass und den Frust in dem kalten Wasser abstreifen. Ich wünschte, ich könnte einen Schritt zur Seite machen, nur einen Schritt zur Seite, und alles wäre anders, alles wäre gut.

***

Ich bunkerte den Stoff ausnahmsweise über Nacht bei mir, da die Party erst am folgenden Tag stattfand. Ich machte die ganze Nacht kein Auge zu. Sobald ich einschlief, träumte ich von

Bullen, die meine Wohnung stürmten. Wenn ich wach war, glaubte ich die Stimme des Marokkaners im Stiegenhaus zu hören, glaubte ich, er würde jeden Moment die Tür eintreten, um sich den Stoff zurückzuholen.

Aber niemand kam. Ich blieb in der Bude mit dem Gras, dem Eisen und den Motten alleine. Ich hatte Angst, die verdammten Viecher könnten mein Gras anrühren, aber sie blieben brav davon fern und fraßen meine Unterhosen.

Irgendwann am frühen Morgen hörte ich ein Kind schluchzen. Ich war verwirrt, denn meine Nachbarn hatten keine Kinder. Sie hatten Hunde und Katzen, Bohrmaschinen und laute Fernsehgeräte, aber keine Kinder. Das Schluchzen wurde zu einem Weinen, ich stand auf und horchte, woher das Geräusch kam, von oben oder von unten, von rechts oder von links, aber das Weinen war nicht zu orten. Ich legte mich zurück auf die Matratze und hörte dem Kind zu und fragte mich, warum es wohl weinte. Es war kein Baby, kein kleines Kind, es war alt genug, um in die Schule zu gehen. Ich hatte zu oft meinen Bruder weinen gehört, als dass ich das nicht wissen würde. Florian musste wegen seiner ständigen Heulerei zu nem Psychodoktor, aber helfen konnte der nicht. Hatte ja auch keine Ahnung, was da so an unserer Schule abging. Der lebte in einer Villa am Stadtrand, wie konnte er glauben, er hätte auch nur einen Funken Ahnung von der Hölle, durch die mein Bruder ging.

Florian war elf, als er in den Fluss fiel. Ich werde nie vergessen, wie die Strömung ihn davonriss. Nachdem er ein paar Meter abgetrieben worden war, tauchte er unter und nicht mehr auf. Ich sprang ihm hinterher. Nach etwa 200 Meter konnte ich mich an einem Ast eines umgestürzten Baumes festhalten und mich ans Ufer retten. Die Rettungskräfte fanden meinen Bruder nach etwa einer halben Stunde. Er war bewusstlos und hatte viel Wasser in der Lunge.

Jeden Tag dachte ich an diesen Augenblick. Wie er ins Wasser fällt und von der Strömung fortgerissen wird. Und manchmal kam dieser Moment mit solcher Wucht zurück, dass ich Angst hatte, verrückt zu werden. Ich legte mich dann auf meine

Matratze, zog die Decke übern Kopf und wartete ... wartete, bis der Wahnsinn vorüber war, als wäre er ein Gewitter, das aufkommt und wieder abzieht. Ich rollte mich zusammen wie ein kleines Kind und wusste, dass der Blitz mich jederzeit treffen konnte, dass nicht viel zum absoluten Kollaps fehlte. Der Wahnsinn konnte jeden Moment ausbrechen und mich in die Klapsmühle oder – schlimmer – ins Gefängnis bringen. Und war ich erst mal dort, das wusste ich, würde ich nie wieder zurückkommen.

Es gab eine Zeit, da habe ich noch gelesen. Ich habe Bücher gefressen, Romane, Biografien, Geschichtsbücher, Fußballbücher, Comics, Philosophen, manchmal fünf, sechs Bücher nebeneinander. Ich suchte Trost, suchte Weisheit in den Büchern, ich fand auch manchmal etwas, das mich packte, das mich berührte, das mir weiterzuhelfen schien – aber am Ende kam ich immer wieder zu meinem Ausgangspunkt zurück, und mein Ausgangspunkt war die Erkenntnis von Sokrates: Ich weiß, dass ich nichts weiß. Und heute ist mir klar, dass ich nie etwas erfahren werde über das Leben und den Tod und den Sinn oder die Leere hinter all dem Wahnsinn. Mein verfluchtes Hirn ist zu klein, um irgendwas zu begreifen. Mein Herz ist zu ängstlich, um einen göttlichen Strahl zu empfangen.

Ich lese nicht mehr. Ich habe die Kraft nicht mehr dazu, und ich vertraue den Worten nicht mehr. Ich will leben, nicht träumen. Jeden verdammten Tag warte ich auf ein Wunder. Scheiße, ja, ich bin so verdammt hungrig auf das Leben, aber es hält mich auf Distanz, ich habe eine Ahnung von seiner Leidenschaft und seinem Feuer, aber ich kann es nicht berühren, ich greife immer ins Leere. Ich will es umarmen, es an mich drücken, aber es zeigt mir jeden Tag die kalte Schulter. Ich will aufwachen aus diesem Albtraum, diesem Gefühl von Lebendigbegrabensein. Ich will doch nur leben. Und wenn es nur für einen Tag oder eine Nacht ist. Und wenn das Glück nur einen Kuss lang dauert.

Ich gehe in den NORMA um einzukaufen und sehe Menschen, die dreißig, vierzig, fünfzig Jahre älter sind als ich und ihr Leben lang auf ein Wunder gewartet haben und längst wis-

sen, dass es nicht mehr kommen wird. Dass es nur noch ums nackte Überleben geht und dass sie um jeden verdammten Cent kämpfen müssen, jeden Tag, bis zu ihrem Tod. Dass die dunklen Wolken über ihren Köpfen nie verschwinden werden. Sie stinken nach Alk und billigem Deo und After Shave, nach Hustensaft und Schweiß. Und sie stinken nach Angst.

Ich werde nicht so enden, Florian. Ich schwör bei Gott. So werde ich niemals enden. Ich werde das Wunder zwingen. Die können mich noch so oft betrügen, die können mich noch so oft belügen, verraten und verkaufen, sie müssen mich erschlagen, erschießen, aufspießen – solange ich noch einen kleinen Finger rühren kann, werde ich nicht aufgeben.

***

Als ich im Heim ankam, war die Hölle los. Die Party war bereits im Gang, obwohl es erst halb sechs war. Schon im Stiegenhaus standen Leute mit Bierflaschen und Zigaretten und Joints in der Hand, lachten und quatschten oder küssten sich.

Ein Typ mit großer Nase und Schnittlauchfrisur stand mit nem Fernglas am Fenster und sah rüber zur Jugendherberge.

„Schottinnen", sagte er und leckte sich die Lippen. „Drei Schulklassen. Senf ist schon rüber. Schauen, ob was geht."

„Hey, die Bude hier ist voller Studentinnen und ihr schleicht euch rüber in die Jugendherberge?"

„Da könnte noch was gehen heute."

„Ich kapier das nicht."

„Weißt du denn nicht, was die von deutschen Frauen unterscheidet?" Er sah mich durch das Fernglas an. Ich zuckte mit den Schultern. Er setzte das Fernglas ab. „Größere Titten haben die, verstehst du? Die Mädels von der Insel haben *big boobs*!"

„Möpse sind doch nicht alles."

„Schau dir unsere Mädels im Heim an! Alle flach!"

„Was ist mit der Inderin?"

„Die hat einen Flaum über den Lippen. Was interessiert mich eine Frau mit Bart?"

„Was interessieren mich Riesenmöpse?"

„Zeig doch mal die Möpse, die würden mich interessieren, zeig doch mal die Möpse, hab lange keine mehr gesehen“, sang der Schnittlauch, er sang es falsch, aber laut, so laut, dass es durchs ganze Stiegenhaus schallte und irgendwer in einem anderen Stock mit einstimmte. *„Ich steh total auf Möpse, und am liebsten hätt ich zehn, zeig doch mal die Möpse, aber ich will nicht, dass ... ich will nicht, dass die frieren!*“

Schnittlauch reichte mir das Fernglas. „Gugl.“

„Hm?“

„Ich bin Gugl.“

„Kai.“

Wir gaben uns die Hände. Er brach mir beinahe die Pfote. Irgendwie war alles an ihm zu groß. Irgendwie machte er alles mit zu viel Kraft.

„Eigentlich heiße ich Klaus, aber die Leute behaupten, ich würde alles wissen. Gugl wie Google, verstehst du?“

„Nein.“

„Sag mir nen Namen aus dem Heim und ich spucke alle Infos über die Person aus“, sagte er und legte seine Pratze auf meine Schulter. „Gegen ein kleines Trinkgeld erfährst du alles.“

Ich sah durch das Fernglas hinüber zur Jugendherberge. Ich konnte keine Möpse sehen, ich konnte nicht mal Mädchen sehen. Ich sah zwei Typen an einem Fenster sitzen und rauchen.

„Schottinnen, Engländerinnen, die haben richtig große Dinger.“

„Warum bist du dann nicht längst in der Jugendherberge?“

Er stand da, die Hände in den Hosentaschen, wirbelte mit nervösem Zucken seine Haare aus dem Gesicht. „Senf sagt, ich muss die Stellung halten.“

Ich beobachtete durch das Fernglas Marion, die ohne Helm und im Minirock auf einer Vespa angefahren kam. Es war die Vespa, die in Rugbys Zimmer gestanden war.

„Das ist eine Lambretta, Baujahr 1969“, sagte Rugby, der plötzlich neben mir stand und mir die Laptoptasche abnahm. „200 cm^3, 12 PS.“

„Wow.“

„Sie ist heiß, nicht?"
„Ich würde sterben für nen Kuss", sagte ich leise.
„Ich bin zu schwer für meine Luisa", sagte Rugby, schob seinen Pullover hoch und kratzte sich an seinem dicken, behaarten Bauch. „Ich darf nicht mehr fahren."
„Und damit sie nicht einrostet, fährt Marion."
„Marion", sagte Gugl im selben Tonfall wie ich. „Wie du den Namen aussprichst ..."
„..."
„Dir gefällt unser Mädel von der Alm, hm?" Rugby fuhr mir über die borstigen Haarstoppeln und lachte. „Mach dir keine Hoffnungen. Tu's nicht."
Rugby hielt einen Vortrag über seine Lambretta, dem ich nicht folgte, mich interessierte nur sie. Sie ging die Stufen zum Eingang hoch, sie blickte zu unserem Fenster. Ich kannte den Blick. Er versprach alles.
Ich kannte den Blick.
Ich sah unsere Zukunft.
Ich wusste, wir würden uns verlieben. Uns umarmen, uns küssen. Ich wusste, wir würden im Bett landen. Hand in Hand durch die Stadt spazieren. Uns betrinken, bekiffen, ablecken.
Ich sah in die Zukunft.
Den ersten Kuss. Den ersten Fick. Den ersten Streit.
Den letzten Streit.
Den Anfang, den Abschied.
Ich ahnte den Liebesrauch und schmeckte die Tränen.

„Darf ich dir die Haare schneiden?", sagte ich, als Marion in der Gemeinschaftsküche im ersten Stock eine Milchpackung und ein Stück Käse in ihr Kühlfach gab, und berührte ein paar Haarspitzen.
„Warum denn das?!"
„Mit kurzen Haaren würdest du aussehen wie Cameron Diaz."
„Ha!", lachte sie und schubste mich beiseite, damit sie die Tür schließen konnte. „Ich weiß, warum du das sagst."
„Du könntest ihre kleine Schwester sein."

„Ja, ich habe wirklich etwas mit ihr gemeinsam: Den großen Mund! Aber das ist auch alles."

Marion nahm einen Joghurtbecher aus dem Kühlschrank, zog den Deckel ab und leckte darüber.

„Was studierst du?", fragte sie.

„Ich studiere nicht."

„Du studierst nicht?"

„Ich hab mal studiert. Aber nur drei Semester."

„Hat keinen Spaß gemacht?"

„War ganz okay."

„Aber?"

„Ich kann nicht lange sitzen. Da dreh ich durch. Ich muss arbeiten, verdammt. Mit meinen Händen! Ich muss schwitzen, ich muss sehen, wie etwas entsteht, dieses abstrakte Blabla da in den Hörsälen, das ist nichts für mich."

„Wow", sagte die Inderin, die an einer der Herdplatten in einem winzigen Topf schwarze Spaghetti kochte. Sie hüpfte auf einem Bein zu mir und griff an meinen Bizeps. „Leute, hier steht der letzte *working class hero*!"

„Und was machst du jetzt?", fragte Marion.

Sie stand vor mir und lächelte, sie stand da und lächelte, und ich wusste nicht, was ich tun sollte, was ich antworten sollte. Ich war nüchtern, absolut nüchtern, aber sie machte mich betrunken, sie machte mich high, ich stand völlig neben mir. Ich schämte mich vor ihr in meiner Jacke und in meinen Jeans. In dem alten Zeug, das seit Wochen nicht mehr gewaschen worden war, weil die verdammte Waschmaschine im Keller defekt war.

Sie war kleiner als ich, n kleines bisschen kleiner als ich. Aber sie kam mir wie ein Riese vor.

Ich war ihr ausgeliefert.

Beinahe war ich froh, als Rugby in die Küche platzte. Wenn man keinen Job hat, ist die Frage nach dem Job diejenige, die man am meisten fürchtet.

Rugby trug eine braune Cordhose und ein weißes Schafsfell über seinem nackten, behaarten Oberkörper. Er grinste. Natürlich, er grinste immer, aber es kam von Herzen, das Grinsen, ich mochte Rugbys Grinsen. Er checkte die Lage, dann kam er schnurstracks auf mich zu und umarmte mich.

„Das ist Tierquälerei, Rugby!“, sagte die Inderin.

„Das Schaf ist mausetot.“

„Du verletzt die Totenruhe!“

„Auf zur Bar, Kai! Trinken wir auf das tote Tier!“

Die Inderin packte meine linke Hand: „Wenn er dir Pilze andrehen will, sag nein. Sonst trägst du bald auch tote Tiere auf deiner nackten Haut.“

Ich wusste sofort, dass ich das Zeug probieren musste.

„Schenk dem Mann ein Bier, Senf“, sagte Rugby zu dem Typen hinter einem Tisch, auf dem unzählige Flaschen Hochprozentiges standen.

„Hat er’s verdient?“

„Schenk dem Mann ein Bier! Er trägt keine Unterwäsche.“

Ich verstand den Witz nicht, aber Senf brüllte vor Lachen, als er die Flasche öffnete. Er nahm einen Schluck daraus, wischte mit der Hand über den Flachenhals, rülpste und reichte sie mir. Ich wollte zurück zu Marion, aber die war im Getümmel verschwunden. Ich kletterte auf den grauen Schrank, der neben der Tür zur Terrasse stand. Ich mochte es. Zu trinken, in der lauten Musik zu baden, den Leuten von hier oben zuzuschauen. Marion zu suchen, mit meinen Blicken. Zu sehen, wie sie mich suchte. Mit ihren Blicken.

Ich saß da auf dem Schrank, ließ die Beine baumeln und trank mein Bier. Abdelkader spukte immer noch in meinem Kopf herum, aber mit jedem Schluck und jedem Blick, den mir Marion zuwarf, wurde er harmloser und lächerlicher. Auch der Gedanke an die Bullen konnte mir keine Angst mehr einjagen. Die konnten mich alle am Arsch lecken.

Einmal fielen mir die Augen zu. Als ich sie wieder öffnete, saß Marion neben mir.

Rugby spielte „The Other Side“ von den Red Hot Chili Peppers. Er stand oben ohne auf einem der Tische und dirigierte die Menge mit seinem Schafsfell in der Hand. *„How long, how long will I slide ... seperate my side ...“*

Vor dem Küchenschrank, der bis zur Decke reichte und den Essensbereich von dem Kochbereich trennen sollte, hüpften ein paar Jungs und Mädels auf und ab. Immer wieder kam wer zu Marion getanzt, küsste sie auf die Wange und verschwand wieder auf der Tanzfläche.

Gugl stand in der Ecke, Bier in der Hand, mit nem fetten *smile* im Gesicht. Er nickte und zeigte auf mich, dann auf Marion.

Ihr zwei, meinte er damit.

Ihr zwei.

Ich lächelte.

Ja, wir zwei.

Irgendwann tauchten zwei Polizisten auf. Sie standen auf einmal in der Küche, mitten unter den Tanzenden. Sie waren riesengroß. Trotzdem bemerkte sie lange keiner außer mir.

Rugby musste die Musik leiser drehen. Leute aus dem Altersheim hatten sich beschwert.

„Du scheinst ja beliebt zu sein", sagte ich zu Marion, als sie wieder von nem Typen abgeknutscht wurde.

„Kann mich nicht beklagen."

„Ihr seid alle eine große Familie hier, was?"

„Nein. Ich habe Geburtstag."

Ich sah sie an, biss mir auf die Unterlippe. „Wie alt bist du?"

„Wie alt schätzt du mich denn?"

„15? 17?"

„Dann würde ich wohl kaum studieren."

„19?"

„Willst du mir nicht gratulieren?"

„20?"

„Ey, ..."

„Älter?!"

„Man fragt eine Frau nicht nach dem Alter!"

„Du bist keine Frau!"

Marion sah an sich runter und legte ihre Hände auf ihre Brüste. „Sind sie so klein?"

„Du bist n Mädchen."

„Ein Mädchen?"

„Frau, das klingt nach Mann und Haus und Kombi."
„Wie alt bist du?"
„25."
„25?!" Sie lachte. „Wow."
„Warum wow?"
„Du siehst älter aus."
„Das ist kein Kompliment."
„Doch", sagte sie und zwickte mich in den Oberschenkel. „Ich mag Männer, die im Feuer waren. Die was erlebt haben, verstehst du? Richtige Männer."
Wieder berührten sich unsere nackten Arme.
Marion Räuber. Sie hieß Räuber. Ich hatte den Namen auf der Telefonliste neben dem Stocktelefon gesucht und gefunden. Räuber, Marion, Zimmer 113.
„Woher kennst du Shane?", fragte sie.
„Ich habe da mal gewohnt, wo er jetzt wohnt. Am Wettersteinplatz. Er hat den Premiere-Code geknackt und wir schauten jeden Samstagnachmittag zusammen Bundesliga."
„Kennst du auch seine Brüder?"
„Er hat Brüder?", sagte ich und nahm einen kräftigen Schluck aus der Flasche.
„Das weißt du nicht?"
„Fick seine Brüder", sagte ich, aber so leise und undeutlich, dass sie es nicht verstehen konnte.
Die Bullen machten uns klar, dass die Musik ab jetzt leise bleiben musste, dann zogen sie wieder ab.
Ich zeigte ihren Rücken meine Mittelfinger und erntete dafür anerkennende Blicke von zwei Politikstudenten im Skateroutfit.
„Diese Leute hier sind leicht auszurechnen", sagte ich.
„Du hast doch nix mit Drogen, oder?"
„Wie kommst du darauf?"
„Nur so."
„Brauchst du was?"
„Ich hasse Drogen."
„Alles Gute zum Geburtstag", sagte ich. Ich küsste sie links auf die Wange, rechts auf die Wange, und als die Musik wie-

der einsetzte, genau auf den Mund. Ich hätte das Ganze wiederholt, aber da hatte ich auch schon Gugl an meinem Ohr. „Mann, Mann, Mann. Da hast du dir aber ein sauberes Flittchen ausgesucht!“ Den Rest verstand ich nicht. Er griff kurz an meinen Bauch, kitzelte mich, stellte seine leere Bierflasche auf den Boden und stapfte aus der Küche.

Nelly, die Inderin, holte Marion zum Tanzen, Marion gab mir ihren Drink und zwinkerte mir zu. Die Tanzfläche war ein Platz von zwei mal fünf Meter zwischen den zusammengeschobenen Esstischen und dem riesigen Kasten, in dem die Studenten ihr Geschirr und ihre Fressalien verstauten. Marion bewegte sich kaum, aber sie war so sexy, so weich, so warm. Sie sah mich an ... wie von ganz weit weg ... zwei Augen aus einer anderen Welt ... ihr Blick so traurig und entrückt. Ihr Hintern war die Hölle. Sie trug einen hautengen, superkurzen Einteiler. Ihr Hintern hypnotisierte mich. Ich spürte keinen Schmerz mehr in meinem Rücken und machte mir keine Sorgen mehr ums Geld. Ich wollte diesen Hintern. Ich musste diesen verdammten Hintern haben. Meine Hand zitterte bei dem Gedanken, ihn zu berühren. Mein Mund brannte darauf, ihn zu küssen.

„Ich werde sterben, wenn ich den Arsch nicht bekomme“, sagte ich zu dem Typen neben mir. Er nickte bloß.

Die Welt begann sich zu drehen, schnell und heftig, aber nicht wegen des Alks. Wegen ihr. Nur wegen ihr.

Ich wollte sie ausziehen. Sie küssen. Von oben bis unten. Nichts auslassen. Sie ficken. Von vorne. Von hinten. Nichts auslassen. Die ganze Nacht. Die ganze verdammte Nacht. Wollte ihr Stöhnen hören. Ich wollte nicht länger wichsen zu Fickfotos auf einem 12-Zoll-Computerbildschirm.

Ich wollte echtes Fleisch, echtes Blut, echtes Herz.

Echtes Leben.

„Gehn wir noch was trinken in die Stadt?“, fragte ich sie, als sie eine Tanzpause einlegte und ihren Drink abholen wollte. „Nur wir zwei!“

Sie schüttelte den Kopf. „Ich habe doch Geburtstag.“

„Ich singe dir auch n Lied und ...“

„Ich muss mit Nelly feiern. Sie ist meine beste Freundin."

„Ich kann gut singen."

„Mein Gott, denkst du, mich interessiert deine Singerei?"

„…"

„Besorgen sollst du's mir, du Idiot", sagte sie und streckte die Zunge raus. „Aber nicht heute Nacht. Die gehört mir und Nelly."

Sie küsste mich auf die rechte Wange, auf die linke Wange. Ich hoffte, sie würde sagen, komm doch mit uns! Aber sie öffnete nur den Mund.

Ich hörte Senf rülpsen und Rugby lachen, als wir uns küssten und sie mir einen Zettel in die Hosentasche steckte.

Ich wusste, es war ihre Handynummer.

3

„Dr. Rensing, das ist Kai Samweber."

„Herr Samweber, nehmen Sie Platz. Nehmen Sie doch bitte Platz ..." Als Burcak zurück in das Vorzimmer zu ihrem Schreibtisch wollte, sagte er: „Du kannst bleiben, Burcak."

Wenzel Rensing war jung. Verdammt jung. Und verdammt groß, mindestens 1,90. Er trug ein weißes Hemd, eine elegante Hose und spitze weiße Schuhe. Der Arsch war grad mal ein Jahr älter als ich und schon n verfluchter Staranwalt. Münchner Promis gingen bei ihm ein und aus. Den Kuli, mit dem er schrieb, den Kuli mit dem eingravierten Familienwappen hätte ich mir nicht mit dem Geld kaufen können, das ich im Monat Stütze bekam. Aber all die feinen Klamotten, Zauberkulis und weißen Schuhe nützten nichts – sein Gesicht war eine Katastrophe. Irgendwie schien da genetisch was schief gelaufen zu sein. All sein Geld konnte ihm nicht die Schönheitsoperationen bezahlen, die nötig gewesen wären, um aus ihm einen attraktiven Mann zu machen.

Mir war ziemlich rasch klar, dass der Kerl total in Burcak verschossen war. Wie er sie ansah, wie er sie zufällig berührte, die Tonlage, in der er mit ihr sprach – so behandelte kein Chef der Welt seine Sekretärin. Schon gar kein junger, ehrgeiziger Anwalt, der auf dem Weg nach ganz oben war, selbst dann nicht, wenn die Sekretärin bald selbst ihr Studium abgeschlossen haben würde und eigentlich überqualifiziert war für den Job.

Deshalb das Theater hier. Deshalb wollte er nem Loser wie mir helfen. Er wollte sich helfen. Über mich sollte der Weg zu Burcaks Herzen führen.

Er lächelte mich an, startete seinen Apple und tippte auf seinem Handy rum.

Burcak und n Christ, das konnte der Rensing sich abschminken. Und zum Islam konvertieren wegen einer Braut? Dafür waren seine Schuhe viel zu weiß.

„Die Situation ist völlig aussichtslos", sagte ich, gab meine Hände unter die Schenkel und wippte auf meinem Stuhl vor und zurück wie n Typ aus der Nervenklinik.

„Auf keinen Fall, Herr Samweber", sagte Rensing und blickte mich kurz an. „Es gibt keine aussichtslosen Fälle."

„Keine Chance, ich schwör."

„Alles okay?", fragte Burcak leise und sah mich misstrauisch an.

„Kaffee?", fragte Rensing.

„Danke", sagte ich und schüttelte viel zu heftig den Kopf. Ich war völlig zugedröhnt, hatte mir bei Shane die Kante gegeben. Wodka-Red Bull bis zum Abwinken, ein bisschen Gras, ein paar E's und Schmerztabletten, alles durcheinander, es war ein großer Spaß gewesen, aber jetzt fühlte ich mich wie im freien Fall. Ich musste das hier hinter mich bringen, ehe ich auf den Boden klatschte.

Burcak wirkte nervös. Vielleicht schämte sie sich für mich. Ich checkte meinen Atem, er schien okay. Ich sah an mir runter und überprüfte mein Outfit, aber ich sah nicht abgefuckter und dreckiger aus als sonst. Im Gegenteil. Ich trug eine übergroße Sportjacke, die mir Shane geliehen hatte, damit ich nicht mit meiner Bomber in der Kanzlei auftauchen musste.

Wir waren im elften Stock eines protzigen Büro-Neubaus, an dessen Eingänge bewaffnete Securitymänner standen.

„Darf ich mal aus dem Fenster schauen?", sagte ich, ehe Wenzel loslegen konnte.

„Ich habe leider schon in zwanzig Minuten den nächsten Term..."

Das Fenster war mannshoch. Der Ausblick gigantisch. Es schien, als würde man auf München hinunterschauen, als befände man sich im höchsten Gebäude der ganzen verdammten Stadt. Am blauen Himmel standen zwei mächtige weiße Wolken.

Wir befanden uns im Herzen der Reichen. Im Herzen der Mächtigen.

„Scheiße", sagte ich. „Da könnten Sie Eintritt verlangen."

Die Wolken schienen so nahe.

Wie hatte ich das vermisst.

Den Wolken, dem Himmel näher zu sein.

„Ich habe mich schon so daran gewöhnt, dass der Ausblick nichts Besonderes mehr für mich ist."

„Wie fühlt sich das an?"

„Ich verstehe nicht?"

„Zu denen ganz oben zu gehören."

„Ich glaube nicht, dass ich zu denen *ganz oben* gehöre."

Ich wollte da zum Fenster raus.

„Haben Sie kein schlechtes Gewissen, wenn Sie so viel Kohle verdienen?"

„Kai ...", sagte Burcak, aber ich fuhr fort: „Ich habe mich jahrelang gefragt, warum es immer mehr Millionäre und Milliardäre gibt, während wir da unten ins Bodenlose fallen." Rensing wollte mich unterbrechen, aber ich ließ mich nicht unterbrechen: „Wo sind die ganzen verschwundenen Milliarden, die jetzt an Steuergeldern in die Banken gesteckt werden? Wer hat die denn? Habt ihr euch die unter den Nagel gerissen?"

„Die haben zum Teil nie existiert", sagte Rensing.

„Scheiße, wer hart arbeitet, der soll gut verdienen, aber harte Arbeit alleine kann niemals all den Reichtum erklären, den ihr da oben ansammelt."

„Kai, bitte ..."

„Ich habe auch hart gearbeitet, Burcak, du weißt das, ich habe Überstunden ohne Ende gemacht, und was habe ich jetzt? Ich habe Schulden."

„Und genau das wollen wir ändern, Herr Samweber. Wenn Sie sich bitte setzen würden!"

Ich schloss die Augen und träumte mich zurück auf das Schlossdach. Ich vermisste die Turmfalken und die untergehende Sonne im Westen, wenn wir zusammenpackten und mit dem klapprigen Bus nach Hause fuhren. Den Schweiß auf der Haut, der salzig schmeckte, wenn man ihn ableckte. Die Müdigkeit in den Knochen, die leicht brennenden Augen, das Bier auf der Couch vor der Kiste am Abend, ja, verdammt! Ich habe diesen Job geliebt!

„Herr Samweber?"

Ich möchte mein früheres Leben zurück. Meinen Job. Ich möchte wieder gesund sein. Ich will zurück auf ein verfluchtes Dach. Und keinen Ärger mit Abdelkader. Keinen Ärger mit den verfluchten Bullen.

„Kai ...", flehte Burcak.

„Ich sollte Ihre Adresse wissen. Und Ihr Geburtsdatum."

Ich sah noch einmal auf die Häuser der Stadt.

„Ihr fresst uns", flüsterte ich und berührte mit meiner Stirn das Fensterglas. „Ihr fresst uns bei lebendigem Leib."

„Ä-hm. Herr Samweber?!"

„Ihr habt uns in euren Klauen und es ist euch egal, wenn wir im Dreck krepieren."

„Herr Samweber, ich sollte Ihre Daten ..."

„Ihr habt mich zum Krüppel gemacht, ihr gottverdammten Blutsauger!", sagte ich.

„Ich will Ihnen ja helfen, Herr Samweber. Ich bin auf Ihrer Seite. Beruhigen Sie sich."

Ich öffnete das Fenster, und ehe die beiden reagieren konnten, stand ich draußen auf der Brüstung. Unter dem Fenster war ein kleiner Vorsprung, nicht mehr als zehn, fünfzehn Zentimeter, aber ich stand sicher.

Ich spürte den Wind, die Sonne, das Eisen auf meiner Haut.

Ich würde nicht untergehen.

Ich würde es schaffen.

Die beiden standen jetzt hinter mir, und ich glotzte in den Abgrund. Es gab keine Menschen dort unten, nur einen Parkplatz mit Autos so groß wie kleine Panzer.

„Ich habe mir den Arsch aufgerissen. Jeden verdammten Tag. Ich habe geschuftet, damit sich der Meyer nen neuen BMW, sein Ferienhaus auf Ibiza und seinen Fickurlaub in Kuba leisten kann, und jetzt behandelt er mich wie Dreck."

„Kai", sagte Burcak, aber mehr sagte sie nicht, denn ich machte mich da draußen auf den Weg zum nächsten Büro.

Ich hatte keine Furcht vor der Tiefe wie in meinem Träumen. Keine Angst vor einem Sturz. Ich fühlte mich frei, ich war wieder da, wo ich hingehörte.

Im Büro nebenan öffnete mir eine schockierte Frau, die aussah wie ne Sekretärin in nem billigen Porno, und irgendwie passte das sogar, irgendwie war dieses ganze verfickte Leben doch auch nichts anderes als n billiger Porno. Gott holte sich bestimmt einen runter, während er zusah, was wir da trieben. Begeilte sich an dem Schlachten und Lieben, Lachen und Weinen, an dem Blut, Dreck, Sperma, dem ganzen Wahnsinn.

„Was machen Sie da?"

„Der Welt beweisen, dass ich wieder auf einem Dach arbeiten kann."

Sie starrte mich an, ich verabschiedete mich mit einem Lächeln und einem Handkuss und ging durch die Tür zurück in Rensings Büro.

„Das geht aber nicht!", rief sie mir nach.

Rensing und Burcak standen beide am Fenster, sie drehten sich gleichzeitig um, als ich hereinmarschiert kam. Ich setzte mich auf den Stuhl, als wäre nichts geschehen.

Wenzel sah Burcak an, sein Blick sagte alles.

Er ging zu seinem Schreibtisch, kramte in irgendwelchen Unterlagen und tippte was in seinen Laptop. Burcak setzte sich neben mich und betrachtete ihre Hände. Dann fing sie an zu heulen, ganz kurz nur, aber heftig.

„Sorry, Burcak."

„Arschloch", zischte sie leise. *„Du Arschloch!"*

„Mein Gott, Herr Samweber", sagte Rensing, ohne den Blick von den Unterlagen zu wenden. Er zündete sich eine Zigarette an, um sie gleich danach wieder auszudrücken. „Mein ... Gott ..."

Ich sah mich um. Auf einem Foto auf seinem Schreibtisch: Er und seine Vespa. Im Anzug. Ohne Helm. Lächelnd.

„Ist das eine Lambretta?"

Er starrte mich wütend an.

„Auf dem Foto!", sagte ich.

„Ja", sagte er und schnappte nach Luft. „Das ist eine Lambretta."

„Innocenti Lambretta 1969. 200 cm^3, 12 PS."

Rensing nickte und öffnete den Mund, brachte aber kein Wort heraus.

„N Kumpel von mir hat auch so n Ding. Nur in ner anderen Farbe."

Ich sah, dass Rensings Hände zitterten. Er räusperte sich und holte tief Luft. Sein Puls war immer noch auf 100. „Für wen haben Sie gearbeitet?"

„Für den Meyer Fritz."

„Aus Giesing?"

„Jep."

Rensing kratzte sich an der Nase und lehnte sich in seinem Sessel zurück. „Sie haben für den Deckerfritz gearbeitet?"

„So nennen ihn seine Freunde, ja."

Rensing zog die rechte Augenbraue hoch und konnte sich ein Schmunzeln nicht verkneifen.

„Kennen Sie ihn?", fragte ich.

„Nur flüchtig", sagte Rensing und winkte ab. Ich wusste, das war gelogen, aber es war mir egal. Wahrscheinlich hatte er den Meyer in Flensburg rausgeboxt. Meyer sammelte jedes Wochenende fleißig Punkte, mal fuhr er besoffen, mal zu schnell, meistens beides gleichzeitig, aber er schaffte es jedes Mal, seinen Führerschein zu behalten. Nur einmal musste er für eine Woche nach Tschechien fahren, um sich einen neuen ausstellen zu lassen. Meyer war eine Ratte, er fand immer ein Schlupfloch, er ließ seine Vorarbeiter die Giftköder kosten, um lächelnd mit seinen schmutzigen Füßen über die Leichen zu steigen. Meyer hätte locker nen Atomkrieg oder Meteoriteneinschlag überlebt, so einer wie der war nicht totzukriegen.

Dann begann Wenzels Kreuzverhör: „Meyer persönlich hat Ihnen also gesagt, Sie dürften sich nicht sichern?"

„Nein, der Vorarbeiter."

„Wann hat er das gesagt? Am selben Tag? Vor Beginn der Arbeiten, als Sie bei der Firma angefangen haben?"

„Als wir im Schloss angefangen haben zu arbeiten."

„Das war an dem Tag, an dem Sie vom Dach stürzten?"

„Nein, der Unfall geschah erst in der neunten oder zehnten Woche."

„Er sagte: Angegurtet wird nicht?"

„Irgendwer fragte ihn, ob wir uns nicht angurten müssten, und er meinte: Willst du bis Weihnachten hier rumhängen? Unsere Auftragsbücher sind voll.“

„Und das heißt?“

„Es war klar, dass er nicht wollte, dass wir uns angurten.“

„Aber explizit gesagt hat er es nicht?“

„Nein. Aber alle wussten, dass er es so meinte.“

Ich habe in jenen Monaten nach dem Sturz über neun Kilo verloren. Ich konnte keinen Sport machen. Ich war seit dem Unfall nie mehr Laufen. Nie mehr Schwimmen. Alles, was ich tun konnte, war, diese blöden Kurzhanteln zu stemmen, die meine Oberarmmuskeln wie Luftballons aufpumpten, während der Rest verkümmerte.

Rensing interviewte mich etwa fünfzehn Minuten zu dem Fall. Ohne Pause. Konzentriert, ruhig, er nahm alles auf, machte sich Notizen. Am meisten interessierten ihn das Arbeitsverhältnis und die Leasingfirma, die nicht mehr existierte, im Grunde niemals existiert hatte. Burcak saß regungslos neben mir. Dieser Kerl war ein Profi. Jede Frage hatte Hand und Fuß.

„Und?“, sagte Burcak, nachdem sich Rensing bedankt und das Aufnahmegerät, das nicht größer war als eine Zigarettenschachtel, eingesteckt hatte.

Er atmete tief durch, wechselte die Brille und sagte: „Ich fürchte, die Chancen stehen schlecht.“

„Aber ...“, sagte Burcak, und dann legte sie los. Die beiden tauschten minutenlang juristisches Kauderwelsch aus. Ich verstand nur Bahnhof. Für mich war die Sache gelaufen, aber Burcak hängte sich richtig rein. Für ne Sekretärin nahm sie sich ziemlich viel raus, fand ich, aber so war Burcak nun mal. Die konntest du nicht klein kriegen.

Am Ende resignierte sogar Rensing, er kapitulierte vor der kampfeswütigen Frau.

„Okay“, sagte er. „Ich werde schauen, was sich machen lässt.“

Rensing sah uns beide an. Dann auf seine Uhr. Dann auf seinen Blackberry. Er stand auf und sagte: „Den Chef der Leasingfirma können wir vergessen, der ist bestimmt längst untergetaucht. Unser Adressat ist Herr Meyer. Wir sollten versuchen, eine außergerichtliche Lösung zu erzielen."

Burcak sah mich an. „Okay?"

Ich zuckte mit den Schultern. „Freiwillig zahlt der Meyer keinen Cent."

„Ich werde mit ihm reden", sagte Rensing, sprang auf, öffnete die Tür und streckte mir die Hand entgegen. Dann sah er auf meine Laptoptasche. „Was arbeiten Sie denn zurzeit, wenn ich fragen darf?"

„Ich bin Königlich Bayerischer Graslieferant eines Studentenheims."

„...?!"

„Ich verticke Drogen", sagte ich, klopfte ihm auf die Schulter und zwinkerte ihm zu. Burcak strafte mich mit einem Killerblick. Sie ahnte wohl, dass die Tasche in meiner rechten Hand tatsächlich randvoll mit Gras war. Aber sie konnte nicht wissen, dass ich den Bullen in der Schweiz ihre Handynummer gegeben hatte, konnte nicht ahnen, dass mich die Dealer gewarnt hatten, nicht noch einmal Scheiße zu bauen.

Erinnerst Du Dich, wie Angela uns immer eingetrichtert hat, keine Drogen zu nehmen? Wer die einmal nimmt, hat sie gesagt, der ist ein Leben lang süchtig. Der kommt nie mehr davon weg. Ich hatte als Kind jahrelang Schiss, jemand könnte mir das Zeug heimlich geben. Ich hatte panische Angst vor jedem, der mir was zu essen anbot – und wenn es nur eine Banane war oder ein Gummibärchen. Ja, Angela hat mich gewarnt, und jetzt hat es mich doch erwischt. Ich kann nicht mehr leben ohne das Zeug. Und warum sollte ich auch aufhören mit dem Wodka und dem Gras und den Pillen? Weil sie früher oder später jeden ruinieren? Ich bin doch eh schon pleite, außerdem krieg ich von Shane fast alles umsonst, also was soll's. Weil es früher oder später meinen Körper zerstören wird? Vorher macht mich die Dreckluft von der Straße und der Verbrennungsanlage krank, macht mich der Lärm der Nachbarn und der Autos krank, macht mich das billige Fast-Food-Fressen krank.

Nein, ich werde nicht aufhören. Ich kann es nicht, ich will es nicht. Ich habe Dämonen in mir, und sie hören nur auf, mich bei lebendigem Leib zu fressen, wenn ich das Zeug nehme. Ich will tanzen in den Untergang. Mit einem Lächeln im Gesicht den Löffel abgeben. In dem Moment, wo ich beschließe, einen Joint zu drehen oder diese verfluchten Pillen zu schlucken, klinke ich mich aus der Welt aus. Es gibt nur noch mich. Mich und den Schmerz. Mich und den Rausch. Dazwischen liegen nur Minuten. Ich verdunkle das Zimmer mit einem Karton, schalte das Handy auf lautlos, ich möchte alleine sein, mit mir und dem Stoff. Ich bereite alles vor, ganz langsam, ganz relaxed, es gibt ja nur noch mich, mich und den Stoff, sonst nichts mehr. Ich leg eine Kassette in den alten Rekorder, ja!, es ist immer noch derselbe, den Angela uns damals aus den USA mitgebracht hat, ich drehe auf 10, nur für diesen Augenblick lebe ich. Denn nur dieser Augenblick gehört mir, mir ganz allein.

Es ist meine Musik, mein Stoff, mein Rausch, es sind meine Gefühle, und alles da draußen, was ihnen gehört, das können sie behalten, das geht mir am Arsch vorbei. Hier drinnen kann mir keiner wehtun. Hier drinnen regiere ich. Ich lege das Eisen neben mich, damit ich jedem die Rübe wegballern kann, der es auch nur wagt, meine Wohnung zu betreten.

Oh ja, Florian, ich liebe den Kick, den Rausch. Er hält mich am Leben und macht mich kaputt. Mit jedem Rausch verliere ich ein Stück meiner Seele und meiner Kraft und meines Willens. Verliere ich einen Teil meiner Lebensfreude. Das ist eine Kapitulation, oh ja. Eine Kapitulation auf Raten. Der Rausch ist verlogen und hinterlistig. Er gaukelt mir vor, lebendig zu sein, voller Leidenschaft und Feuer, und ich glaube ihm, und wenn ich dann wieder runterkomme, wird mir klar, dass ich nur zu einem billigen Porno gewichst habe und dass die heiße Braut nur auf dem Bildschirm existierte.

Ich glaube nicht, dass ich Schmerz jemals ohne Drogen ertragen werde können.

Ich wünschte, ich wäre stärker, aber ich weiß, ich bin es nicht.

Ich ergebe mich lieber den Drogen als dieser Welt.

***

In der Walpurgisnacht fiel sie über mich her. In der Küche, im dritten Stock des Studentenheims. Ich hatte gerade eine weitere Fahrt in die Schweiz hinter mich gebracht, wieder ein bisschen was von meinen Schulden abgestottert. Senf lag sturzbesoffen, nur in Boxershorts, auf der Couch vom Sperrmüll vor dem Fernseher, während wir uns hinter dem Küchenschrank die Kleider vom Leib rissen. Ich hatte den Moment hinausgezögert, hatte Angst, nach über zwei Jahren ohne Sex hatte ich Angst, viel zu früh zu kommen, hatte ich Angst, mich zu blamieren, aber sie zog mir die Hose runter, nahm ihn in den Mund und lutschte ihn, und dann waren wir auch schon in 69er-Stellung, bis wir beide kamen. Wir hatten keine Kondome und wollten niemanden danach fragen.

Keiner sollte von uns wissen.

Marion zitterte am ganzen Leib. Nur mit Mühe kam sie auf die Beine und konnte sich anziehen.

Ich versuchte erst gar nicht aufzustehen. Ihr Arsch über meinem Kopf hatte mich ausgeknockt. Ich hatte das Gefühl, dass jedes Leben aus mir gesaugt worden war. Ich war nur mehr Hülle. Das Beste hatte meinen Körper verlassen. Das Beste war jetzt in Marions Mund.

Sie übergab sich ins Waschbecken.

„Tut mir leid", stöhnte sie. „Das ist der Alk. Nur der Alk. Du darfst das nicht persönlich nehmen, es ist nicht so, dass ... oh Gott, ich habe einfach zu viel getrunken."

„Was hast du da?"

„Was?"

„Über deinem Hintern! Die Narbe!"

„Nach was sieht es denn aus?"

„Nach einer Haiattacke."

„Attacke ist richtig."

„Erzähl mir vom Hai."

„Ich möchte nicht darüber sprechen. Nicht jetzt." Sie beugte sich runter zu mir, legte ihre Hand auf ihren Mund, dann die Hand auf meinen Mund.

„Warum küsst du mich nicht?"

„Ich habe mich gerade übergeben.“

„Na und?“ Ich packte sie, zog sie zu mir und küsste sie. Sie biss mir in die Oberlippe, lächelte und stand wieder auf.

„Sie ist furchtbar hässlich, die Narbe, nicht wahr?“

„Nein. Sie ist nicht hässlich. Aber sie macht einem Angst, wenn man nicht weiß, was passiert ist.“

„Da kann ich gar nichts mehr machen, haben die Ärzte gesagt. Das bleibt so. Erst wollte ich die unbedingt wegoperieren, aber der Doktor hat mir davon abgeraten.“

„Willst du mir nicht sagen, was geschehen ist?“

„Nein“, sagte sie nach kurzem Zögern. „Möchte ich nicht.“

„War’s ein Kerl? Oder ein Unfall?“

„Ich möchte nicht darüber reden.“

Ich lag da auf dem Küchenboden, den Arm über die Augen gelegt, um das grelle Licht der Neonlampen abzuwehren, und saugte das Blut aus meinen Lippen.

„Das mit deinem Bruder, das tut mir leid“, sagte sie, als ich dachte, sie wäre bereits gegangen.

„Woher weißt du von meinem Bruder?“

„Von Shane.“

„Was tut dir leid?“

„Dass ihr nicht zusammen aufgewachsen seid. Es ist so schlimm, wenn sich die Eltern trennen.“

„Das ist lange her.“

„Das vergisst man nicht.“

Ich blinzelte. „Woher willst du das wissen? Ist deine Familie auch so am Arsch?“

Sie musterte mich, als würde sie mich zum ersten Mal sehen, als wäre ich ein Fremder. „Weißt du, dass es keinen einzigen Serienmörder gibt, der aus einer intakten Familie kommt? Keinen Serienmörder, der eine schöne Kindheit hatte?“

„Was hast du mit Shane zu tun?“

„Er war mit meinem Bruder im Gefängnis.“

„*Dein* Bruder war im Knast?“

Ich ließ sie los, knüpfte meine Levis zu und stand auf.

„Shane hat dir nie davon erzählt?“

„Ich habe das Gefühl, ich weiß vieles über Shane noch nicht.“

Marion ging zur Glastür und drehte sich noch einmal um. „Mein Bruder ist ein Idiot, aber er ist mein Bruder. Ich würde sterben für ihn.“

Ich wollte eigentlich nach Hause, aber ich traf im Stiegenhaus auf Rugby und ließ mich in meinem Übermut zu ein paar Pilzen überreden. Ich nahm die dreifache Menge und spürte lange gar nichts.

„Sie ist ne Nutte“, sagte Rugby.

„Wer ist ne Nutte?“

„Marion.“

„…“

„Ne Nutte oder promiskuitiv.“

„Deine Mutter heißt Marion?“

„Meine Mutter?“

„Du bist ein Hurensohn, Rugby?“

Rugby hatte keine Augen mehr. Sein Gesicht war angeschwollen, er sprach langsam, und alles, was sich an seinem Körper bewegte, war sein Mund. Er saß in einem abgefuckten Riesensessel und ich auf seinem Bett.

„Du hast sie gefickt“, sagte er.

„Wen?“, sagte ich.

„Dieses verdammte Studentenheim hat Augen und Ohren überall, Kai.“

Ich spürte nichts von den Pilzen, ich wartete und wartete, aber nichts geschah.

„*Precious_19 …*“

„…?“

„*Gerne auch mit zwei oder drei Männern gleichzeitig.*“

„Ich versteh kein Wort.“

„*Naturgeil.*“

„Ich hau jetzt besser ab.“

„U-Bahn fährt keine mehr.“

„Ich geh zu Fuß.“

„Marion ist *Precious_19.*“

„Ich habe keine Ahnung, von was du laberst, Rugby.“

„Kennst du poppen.de? Das ist so ne Sex-Kontaktseite ... naja ... und Gugl hat da n Mädel entdeckt, das ihm bekannt vorkam.“

„Scheiße, Rugby, du bist zugedröhnt.“ Ich stand auf, ich spürte immer noch nichts von dem Zeug. Rugby saß wie tot auf seinem Thron.

„Poppen.de“, sagte er. „Hier! Setz dich an den Computer. Ich habe ihre Profilseite unter Favoriten gespeichert.“

Mit einem Mal war mir richtig schlecht. Entweder Rugby redete irres Zeug oder ich würde etwas sehen, das ich nicht sehen wollte.

Meine Neugierde war stärker als meine Angst. Ich setzte mich vor den PC und suchte unter Favoriten eine Seite mit poppen.de. Als ich den Link anklickte, verlangte die Website ein Passwort.

„Cocaine“, sagte Rugby. „Das Passwort heißt Cocaine.“

„Und der Benutzername?“

„Rugby“, röchelte Rugby, der langsam, aber sicher ins Koma fiel.

Und da waren Fotos von einem Mädchen, das aussah wie Marion, Nacktfotos von einem Mädchen, das dieselbe Narbe über dem Hintern hatte, sie nannte sich *Precious_19*, sie stand auf Oralsex, auf Sex mit zwei oder drei Männern, und als ich Rugby fragte, wer das sei und was das soll, da brüllte er vor Lachen, und ich spürte, wie die Pilze einfuhren, wie sie mich niedermachten, ich kroch auf allen vieren aus dem Zimmer, kam wieder auf die Beine und taumelte in den ersten Stock. Ich wollte noch mal zu Marion, wollte mit ihr reden, aber als ich an Tür 113 klopfen wollte, stand da *Precious_19* auf der Tür.

Precious_19.

Ich wischte es weg.

Precious_19.

Ich wischte es weg, aber es schien sich in die grüne Holztür eingebrannt zu haben.

Precious_19.

Ich ging völlig verstört den Gang entlang Richtung Ausgang. Meine Schuhe klebten auf dem Boden von all dem verschütteten Bier, überall lagen Scherben und Zigarettenstummel. Es stank. Nach Rauch. Nach Schweiß. Nach Gras. Nach Alk. Nach Kondomen. Ich ging die Treppe runter, vorbei an der Rezeption, hinaus. Und dann lief ich los. Ich rannte. Ja, ich rannte. Das erste Mal seit meinem Unfall. Ich lief los und ich humpelte nicht – ich rannte. Ich war kein Krüppel mehr, ich konnte laufen und ich wollte laufen, was gibt es Schöneres als laufen, laufen, laufen. Ans Ende der Welt.

Ich lief ein paar hundert Meter, dann war der Schmerz zu stark. Ich konnte keinen Schritt mehr gehen, jede Bewegung war das Ende, ich wollte schreien, aber heraus kam nur ein Stöhnen. Ich setzte mich auf die Stufen in einem Hauseingang und wartete, bis es mir wieder besser ging.

Precious_19.

Ich trottete weiter, verirrte mich in der Stadt, verirrte mich in meinen Gedanken, fand nicht mehr nach Hause, nicht mehr zu mir. Ich rief Shane an, aber der war noch zugedröhnter als ich. „Ich weiß nicht mehr, wo ich bin, Shane."

„Wenn du weißt, wo du bist, bist du tot", hauchte Shane, als wäre er n verfluchter Esoterik-Guru, und legte auf.

Ich irrte bis zum Sonnenaufgang durch mein Viertel, ich fand jedes Haus, aber nicht die Tür zu meinem.

Manchmal gehe ich durch Giesing wie ein Zombie. Die Dämonen in mir verlangen Blut, aber ich weiß, die Hurensöhne gehen nicht für mich in den Knast, wenn ich ihnen das Blut liefere, nach dem sie schreien.

Oh, wie hasse ich die Nazis in ihren Tarnhemden und Tarnhosen, die ihre gottverdammten hirntoten Kampfhunde spazieren führen. Die Penner, die in ihrem Suff rumschreien und mit ihren Bier- und Weinflaschen Weitwurf machen. Die Junkies, die auf mich zuwanken, mit Spritzen in der Hand und Tätowierungen auf ihren ausgemergelten Armen. Die Kanaken, die immer in Grüppchen unterwegs sind und alles hassen, was deutsch ist. Da ist auch diese verrückte Alte mit ihren verklebten gelb-grauen Haaren, die mir sagt, ich solle mir eine neue Hose kaufen, weil da ein Loch in der Hose ist, natürlich am Arsch, dabei hat sie sich selber gerade angeschissen und einfach so einen Zahn aus ihrem Gebiss gerissen und ihn ihrem kleinen Köter zum Fraß vorgeworfen.

Ich komme nicht mehr klar mit ihnen, Florian. Seit dem Unfall komm ich einfach nicht mehr klar mit den Menschen. Aber wenn ich dann denke, ich raste jetzt aus, nehme den Baseballschläger und prügle alles kurz und klein, dann geschieht es, dass mir n Penner den Pulli nachträgt, den ich verloren habe, dass ein Kanake mir Platz in der U-Bahn macht, weil er sieht, dass ich vor Schmerzen im Rücken kaum noch stehen kann, und dann schäme ich mich für meinen Hass, dann hasse ich mich für meinen Hass, dann weiß ich, dass die Welt nicht schwarz und weiß ist, dass ich scheiß ungerecht zu ihr bin. Mir wird dann klar, dass ich mich auf nem Höllentrip befinde, von dem ich runterkommen muss, so schnell wie möglich runterkommen muss, weil sonst das Schlimmste geschieht.

Aber immer dann, wenn man in der Scheiße steckt, kommt es noch härter. Immer dann, wenn man sich ganz unten glaubt, geht ne Falltür auf und man stürzt noch tiefer.

***

Die Typen lauerten mir am frühen Morgen auf. Sie trugen schwarze Jacken, schwarze Hosen, weiße Turnschuhe. Ihre Gesichter waren vermummt mit roten Tüchern. Ihre Hände verpackt in schwarze Handschuhe.

Zwei große Kerle und ein kleiner Wicht, drei gegen einen, um sieben Uhr an einem Sonntagmorgen am Wettersteinplatz zwischen Rolltreppe zur U-Bahn und Kiosk, niemand auf der Straße außer ihnen und mir, ich alleine gegen die Hurensöhne. Der Wicht ging sofort zu Boden, mit einem seitlichen Fußkick in sein Knie machte ich seinen Bändern den Garaus, dem Zweiten gab ich eine Gerade aufs Kinn, er torkelte zurück, aber der Dritte packte mich wie ein Ringer und warf mich zu Boden. Er gab mir ein paar Schläge auf die Fresse, dann sprang er hoch, um auf mich einzutreten. Ich schützte den Kopf, verdeckte ihn mit meinen Armen und Händen, versuchte mich einzurollen, aber sie stießen mir die Schuhe mit voller Wucht in den Körper und ich musste meine Deckung aufgeben, um die Tiefschläge abzuwehren. Als meine Nase brach, glaubte ich, mein Kopf würde explodieren vor Schmerz. Ein Stück eines Schneidezahnes brach ab, mein Kiefer knackte, aber es hielt den Schlägen stand.

„Hör zu, Schwuchtel", sagte der eine in gebrochenem Deutsch. „Du glaubst wohl, du könntest uns verarschen?"

„Verdammt, was wollt ihr?"

„Du dreckiger Hurensohn!"

„Was ist los mit euch?"

„Kürzlich wollte uns einer verarschen, den haben sie an der Isar gefunden."

„Ihr verwechselt mich, verdammte Scheiße, ihr verwechselt mich!"

„Nein, nein. Du bist doch Kai, nicht wahr? Der bist du doch?"

„..."

„Du bist Kai und Kai hat einen Fehler gemacht."

„Hey, hey!", sagte ich. „Wir können das doch regeln. Ich bin Shanes Kumpel, verdammt!"

Der Wicht lachte. „Und ich bin Shanes Mutter." Er spuckte mir ins Gesicht.

„Bist du Öcal?! Oder Ugi?!"

„Ich bin der, der dich zum Weinen bringt, Schwuchtel."

Der Wicht stand auf, nahm Anlauf und sprang auf mich. Die anderen fingen wieder an, auf mich einzutreten.

Als ich dachte, es würde nie mehr aufhören, ließen sie von mir ab.

Der Wicht war außer Atem. „Die Marokkaner haben sich über dich beschwert."

Ich hatte Blut in meinem Hals, nen richtig fetten Klumpen. Ich hatte das Gefühl, ersticken zu müssen. Ich versuchte zu schlucken, aber das Ding ging nicht runter, ich versuchte zu kotzen, aber das Ding wollte nicht raus.

Jetzt noch n Schlag auf n Kopf und das wär's gewesen. Ich wusste, wenn jetzt noch was kommt, dann bin ich hinüber. Aber sie hielten inne, ließen mich durchschnaufen und geilten sich an meiner Angst auf. Ja, ich hatte verfluchte Angst, ich hatte in meinem ganzen Leben noch nie so große Angst gehabt. Wenn man nen Schädel zu lange bearbeitet, dann bleibt der n Pflegefall für den Rest seines Lebens. Ich hatte zu oft davon gelesen.

„Die wollen, dass wir wen anderen schicken, aber wir haben keinen anderen, also bist du der, der den Job macht."

Es folgte noch n Tritt, aber der war nicht mehr so hart und nicht mehr so gezielt.

„Wenn Abdelkader sagt: Renn!, dann rennst du, verstanden?"

„Ja ..."

„Wenn Abdelkader sagt: Reiß dir die Eier aus und friss sie, dann ..."

„..."

„... dann reißt du deine Eier aus und ...?"

„..."

„UND?!"

„... frisst sie ...", stöhnte ich und schaffte es endlich, den Kloß in meinem Hals auszuspeien.

„Vermassle uns nicht das Geschäft mit den scheiß Arabern, Kleiner. Und wage es bloß nicht, den Bullen auch nur irgendwas zu erzählen."

Erlöst wurde ich erst, als eine Frau hysterisch aus einem der Häuserblöcke brüllte.

Die drei machten sich aus dem Staub, aber ohne Eile. Ich sah sie noch minutenlang an der Straßenbahnhaltestelle rumstehen. Ich lag da auf dem Kopfsteinpflaster und hoffte, die Frau würde Hilfe holen, aber nichts geschah. Ich kroch auf allen vieren, aber ich konnte nicht aufstehen.

Wichser.

Das Blut in meinem Körper pulsierte, ich dachte, es würde gleich aus sämtlichen Venen spritzen.

Feige Hurensöhne.

Meine Oberlippe zitterte. Blut tropfte auf den Asphalt. Schwarzes Blut. Ich wusste nicht, wo es herkam. Es schien Blut zu regnen. Es schien nicht meines zu sein.

Ich schleppte mich über die Straße vor ein Café. Die Tür stand offen, es brannte Licht, aber da war kein Mensch zu sehen. Es war unheimlich still. Die ganze Welt befand sich noch im Tiefschlaf.

Ich blieb liegen, zwei-, dreimal fuhren Autos vorbei, aber niemand blieb stehen. Ein Betrunkener schlurfte daher und fragte mich, ob ich 50 Cent für ihn hätte. Ich schüttelte den Kopf. Er fragte, ob ich einen Euro hätte, und als ich verneinte, wollte er gar fünf Euro, ich sagte, er solle abhauen, wenn er den heutigen Tag überleben wolle. Er murmelte „Danke" und verpisste sich. Ich drehte mich auf den Rücken. Mir kam vor, es dauerte eine Ewigkeit, bis endlich wieder jemand auftauchte.

Eine junge Frau mit Kind. Sie zog einen großen Koffer hinter sich, das Kind einen kleinen. Die Räder ratterten auf dem Asphalt und die Stöckelschuhe der Frau machten *tock, tock, tock*, und das Geräusch hämmerte kleine, spitze Nägel in meinen Schädel.

„Was macht der Mann da am Boden?", fragte das Kind. „Der spinnt doch wohl!" Es bückte sich und hatte eine Hand schon im Blut.

Die Frau geriet in Panik, packte die Hand und spuckte darauf, putzte sie mit einem Stofftaschentuch.

Das Kind fing an zu heulen, ich kroch weiter.

Die Frau kam näher, sie sprach zu mir, aber ich verstand sie nicht. Die Worte machten keinen Sinn. Ich hatte das Gefühl, jemand hätte mit einem Stemmeisen meinen Kopf gespalten.

Ich kroch weiter, hoffte auf keine Hilfe mehr von den beiden. Ich versuchte mich zu erinnern, warum ich überhaupt hierhergekommen war.

Shane.

Ich wollte zu Shane. Aber warum?

Ich wollte alles über Marion erfahren.

Ich rappelte mich auf, aber plumpste sofort wieder auf den Arsch. Ich sah mich um. Die Frau und das Kind waren verschwunden. Da lag nur ein Handschuh auf dem Asphalt, nach dem ich griff, als könnte nur er mein Leben retten. Ich küsste ihn und drückte ihn an meine Wange.

Es dauerte nicht lange, da tauchten zwei Typen von der Rettung auf.

„Kannst du mich hören?", sagte der eine und kniete sich neben mich.

„…“

„Ey! Hörst du mich?“

Ich schüttelte erst den Kopf, dann nickte ich. Dann redete ich drauflos, unsinniges Zeug sprudelte aus mir raus. Die beiden Typen waren ratlos. Ich steckte den Handschuh in meine Jackentasche.

„Ruhig, ganz ruhig! Beruhige dich. Wir müssen jetzt erst mal die Wunden versorgen.“

Und auf einmal waren auch Bullen da. Einer von ihnen ging in die Hocke und legte seine Hand auf meine Schulter. „Was ist passiert?“

Ich zeigte ihm drei Finger.

„Wurden Sie überfallen?“

„…“

„Hatten Sie einen Unfall?“

„Drei“, sagte ich leise.

„Drei?“

„Drei … Typen.“

„Sie waren zu dritt?“

„Das ist doch feig, so was.“

„Kannten Sie einen von ihnen?“

Ich schüttelte den Kopf.

„Können Sie sie beschreiben?“

Ich schüttelte abermals den Kopf.

„Können Sie nicht in etwa sagen, wie sie ausgesehen haben?“

„Nein. Sie waren vermummt.“

„Es waren drei?“

„Ja, drei.“

„Männer?“

„Natürlich Männer.“

„Sie sprachen Deutsch?“

„Ja, Deutsch.“

„Gebrochenes Deutsch?“

„Gebrochenes Deutsch“, sagte ich und hätte mir sofort in den Arsch beißen können. Ich wollte mir nicht ausmalen, was geschehen würde, wenn die Bullen die Schläger ausfindig machten.

„Waren es Türken?“
„Keine Türken“, sagte ich.
„Keine Türken?“
„Russen“, sagte ich.
„Woher wollen Sie das wissen? Haben sie Ihnen die Pässe gezeigt?“
„Sie stanken nach Wodka. Das waren Russen.“
„Was wollten sie?“
„Mich verprügeln.“
„Haben Sie Ihnen etwas abgenommen? Geldtasche, Uhr, Handy, irgendwas?“
„Alles! Sie haben mir alles geklaut.“
„Und es waren Russen?“
„Hundertpro.“
Die Polizisten nahmen meine Daten auf, dann verschwanden sie. Sie hatten mir kein Wort geglaubt. Sie dachten an eine Eifersuchtsgeschichte, an nen Streit mit Kumpels oder so was Ähnliches. Und Scheiße, sie lagen damit ja auch nicht ganz daneben. Ich wollte gar nicht, dass sie die Typen erwischten.
Die Sanitäter führten mich zum Krankenwagen.
„Ich bin okay“, sagte ich, als sie die Tür öffneten.
„So siehst du aus.“
„Ich bin okay“, sagte ich und wollte davon.
Sie hielten mich fest, steckten mich in die Karre und rasten mit Blaulicht ins Krankenhaus.

Erst am Abend konnte ich Shane erreichen. Er kam mit Burcak sofort vorbei und wurde sogar in mein Zimmer gelassen, obwohl die anderen Patienten bereits schliefen. Die beiden kamen Hand in Hand, und sie taten so, als wäre das das Natürlichste der Welt und immer schon so gewesen. Sie kamen von einer Beschneidungsfeier in Rosenheim und waren schick gekleidet. Ich versuchte zu lächeln, aber ich hatte keine Kontrolle über meine Gesichtsmuskulatur.
„Fuck!“, sagte Shane, als er mich sah.
Burcak nahm meine Hand und drückte sie.
„Wer war das?“

„Keine Ahnung."

„Was wollten sie von dir?"

„Woher weißt du, dass es mehrere waren?"

„Du wirst dich doch nicht von einem einzigen Penner so zurichten lassen."

Ich fragte mich, ob Shane mir was vorspielte. Ob er von den Schlägern wusste. Ob er sie vielleicht sogar auf mich gehetzt hatte. Ob er ...

Nein, Shane. Nein.

Auf dem Nachttisch neben dem Bett lag der schwarze Handschuh, der Handschuh eines der Schläger. Shane warf einen Blick darauf. Er sah mich an und für einen Augenblick klinkten wir uns aus der Welt aus und starrten uns nieder, es gab nur uns, uns beide, es war eine kleine Ewigkeit, keiner wollte dem Blick des anderen nachgeben, ich suchte die Antwort auf meine Frage, aber ich fand sie nicht.

Ich wusste nicht, ob ich ihm noch trauen konnte.

Fuck, Shane.

Und dann wollte ich mein Maul aufreißen und ihm alles erzählen. Was sollte mir schon passieren, wenn Burcak an meiner Seite war? Burcak war meine Lebensversicherung. Öcal und Ugi konnten mich nicht einfach so vor ein Auto schmeißen. Burcak würde zur Polizei gehen, Burcak hatte keine Angst vor irgendwem. Ich konnte ihm also erzählen, was heute Morgen passiert war, und ihn fragen: Waren das deine Brüder, Shane? Natürlich waren das deine Brüder! Und? Hast du davon gewusst, Shane? Natürlich hast du davon gewusst! Und es war dir egal, Shane? Es war dir scheißegal, dass man mich zu Brei schlägt? Okay! Ich habe Mist gebaut, ich hätte tun sollen, was Abdelkader verlangt hat, aber ich bin Anfänger, ich bin kein Profi. Und dann hätte ich ihn fragen sollen: Wer war der dritte Mann, Shane? Wer war der dritte Vermummte? *Du warst doch nicht etwa dabei, Shane?!*

Aber ich erzählte nichts und ich fragte nichts. Ich blieb stumm. Vielleicht, weil ich die Wahrheit nicht wissen wollte. Vielleicht hatte ich Angst, Shane zu verlieren.

Lieber nen Hurensohn als Freund als gar keinen Freund.

„Hast du Schmerzen?“, fragte Burcak.

„Keine Schmerzen.“

„Das gibt’s doch nicht, so wie du aussiehst. Als hätte jemand auf deinem Gesicht getanzt.“

„Die haben mir was gegeben.“

„Hast du dich verprügeln lassen, damit du wieder ne ordentliche Dosis kriegst?“, fragte Shane.

„Nur deshalb“, sagte ich. „Hier kriegst du das beste Zeug. Das beamt dich weg, Shane, ich schwör.“

„Wie lange musst du hier bleiben?“, fragte Burcak.

„Drei Tage, meint der Doc.“

„Mit dem Kopf alles in Ordnung?“

„Den kriegt keiner kaputt. Der ist schon mal vom Dach gefallen, der hält alles aus.“

„Du siehst schlimm aus“, sagte sie.

„Du siehst scharf aus“, sagte ich, und dieses Mal gelang mir das Lächeln, auch wenn es wehtat.

Und wieder ein Krankenhauszimmer. Wieder dieser Geruch. Diese Geräusche. Die Angst vor diesen endlosen Stunden in der Nacht, in denen ich wach liegen werde. Als Burcak und Shane zur Tür rausgehen, zerreißt es mir das Herz. Ich humple zum Fenster und hoffe, sie noch zu sehen, aber da draußen ist niemand. Da draußen steht nur eine Laterne, deren Licht nervös flackert. Ich möchte nicht hier sein. Ich möchte nicht alleine sein. Ich habe so eine Sehnsucht in mir und weiß nicht, nach wem oder was. Weiß nicht, wie ich sie stillen kann. Weiß nicht, wie ich diese Nacht überstehen soll.

Ich lege mich zurück ins Bett, decke mich bis zum Hals zu, setze die Kopfhörer auf und höre meine Musik. Ich lasse mich treiben von dieser Sehnsucht, so wie ich mich früher auf der Luftmatratze im Sommer den Bach hinuntertreiben ließ und Angela mir immer nachrief: „Nicht zu weit, sonst kommst du nie mehr zurück!“

Ja, ich weiß, wenn ich mich zu weit treiben lasse, komme ich in eine neue Welt, aber ich weiß auch, es würde keine Welt ohne Schmerz und Einsamkeit sein. Es gibt andere Welten, aber keine besseren.

***

Zwei Wochen lang spukte der Name in meinem Kopf herum.

Precious_19.

In der Nacht wachte ich auf, und ich las den Namen auf der Zimmerdecke:

Precious_19.

Im Supermarkt sagte ihn die Kassiererin über den Lautsprecher:

Precious_19.

Ich konnte das Wort von den Lippen einer Oma in der U-Bahn ablesen:

Precious_19.

Die Tage und Nächte waren zäh und klebrig.

Ich vermisste sie.

Sie ist ne Nutte, hatte Rugby gesagt.

Und ich vermisste sie.

So n verdammter Kiffer wie Rugby hatte sie beleidigt.

Und ich vermisste sie.

Und wenn sie wirklich diese verfluchte Schlampe *Precious* war.

Scheißegal.

Ich vermisste sie.

Oft saß ich vor Shanes Computer und wollte ihre Seite anklicken, aber ich brachte es nicht über's Herz. Ich wollte sie anrufen und zur Rede stellen, aber jedes Mal schmiss ich das Handy in die Ecke, sobald ich auf *Anruf* gedrückt hatte. Insgeheim hatte ich ja gehofft, sie würde mich anrufen, würde eine SMS schicken, aber sie meldete sich nicht. Sie meldete sich nicht. Und ich würde mich nicht bei ihr melden. Ich wollte cool sein, *Precious_19* vergessen. Aber sie ging mir nicht aus dem Kopf. Ich wollte cool sein und über sie lachen. Ich wollte die Schlampe verachten. Aber die ging mir einfach nicht mehr aus dem Kopf.

Jeden Nachmittag baute ich mir nen fetten Joint, zündete ihn an und setzte mich ans Fenster. Manchmal soff ich auch ne Flasche Wodka, ein paar Bier oder warf mir Pillen ein. Clean blieb ich nie. Ich war jeden Tag high.

Die Drogen machen dich einsam. Du glaubst, sie würden dich lebendig machen, dich alles intensiver spüren lassen, aber sie machen dich nur einsam. Das Leben wird gedämpft, deine Gefühle werden gepolstert, die Menschen verschwinden, sie sind da und doch längst weg, sie sind Geister, sie können dich nicht mehr berühren, nichts ist echt und wahr, außer dem Kater am Morgen, alles ist verschwommen und unwirklich, du bist nicht wach, dabei möchtest du doch nichts als einmal wirklich wach sein ... einen Augenblick da sein. Du willst mit dem Stoff das Leben wieder spüren, aber du verlierst dich nur selbst. Du verlässt deine Wohnung nur noch selten, du weißt gar nicht mehr, wie ein Baum aussieht, hast keine Ahnung, dass da überhaupt ein Himmel ist, ein Himmel mit Sonne und Wolken, dass da Mädchen sind, jung und hübsch, mit einem Lächeln, das dir einen ganzen Tag retten kann, du bist ja schon tot, begraben in einer Unterwelt. Fick die Drogen, ich fange an, sie zu hassen. Du weißt, ich bin kein verdammter Sozialpädagoge, ich bin auch nicht bei der verschissenen Jungen Union oder sonst so einem katholischen Scheißverein. Aber manchmal komme ich an den Punkt, wo ich einfach nur aussteigen möchte, weil ich zu tief drin stecke. Und jetzt ist da auf einmal so ein verdammtes Wunder wie Marion. So ein Mädchen, das du gar nicht verdient hast. Marion ist der Lucky Punch, und wenn du Glück hast, dann bleibt der verfluchte Gegner am Boden und du hast gewonnen. Wenn du Pech hast, steht er auf und macht dich endgültig alle. Aber alles ist besser, als in dieser Unterwelt zu leben, umgeben von Gespenstern, unter denen du selbst das größte bist.

An einem Montagmorgen nahm ich ein Exemplar von dem Stapel Branchenbücher, der seit Monaten im Stiegenhaus unter den Postkästen verstaubte, und rief jede Spenglerei, jede Dachdeckerei in München und Umgebung an und fragte, ob sie jemanden brauchen könnten. Zwei Firmen wollten, dass ich vorbeikam, aber so sehr ich mich auch bemühte – ich konnte mein Humpeln nicht verbergen und auch, dass ich so abgemagert aussah und von den Schlägen gezeichnet, war alles andere als eine Empfehlung. Ich war kein guter Lügner und erzählte vom Sturz, und da war bei denen auch gleich schon Sense. Ich versuchte zu erklären, wie es dazu gekommen war, dass mich keine Schuld traf, aber das war zwecklos, die hörten gar nicht mehr zu. Ich hätte genauso als pädophiler Ex-Knacki bei einem Kindergarten vorsprechen können.

Stundenlang hörte ich traurige Lieder, wütende Lieder, lag im Zimmer rum, schwitzte und fror, gab den Karton nicht vom Fenster, damit das Zimmer dunkel blieb. Ich musste zum Zahnarzt, aber die Füllung war nach drei Tagen wieder draußen, und ich musste mich noch einmal foltern lassen. Alle fünf Minuten sah ich auf das Display meines Handys. Keine Message von Marion. Kein Anruf. Keine SMS.

Nichts.

Ich fuhr jeden Tag in die Stadt, um Ausschau nach ihr zu halten. Ich suchte sie in den Straßen, suchte sie in ihrem Stammcafé in Schwabing, in dem sie zweimal die Woche mit ihren Freundinnen nach der Uni Kaffee trank oder alleine in *Gala* und *Vogue* blätterte und Chai-Tee mit extra viel Honig trank, suchte sie in Schaufenstern, in Autos, überall. Ich ging auf die Uni und in ihr Lieblingsgeschäft, eine kleine Krimibuchhandlung in der Nähe vom Gärtnerplatz, in der sie für ihren Bruder Bücher kaufte, die sie ihm schickte.

Aber sie war nicht da.

Einmal glaubte ich sie von draußen in einem Lokal am Odeonsplatz zu erkennen, ich stürzte hinein, ich sagte „Hey!" und legte meine Hand auf ihre Schultern, aber es war eine andere. Es war jedes Mal eine andere.

Einmal stand ich vor dem Heim und sah hoch zu ihrem Zimmer, sah das Licht, aber ich ging nicht hinein. Ich war zu stolz. Ich schrieb ein paar SMS, aber ich schickte sie nicht ab. Ich war einfach zu stolz, verdammt. Es musste so aussehen, als wäre es bloßer Zufall. Ich laufe doch keiner Schlampe nach.

Eines Nachts spürte ich, dass irgendwer in meiner Wohnung war. Ich schlief und mir war bewusst, dass ich schlief, und genauso war mir klar, dass ein Mensch in meiner Wohnung war, und dass dieser Mensch gekommen war, um mich zu töten. Ich bekam Panik, ich musste aufwachen, aber ich konnte nicht aufwachen, ich konnte meine Augen nicht öffnen, ich konnte meinen Körper nicht bewegen. Ich lag da, gefangen in meinem Körper, war unfähig mich zu rühren, mich zu wehren, und die Gestalt in meinem Zimmer kam näher. Ich sah sie nicht, ich hörte sie nicht, aber ich spürte ihre Anwesenheit. Ich wusste, meine Todesstunde war gekommen, wenn ich jetzt nicht sofort aufwachte. Ich versuchte, mich zu kneifen, mir ins Gesicht zu schlagen, ich versuchte verzweifelt, meine Beine zu bewegen. Ich hatte Todesangst, Florian, da war ein Abgrund vor mir, nie zuvor habe ich so eine himmelschreiende Angst verspürt, ich konnte meinen Mund nicht bewegen, aber mein ganzer Körper schrie, verdammt, wie kann man nur solche Angst haben? Und schließlich gelang es mir aufzuwachen, und dann stand ich da auf meiner Matratze mit dem Eisen in der Hand. Ich stand da mit ausgestrecktem Arm, ich klapperte mit den Zähnen, so zitterte ich, ich machte Licht, holte meinen Baseballschläger aus dem Wandschrank und ging ins Bad – da war niemand. Aber als ich mich wieder hinlegen wollte, ohne das Licht zu löschen, weil ich mich nicht mehr in die Dunkelheit wagte … da sah ich, dass die verdammte Wohnungstür einen Spalt offen stand.

4

Ich musste als Kurier zwei Wochen aussetzen, mit meinen blauen, gelben und grünen Flecken und den Schürfwunden sah ich wie ein Straßenschläger aus und Shane hielt das Risiko für zu groß, dass man mich in einem der Züge kontrollieren könnte. Als ich dann wieder im Dienst war, verlief alles nach Plan: Ich traf den Dealer im WC eines Restaurants in der Nähe des Bahnhofs, holte das Gras über die Grenze und brachte es nach München, ohne dass mich auch nur ein Bulle zu lange ansah.

Mit Bauchweh dachte ich daran, was Öcal und Ugi mit mir anstellen würden, wenn sie erfuhren, dass ich den Schweizer Bullen Burcaks Telefonnummer gegeben hatte. Vielleicht hätte ich einfach mit Burcak reden, sie vor einem möglichen Anruf aus der Schweiz warnen sollen, aber ich schämte mich. Erstens hatte sie mich vor all dem gewarnt, zweitens hatte ich sie so auf eine Art mit reingezogen. Nein, ich hielt besser meine Klappe und hoffte, die Schweizer Bullen würden keine Nachforschungen anstellen, schließlich wussten sie ja nichts von den Drogen, konnten sie ja nur Vermutungen anstellen. Ich hoffte, ich würde den beiden Bullen nicht noch einmal im Bahnhofsgebäude begegnen.

Die Lieferung war größer denn je. Es gab eine neue Clique von Medizinstudenten aus Magdeburg im Heim. Die Ossis kifften wie die Irren, viel exzessiver als der Rest. Sie waren fünf Abende in der Woche stoned und zwei Abende blau. Den Rest der Zeit verbrachten sie auf der Uni und büffelten.

Ich hatte mir geschworen, Marion aus dem Weg zu gehen, aber als ich am Weg zu Rugby an Zimmer 113 vorbeikam und sie lachen hörte, konnte ich nicht anders. Ich musste an die grüne Tür klopfen.

Nelly öffnete.

„Hey du“, sagte sie und hüpfte hinter die Tür. Nur ihren Kopf durfte ich sehen. „Wie geht's?“

Ich zeigte ihr meine Zahnlücke.

„Cool“, sagte sie. „Warte nen Augenblick, ich bin nackt.“

Sie knallte die Tür vor meiner Nase zu, ich wartete minutenlang, ehe sie wieder aufging. Nelly war immer noch fast nackt, sie trug lediglich weiße Unterwäsche, die kaum was verdeckte. Marion saß in Shorts am Schreibtisch, ein Bein angewinkelt. Auf dem Tisch stand eine Tasse Kakao.

Sie hatte kurze Haare.

„Der Schläger ist zurück“, sagte sie, ohne mich anzusehen.

Sie hatte kurze Haare!

„Ich bin der, der geschlagen wurde.“

„Drei gegen einen ist hart.“

Die hatte sie nur wegen mir geschnitten.

Sie war braungebrannt wie immer, nicht solariumbraun, nicht künstlich braun, sondern sonnenbraun, und mit ihren kurzen Haaren sah sie fast ein bisschen wie ein Junge aus. Mein Herz schlug schnell und hart.

Für mich hatte sie das getan. Nur für mich.

„Wir waren bei dir im Krankenhaus“, sagte sie. „Aber das eine Mal warst du grade in irgendeinem Aufenthaltsraum Fußball schauen und wir konnten dich nicht finden, und das zweite Mal warst du schon wieder draußen.“

„Warum hast du nie angerufen?“

„Warum hast du nie angerufen?“, sagte sie. Sie stand auf, ganz cool kam sie auf mich zu, umarmte mich und küsste mich auf den Mund. Ich glaubte, ihr Körper müsste in meinen Armen dahinschmelzen, so heiß war er. „Wer waren die Kerle? Hat die Polizei was rausgefunden?“

„Der ist doch scheißegal, wer mich verdroschen hat.“

„Wer tut so was?“

„Wer tut so was nicht? Leute verprügeln ist Volkssport geworden. Man filmt sich und stellt's ins Internet und lacht darüber.“

„Ich nicht. Ich finde das schrecklich“, sagte sie leise. Sie streichelte mir über den kahlen Kopf. „Du hast mir gefehlt.“

Ich wusste gar nicht, was ich sagen sollte. Ich war überrascht, ich war überrumpelt, ich hatte gedacht, sie hätte mich längst abgeschrieben.

„Heißt das, wir sind zusammen? So richtig offiziell?"

„..."

„Klärt das mal", sagte Nelly, schlüpfte in ein Kleid und öffnete die Tür, „ich lass euch sogar Zeit für nen Quickie."

Rugby stand davor in seinem Schafsfell. Nelly schrie auf, knallte die Tür wieder zu und drehte den Schlüssel.

Sie lehnte sich mit dem Rücken an die Tür. „Okay", sagte sie. „Darf ich mitmachen?"

„Du darfst duschen gehen", sagte Marion.

Nelly ging zum Schrank, holte ein Handtuch heraus und verschwand im Bad.

Ich umarmte Marion, wir küssten uns, es war mehr ein Kämpfen als Küssen, sie biss mir in die Unterlippe, zweimal, dreimal, sie biss, bis ich Blut schmeckte.

„Ich sollte dir was sagen", sagte sie leise.

„Dann tu's."

„Ich weiß nicht, ob du's verstehst."

„Dann lass es."

Sie ging zum Schreibtisch, nahm drei Gläser von der Ablage und goss in jedes Glas weißen Wodka mit Orangensaft. Die Fenster waren undicht, man konnte den Föhnsturm riechen, der Wind blies durch die Ritzen.

„Was willst du mir gestehen?", fragte ich, als sie mir ein Glas reichte und dabei meine Hand berührte. Sie legte eine CD in den winzigen CD-Player und starrte aus dem Fenster. Sie stützte sich mit dem Ellbogen auf dem Fensterbrett ab. Im Bad plätscherte das Wasser und Nelly sang lautstark einen Robbie-Williams-Song.

Ich zog Marions Shorts bis zu den Knien runter, sie trug eine weiße Unterhose. Ich knüpfte meine Levis auf.

„DROGENKONTROLLE!", brüllte Rugby vor dem Zimmer und hämmerte gegen die Tür. „AUSZIEHEN UND MIT ERHOBENEN HÄNDEN HERAUSTRETEN!"

Marion drehte sich um. Sie zog ein Gesicht, als würde sie gleich losheulen.

„Was ist denn los?"

Sie zog ihre Shorts wieder hoch und knüpfte meine Jeans zu.

„Er hat *Ausziehen* gesagt", sagte ich.

„Wir müssen reden."

Rugby brüllte weiter, gab dann aber auf.

„Wir müssen reden, Kai."

„Ich will nicht reden."

Oh nein, ich wollte nicht hören, dass sie schwanger war oder Syphilis hatte oder nen andern liebte, ich wollte nicht hören, dass sie Precious_19 war, ich wollte das alles nicht wissen.

Wir umarmten uns, hielten uns, eine Ewigkeit. Ich wollte nichts fragen. Nichts wissen. Es war doch gut so, wie es war. Schön so. Fick die Vergangenheit.

Marions Handy klingelte. Als es nicht und nicht verstummen wollte, nahm sie ab, sagte *hi*, zog eine Grimasse und schimpfte nach einiger Zeit, die sie schweigend dem Anrufer zugehört hatte, ins Telefon: „Nein, nein, Mama, nicht die Polizei ist schuld. *Er* ist schuld! *Er* ist betrunken gefahren. Jetzt muss er sich eben einen neuen Job suchen. Nein, Mama, du wirst nicht Chauffeur spielen, auf keinen Fall. ... Dann soll er sich eben ein Lokal in der Nähe suchen! Wehe, du ... NEIN, MAMA, GENAU DAS WIRST DU NICHT TUN ... NEIN ... OH GOTT!"

Ein Zettel lag auf der Ablage über ihrem Schreibtisch. Ein Zettel mit ein paar handgeschriebenen Zeilen. Ich nahm ihn und las das Gedicht:

Geflogen
bis zum
fernsten Ort
geblieben dort
wo niemand stört
wo alles meine
Ordnung hat
wo ...

Marion riss mir den Zettel aus der Hand, nahm das Handy vom Ohr und starrte es an. Dann knallte sie es auf ihr Bett.

„Ärger?"

„Mein Bruder“, sagte sie. „Mein …“ – sie schluckte ein böses Wort runter – „… *Bruder*.“

„Hast du das geschrieben? Das Gedicht?“

Sie starrte mich an. Boxte mich auf den Oberarm. „Mein Schreibtisch ist tabu. Mein Laptop ist tabu. Mein Handy ist tabu. Du kannst an meiner Unterwäsche schnüffeln, das ist mir egal, aber das hier sind meine Sachen, und um die berühren zu dürfen, bedarf es meiner Erlaubnis, okay?“

„Du schreibst Gedichte?“

„Und?“

„Ich glaube nicht, dass viele Wirtschaftsstudentinnen Gedichte schreiben.“

„Jetzt sag bloß nicht, dass du das pubertäre Gekritzel toll findest und ich eine große Dichterin bin. Sag gar nichts. Ich schreibe das nur für mich. Und du hast kein Recht, es zu lesen.“

„Das hier ist traurig.“

Sie nahm den Zettel, zerknüllte ihn und schmiss ihn hinter die Heizung. Ihr Gesichtsausdruck hielt mich davon ab, weiter zu fragen.

„Gibt's ein Problem mit deinem Bruder?“

„Mein Bruder ist ein einziges Problem“, sagte Marion und starrte aus dem Fenster. „Er hat mir hoch und heilig versprochen, keinen Mist mehr zu bauen. Er hat versprochen, brav Geld zu verdienen. Kein Komasaufen unter der Woche, kein Abhängen mit seinen Hip-Hop-Kifferfreunden, keine Pillen, keine Schlägereien, keine illegale Autorennen …“

„Und?“

„Na, Scheiße eben“, sagte sie, die sonst niemals *Scheiße* sagte.

Nelly kam pfeifend in einem Morgenmantel aus dem Bad, band ihre Haare zurück und ließ sich rücklings aufs Bett fallen. Sie hatte ihre Beine länger nicht mehr rasiert, und ich fand's sexy. Auch ihr leichter Flaum über den Lippen störte mich kein bisschen. Nelly hatte etwas Exotisches, Dämonisches, Verdorbenes, wäre ich nicht völlig in Marion verschossen gewesen, ich hätte beim Wichsen tagelang nur noch an Nelly gedacht.

Ich leerte mein Glas. Ich leerte Marions Glas. Ich suchte Nellys Glas, aber sie hielt es bereits in der Hand. Amy Winehouse sang „Love is a losing game".

„Was ist los?", fragte Nelly und sah zu uns rüber. „War ich zu früh? Soll ich noch mal raus?"

„Bleib", sagte Marion.

Ich schenkte uns nach. Eigentlich hatten die Ärzte im Krankenhaus mir ja strengstes Alkoholverbot erteilt, aber da war dieser Song, da war Marion, da war die Sehnsucht, und Sehnsucht war Schmerz, und Schmerz war leichter zu ertragen, wenn man nicht nüchtern war.

Love is a losing game.

Und dann lachten und tanzten wir die ganze Nacht, es war ein einziger Rausch, es war der Himmel, wie ich ihn mir gewünscht hatte. Ich ließ mich fallen und hatte keine Angst vor dem Aufprall, nichts konnte mir passieren mit diesem Mädchen an meiner Seite. Mit ihrem Lächeln, ihrer Stimme, ihren Blicken, ihrem Körper ... sie war bei mir, die ganze Nacht.

Keine Angst mehr. Weißt du, wie das ist? Für ein paar Stunden keine Angst mehr zu haben. Keinen Schmerz mehr zu spüren.

„Bist du *Precious_19*?" fragte ich, als sie die Hose hochzog. Wir waren wieder im dritten Stock, hatten uns auf dem schmutzigen Küchenboden gewälzt.

Ich beobachtete sie aus den Augenwinkeln. „Bist du *Precious_19*, Marion?"

Sie lächelte. Aber das Lächeln war traurig. Sie stopfte sich das Hemd in die Hose. Fuhr sich durchs Haar. „Warum hast du dir diesen Namen auf die Brust tätowiert?"

„Weil ich das Mädchen geliebt habe."

„Keine Liebe hält ewig."

„Die Tätowierung auch nicht. Ich werde irgendwann sterben und die Würmer und Maden werden sie fressen."

Marion küsste die Löwin auf meinem Arm, ihre Lippen wanderten von Hand zu Schulter und wieder zurück.

„Du hast schöne Arme", sagte sie. „Und schöne Hände."

„Viel zu klein."

„Künstlerhände."

„Ich hätte lieber Boxerpratzen wie Shane."

Sie küsste jeden Finger einzeln, steckte den Mittelfinger in den Mund. Aus einem der Zimmer war ein Reggaesong zu hören.

Oh darling, darling ...

I'm falling, falling.

„Hast du so ne Kontaktanzeige ins Netz gestellt? Ist es das, was du mir sagen wolltest? Dass da im Internet was von dir ist?"

„Wäre das so schlimm?"

„Ja."

„Warum?"

„Was für ne blöde Frage!"

Oh darling, darling ...

I'm falling, falling.

„Ich darf keine Kontaktanzeige aufgeben?"

„Bist du ne Nutte?"

„Glaubst du, all die Frauen, die sich einsam fühlen und einen Mann suchen, sind Nutten?"

„Da sind verdammte Fickfotos!"

„Das sind keine Fickfotos."

„Aber Nacktfotos."

„Mein Gott, ja! Ich habe die Anzeige nicht aufgegeben."

„So? Wer sonst?!"

„Mein Ex. Er wollte sich rächen."

„Sag mir, wo ich ihn finden kann, und ich schlage ihm die Fresse ein."

„Hör auf, so zu reden!"

Ich holte tief Luft, aber ich schaffte es nicht, mich zu beruhigen. „Verklag das Arschloch! Ich kenn nen guten Anwalt."

„Ich finde die Bilder nicht so schlecht. Sind doch sexy, oder?"

„Red nicht wie ne verdammte Nutte."

„Nutte! Nutte! Nutte! Was ist daran nuttig? Im Bett sollen wir wild sein, oh ja, da sollen wir alles machen, alles sagen, aber in der Öffentlichkeit sollen wir die Heilige sein. Heilige und Hure, aber niemals vertauschen, wann und wo."

„..."

„Sollen die armen Kerle doch wichsen, wenn sie sich die Bilder anschauen! Es ist mir egal. Ich habe andere Sorgen. Ich denke keine Sekunde daran. Und wenn ich mir's so überlege – vielleicht macht es mich sogar an! All die Kerle, die sich an meinen Fotos begeilen. Ist das nuttig? Dass es mich heiß macht? Oder findest du das geil?"

Ich musterte sie. Sie sah so viel jünger aus als die anderen Mädchen in ihrem Alter. Sie sah aus wie 16. „Ich mag das nicht. Die Fotos nicht und dass sie so über dich reden."

„Ich habe meinem Ex-Freund vertraut. Ich hätte nie gedacht, dass er zu so etwas fähig wäre."

„Ich werde dem Scheißkerl einen Besuch abstatten."

„Nein, wirst du nicht."

„Der kann das nicht machen, Marion."

„Ich möchte meine Vergangenheit vergessen. Hol sie nicht zurück."

Ich packte sie am Nacken und flüsterte in ihr Ohr. „Gibt es sonst noch Geheimnisse?"

„Eine Frau ohne Geheimnisse ist doch langweilig", sagte sie leise.

„Schmutzige Geheimnisse?"

Sie lachte. Keine lachte wie sie, sie bekam kaum mehr Luft, wenn sie lachte. Ich glaube, sie war betrunken. „Natürlich schmutzig."

„Sag schon! Da ist doch noch mehr."

„Wenn du meinst."

„Muss ich Gugl fragen?"

„Du kannst die ganze Welt fragen."

„Ich will aber keine Gerüchte, ich will die Wahrheit, und ich will sie von dir."

„Die Wahrheit", sagte sie. „Du willst die Wahrheit?"

„Nichts anderes."

„Dann such mal brav nach ihr. Wenn du sie gefunden hast, erzähl sie mir."

„Das mach ich."

„Dann wundere dich nicht, wenn du zehn verschiedene Wahrheiten erfährst." Sie gab mir einen Klaps auf den Hintern und ließ mich alleine in der Küche zurück.

***

Zwei Tage später fuhren Shane und ich mit der U1 vom Sendlinger Tor Richtung Mangfallplatz. Es war irgendwann um die Mittagszeit und wir hatten keinen Bock mehr auf den Trubel in der Stadt. Die U-Bahn war voller gelber Fans, die vom Bahnhof kamen und auf dem Weg zum Grünwalder Stadion in Giesing waren, ich wollte Shane noch überreden, den nächsten Zug zu nehmen, als ich die vielen gelben Dressen sah, aber Shane schiss drauf.

Die Gelben blökten rum, schrien „WER NICHT HÜPFT, IST MÜNCHNER JUDE! HEY! HEY! WER NICHT HÜPFT, IST MÜNCHNER JUDE!" und hämmerten ihre Fäuste im Takt gegen die Scheiben. Der Zug war überfüllt, da hätte keine Maus mehr Platz gehabt, ich fluchte leise, dass ich mit Shane eingestiegen war, weil ich ahnte, dass es Ärger geben würde. Und ich musste auch keine Minute warten, da ging es schon los. Einer der Typen mit einem Dosenbier in der Hand glotzte Shane an, dann hob er den rechten Arm zum Hitlergruß und brüllte: „FENERBAHCE ISTANBUL, GALATASARAY – WIR HASSEN DIE TÜRKEI!" Sofort stimmte der Mob mit ein. Ein ganzer U-Bahn-Zug vom Führerhaus bis zum letzten Wagen, ein U-Bahn-Zug voller Gelber schrie seinen Hass gegen ein Land hinaus, das mit dem heutigen Spiel überhaupt nichts zu tun hatte.

Einer der Typen, ein glatzköpfiger Riese mit hässlichem Pferdegebiss, setzte sich auf den Schoß einer farbigen Frau, die mit ihrem Kind unterwegs war, das mit gleichgültiger Miene neben ihr saß und Gameboy spielte. Das Pferd sprach auf sie ein, sie sah weg. Er umarmte sie und zwickte ihr in die Titten.

„Lass sie in Frieden!", sagte ich, aber ich sagte es mit so leiser Stimme, dass es im Lärm unterging.

Das Pferd drückte der Frau einen Schmatz auf die Wange.

„LASS DIE FRAU IN RUHE!", brüllte Shane, und er brüllte es so laut, dass der halbe Waggon verstummte.

„Oh, oh, oh", sagte der Gelbe und glotzte Shane an. Er glotzte und glotzte, dann sagte er: „Fresse, Kanake!", und legte seinen Zeigefinger auf die Lippen. „Fresse!"

Shane und ich standen drei, vier Meter von dem Typen entfernt. Es war wie in nem Film oder in nem Werbespot, aber in der verfluchten Wirklichkeit fehlt meist die Pointe und das Happy End. Deshalb machte ich mir beinahe in die Hosen, als Shane eine Bierdusche abbekam.

Fresse, Kanake.

„Ich glaub, ich kenn deine Mutter", sagte das Pferd. „Ich hab da gestern im Puff in Gera so ne fette Türkenmama in' Arsch gefickt, und die Nutte hat genauso gestunken wie du."

Scheiße, scheiße. Shane und seine Mama, das war ne heikle Geschichte. Shane hasste seine Alte, aber beleidigen durfte nur er sie. Er oder ich. Aber niemals ein dahergelaufener Penner. Ich hatte keinen Bock, schon wieder zusammengestiefelt zu werden. Hatte keinen Bock auf den nächsten Krankenhausaufenthalt. Und diesen Jungs sah man an, dass sie Meister im Knochenbrechen und Zähneausschlagen waren. Scheiße, nein, Held war ich keiner.

„Cool bleiben", sagte ich leise zu Shane. „Wir steigen gleich aus."

„Keiner steigt aus", sagte Shane wie in Trance und packte mich am Kragen. Er war gar nicht mehr richtig da. Gar nicht mehr bei sich. Sein Mund stand offen, seine Augen waren weit aufgerissen. Seine Pupillen waren riesig, der Typ war high.

Einige von den Gelben stimmten ein, als der Riese anfing, zu der Melodie von „Oh Tannenbaum" zu grölen: *„Oh hängt sie auf, oh hängt sie auf, oh hängt doch auf die Türkensau! Sie wackelt hin und wackelt her, doch leben tut sie nimmer mehr!"*

Shane preschte nach vorn, schnappte sich den ersten von den Gelben, den er kriegen konnte, und knallte dem seine Faust aufs Ohr, und da konnte sich die arme Sau noch so an der Stange festhalten, die ging zu Boden und stand nicht mehr auf, die Sau.

Shanes Attacke war wie ein Schlag in ein Wespennest. Alles geriet in Aufruhr.

Shane gegen alle.

Alle gegen Shane.

Ich senkte meinen Blick, ich wollte sie nicht sehen, die Übermacht. Ich wünschte mich so schnell wie möglich zur nächsten U-Bahn-Station. Ich wollte hier raus, aber als die

U-Bahn in die Station einfuhr, war die Keilerei bereits voll im Gange. Die schwarze Frau und ihr Sohn stürzten hinaus und noch ein paar Unbeteiligte hauten ab, und auch ich wollte raus, aber ich schaffte es nicht, Shane von den Gelben wegzuzerren.

Wir waren tief in Feindesland, aber sind wir das nicht ständig? Jeden Tag, mit jedem Schritt und jedem Atemzug? Ist nicht Meyer mein größter Feind? Oder das System, das Meyers Schweinereien möglich macht? Ist es der Mensch neben mir, der Mensch vor mir, hinter mir, ist jeder hier mein Feind?

Sag mir, wo ist der Feind, wer ist der Feind? Wen muss ich bekriegen, damit es mir wieder besser geht, damit ich wieder leben kann? Sind diese Rassisten und Faschos meine Feinde oder sollten wir zusammenhalten gegen das System, gegen Meyer? Aber wie sollen wir zusammenhalten? Sie hassen Shane und ich liebe Shane, wir werden nie in einer Front stehen. Wen also soll ich hassen? Wer ist schuld, dass ich im Dreck lebe? Wer hat mich dorthin gebracht? Wer hat das verdammte Benzin über mich gekippt und das Streichholz geworfen?

Ja, ich weiß – denen wäre es lieber, ich wäre tot. Ich koste den verdammten Staat nur Geld. Ich bin einer, der nur Ärger macht. Denen wäre es lieber, ich würde nicht existieren.

Darum möchte ich es ihnen ins Gesicht schreien:
Ich lebe noch!
Fühlt ihr meinen Herzschlag?
Ich liebe noch.
Ich bin noch lange nicht wie ihr!
Ich lache noch.
Hört ihr mich?
Ich kämpfe noch.
Spürt ihr mich?

Ich habe schon viel gesehen – Picassos und Dalís und Velázquez' und weiß der Teufel noch was für Kunstwerke. Meine erste Freundin war verrückt nach dem Zeug, und ich begleitete sie in die Pinakotheken und Museen, ja, wir fuhren wegen so ner Sonderausstellung extra nach Berlin, wo wir drei Stunden im Regen anstehen mussten, wegen einem Dutzend Kunstwerke in einem einzigen Raum. Einige von den Bildern, die ich in jener Zeit gesehen habe, fand ich geil, ehrlich, die habe ich angeschaut und ich habe was gefühlt dabei, lebendig habe ich mich gefühlt, aufgewühlt, manchmal auch traurig. Aber das größte Kunstwerk, das ich je gesehen habe, das überwältigendste, war Shane im Kampf gegen diese Kerle. Ein kämpfender Mann, ein Krieger, die Schultern hochgezogen, die fliegenden Fäuste vor und zurück.

Ich weiß, da lief keine Musik in der U-Bahn, aber ich hörte etwas Göttliches. Eine Melodie, die mich tief traf, eine Melodie, die mich fortnahm, weg aus Scheiße und Dreck, ich sah den Held gegen alle, der Held gegen die Meute, der Held, der mir Mut machte, ein junger Gott, der für einen kurzen, harten Fight auf die Erde gekommen war, um dem Teufel eins aufs Maul zu hauen, und ich konnte nicht anders, ich musste an seiner Seite kämpfen, ich musste an die Front, alles andere hätte keinen Sinn gemacht, alles andere hätte meiner Existenz jede Berechtigung geraubt. Also warf ich mich in die Schlacht und knallte dem Riesen, der den Stunk angefangen hatte, mit voller Wucht die rechte Faust in die Fresse, aber das machte dem überhaupt nichts aus, das tat meiner Hand mehr weh als seiner Nase, er konterte mit zwei, drei wuchtigen Schlägen, denen ich nur mit viel Glück ausweichen konnte. Die stürzten sich nun alle auf Shane und mich, aber es waren zu viele Menschen in dem Waggon, jeder stand jedem im Weg, sie konnten die Übermacht nicht ausnutzen und Shane bekam den Kampf Mann gegen Mann, und im Kampf Mann gegen Mann war er so gut wie unbesiegbar. Er brach zwei, drei Typen die Nase, das Kiefer, die Wangenknochen, seine rechte Faust war ein Hammer, der alles zerbrach, was ihm im Weg war.

Ich teilte ein bisschen aus und steckte ein wenig ein, es war mehr ein halbherziger Sparringskampf, während Shane tötete.

Irgendwann – ich hatte jeden Sinn für Zeit verloren und weiß nicht, ob nach 10 Sekunden, nach 20 oder nach zwei, drei Minuten – hatten die Kerle ihn, Shane konnte nicht mehr schlagen, weil sie ihn an den Armen und Beinen gepackt hatten – Shane war verloren. Ich hatte mein Eisen dabei, aber ich wusste, das Eisen hätte die nicht davon abgehalten, Shane plattzutreten. Die hätten mir das Ding aus der Hand gerissen, schneller, als ich abdrücken hätte können.

Shane verteilte noch ein paar Kopfstöße, aber er war umgeben von einem gelben Knäuel, die prügelten auf ihn ein, mit allem, was sie hatten. Dann flog die erste Flasche, aber sie traf einen Gelben, dem das Blut nur so aus dem Kopf spritzte.

Als Shane richtig üble Faustschläge abbekam, da zerriss ein Donnerschlag den Waggon. Erst dachte ich an eine Bombe, aber der Zug fuhr weiter, nur unter den Passagieren brach Chaos aus, die Leute schrien, einige gingen zu Boden. Ich hörte nur noch ein Pfeifen in meinen Ohren, diese Wichser hatten einen Böller gezündet, einen von der Sorte, die jedem Trommelfell den Garaus macht. Die Angreifer hatten von Shane abgelassen, Shane packte mich am Arm, zog mich zur Tür, und wir stürzten hinaus, als die U-Bahn wenige Sekunden später am Kolumbusplatz hielt. In dem Wagen hämmerten die Gelben gegen die Fensterscheiben, einige folgten uns mit Schaum vorm Mund.

Shane und ich rettete der Lift, wir sprangen hinein, ehe die Tür sich schließen konnte, und fuhren gemeinsam mit einem älteren Ehepaar hoch.

Der Mann und die Frau glotzten uns an.

Shane war gar nicht richtig bei sich. Er sprach kein Wort. Aus seiner Nase tropfte Blut. Dunkelrote Fäden hingen da, er wischte sie mit einer wütenden Handbewegung weg. Als die beiden Alten im Sperrengeschoß ausstiegen, klopfte Shane mir auf die Schultern, da sah ich, dass er seinen Mund bewegte, aber ich hörte nichts, ich hörte nur Pfeifen.

„Ich wünschte, ich könnte kämpfen wie du“, sagte ich, aber ich hörte meine eigenen Worte nicht.

Ich war taub.

Oben angekommen, zerrte mich Shane über die Straße. Ich hatte Gleichgewichtsstörungen, meine Knie waren aus Butter, ich musste mich an ihm festhalten. Ich wusste, die Gelben würden uns verfolgen, die würden uns durch die ganze Stadt jagen, denen war das Spiel jetzt scheißegal, aber ich wusste auch, dass ich keine 100 Meter weit kommen würde.

Die Welt war ein schreiendes Monster und saß in meinem Kopf.

Mir war kotzübel.

„Hau du ab“, sagte ich. „Hau ab, Shane. Du musst nicht den Märtyrer spielen.“

Ich konnte Shanes Antwort nicht hören, aber er wich nicht von meiner Seite. Er blieb bei mir. Der verfluchte Arsch wollte mit mir untergehen. Oder er war taub wie ich.

Und da stürmten sie schon die Treppe hoch, die Gelben, zehn, fünfzehn, und einer von den Affen zeigte sofort zu uns rüber, dieses Mal würden wir endgültig untergehen. Ich konnte nichts hören, ich hatte nur dieses Pfeifen und Rauschen in meinem Kopf und mir tränten die Augen.

Es gab jetzt kein Entkommen mehr.

Es war kein Mensch auf der Straße, hier war alles wie ausgestorben, es war Samstagmittag, alle waren am Futtern oder in der Stadt, wir waren allein. Fast die gesamte Bullenarmee war am Candid- und Wettersteinplatz versammelt, um dort die ankommenden Fans vor dem Stadion zu empfangen und Gäste- und Heimfans voneinander zu trennen.

Die Gelben rollten an, Shane wollte mich wegzerren, aber ich konnte nicht mehr gehen. Das Pfeifen, das Rauschen, dieses Gebrüll in meinem Kopf lähmte mich.

Ich kapitulierte. Setzte mich auf den Hosenboden. Zog das verdammte Eisen und richtete es auf die Kerle, die da angerannt kamen.

Einer der Gelben, die es plötzlich nicht mehr so eilig hatten, rief etwas, aber ich verstand nichts.

Shane antwortete, ich sah, wie er seinen Mund bewegte, aber seine Worte konnten das Pfeifen und Krachen in meinem Kopf nicht übertrumpfen. Dann steckte er sich seelenruhig eine Zigarette in den Mund und ließ die Kappe seines silbernen Feuerzeugs hochschnellen. Ich habe dieses Geräusch immer geliebt, aber auch das Feuerzeug blieb jetzt stumm.

Das Wort ging hin und her. Die Typen standen mitten auf der Straße, auf dieser gottverdammt ausgestorbenen Straße, und sie bildeten langsam einen Halbkreis um uns. Sie kamen immer näher.

Ich dachte mir für nen Moment – morgen um die Zeit, da denkst du zurück an diesen Augenblick, und du lachst darüber, du lachst mit Shane darüber. Es gibt eine Zeit nach dem Schmerz, der jetzt kommen wird. Eine Zeit nach den Schlägen und Tritten. Es gibt immer ein Danach.

Und dann sah ich ein Bullenauto um die Ecke fahren, ein ganzer verdammter Mannschaftsbus, ich konnte viele Bullenköpfe hinter den Scheiben erkennen, und nie war ich glücklicher, Bullenköpfe zu sehen. Ich steckte mein Eisen weg und sprang auf, und sofort stürzten sich die Typen auf uns, aber ich hatte keine Angst mehr. Ich wehrte mich, so gut ich konnte, ich boxte, wie es mich Shane gelehrt hatte, und sie bekamen mich nicht auf den Boden, die Dreckschweine.

Die Bullen sprangen aus dem Bus und gingen dazwischen.

Die haben mich nicht auf den Boden gekriegt, die Gelben, ich schwör. Ich bin nicht vor diesen Bastarden gekniet, nicht vor diesen Bastarden gekrochen.

Eine Stunde später lag ich im Krankenhaus in Harlaching und bekam irgendwelche Infusionen. Der Arzt meinte, er könne nicht ausschließen, dass ich einen Hörschaden für den Rest des Lebens haben werde, aber bereits in der Nacht war das Pfeifen und Brüllen in meinen Ohren verschwunden.

Shane fuhr mich nach Hause, wir saßen schweigend in der Karre, die Lichter der Autos und Straßenlaternen zischten vorbei, ich fühlte mich unendlich müde und erschöpft.

„Gut, dass du die Knarre gezogen hast“, sagte Shane.

„Gut, dass die verdammten Penner den Bullen nix von der Waffe erzählt haben.“

„Die Knarre hat uns die entscheidenden Sekunden gebracht. Außerdem hatte ich Zeit, ihre Mütter zu beleidigen.“

„Wenn die Bullen nicht gewesen wären, Shane ...“

„Wenn, wenn, wenn ... wenn zählt nicht. Wenn zählt nie.“

„... dann würden wir die nächsten drei Monate Nahrung durch einen Schlauch bekommen."

Ich nahm sein silbernes Feuerzeug, das er in die Ablage gelegt hatte, und ließ die Kappe mehrmals hochschnellen. „Egal, was geschieht, ich stehe für immer in deiner Schuld, Shane. Du hast mich nicht allein gelassen. Das vergesse ich dir nie."

„Du hättest mich auch nicht allein gelassen."

„Ich wäre gerannt wie der Teufel."

„Wärst du nicht." Shane nahm mir das Feuerzeug weg und zündete sich eine Zigarette an, als wir an der Kreuzung beim Grünwalder Stadion vor einer roten Ampel hielten.

„Wärst du nicht", wiederholte er leise, als müsste er sich selbst davon überzeugen.

***

Ich kam gerade vom Supermarkt, als Marion in meiner Straße auftauchte. Ich trug zwei blaue Plastikeimer, vollgefüllt mit Äpfeln, ich hatte zwölf Kilo gekauft, weil sie gerade im Angebot waren.

„Wollte mal sehen, wo du wohnst", sagte sie.

Ich war völlig überrumpelt, ich hatte ihr nie meine Adresse gegeben, nur ungefähr beschrieben, wo ich wohnte – und jetzt war sie da. Ich wollte sie nicht in meine Wohnung lassen, auf keinen Fall. Aber ich konnte sie auch nicht stehen lassen.

„Gehn wir was trinken."

„Du willst immer nur trinken. Trinken oder Bumsen."

„Ich zeig dir mein Stammlokal."

„Du hast ein Stammlokal?"

„Nein. Aber ich habe meinen Hausschlüssel in der Wohnung liegen lassen."

„Dann musst du einen Schlüsseldienst anrufen!"

„Mein Handy liegt auch drin."

„Dann nimm meines."

„Lass uns was trinken."

„Ich will aber deine Wohnung sehen."

„Wozu denn?"

„Na, ich will wissen, wie du sie eingerichtet hast."

„Eingerichtet?"
„Was du für Möbel hast ..."
„Möbel?"
„... deine CDs, deine Bücher."
„Lass uns was trinken."
„Hast du was zu verbergen?"
„Mein ganzes Leben."
Sie zupfte an meiner Jacke. „Mit der Bomberjacke siehst du aus wie ein Nazi."
„Ich hasse Nazis."
„Seit wann hast du so kurze Haare?"
„Seit ich kein Geld mehr für den Friseur habe."
„Lass sie doch mal wachsen!"
„Ich seh beschissen aus mit Haaren."
Wir gingen die Straße entlang, kamen an meinem Haus vorbei, aber ich lotste sie einfach weiter. Die Autos rauschten an uns vorbei, sie schienen uns anzubrüllen, alles hier war dreckig, grau und feindlich, es stank nach Hausbrand, Abgasen, Hundekot und Menschenpisse, und mitten in all dem Dreck und Lärm war Marion. So schön und sexy.
„Ich habe jetzt zwei Wochen lang keine Vorlesungen", sagte sie.
„Das ist großartig", sagte ich.
„Ich werde nicht in München sein, Kai."
„Das ist scheiße."
„Ich muss nach Hause."
„Kannst du nicht bleiben?"
„Mama vermisst mich."
„Kann ich mit?"
„Na klar", sagte sie und lachte.
„Bleib wenigstens übers Wochenende noch da."
„Ich muss raus aus dem Heim. Ich ersticke in dem kleinen Zimmer."
„Bitte bleib."
„Lass uns gemeinsam wegfahren."
Ich nickte. „Okay."
„Hast du einen Führerschein?"

„Wir nehmen den Zug."
„Du hast keinen Führerschein?"
„Ich habe kein Auto."
„Shane hat ein Auto."
„Das leiht er mir niemals."
„Ich dachte, er sei dein Freund."
„Das Auto ist sein bester Freund. Da würde er seine Schwester verkaufen dafür."
„Der ist doch eh nie nüchtern."
„Er fährt auch nur selten damit. Und wenn, dann nur um zu protzen. Die Karre kostet n Vermögen."
„Ich weiß. Der Audi ist heiß."
„Das ist n Audi?"
„Ich möchte eines Tages auch so einen."
„Sind für mich alles Blechkisten, die ich mir eh nie leisten werd können."
„Ein großes Auto hat schon was."
„Oh ja", sagte ich. „Wenn man es anzündet, brennt es länger als ein kleines."
Wir standen plötzlich wieder vor dem Supermarkt, in dem ich eingekauft hatte. Ein Kampfhund saß vor dem Eingang und glotzte uns an finster an.
„Wo würdest du denn gerne hinfahren?", fragte ich.
„An den Bodensee. Oder nach Salzburg. Warst du schon mal in Salzburg?"
Ich schüttelte den Kopf.
„Fährst du nie weg?"
„Früher bin ich mit Shane ab und zu auf Auswärtsspiele."
„Ich fahre gerne weg."
„Dann komm, wir nehmen die U-Bahn zum Bahnhof. Die U2 fährt direkt dorthin. Wir steigen in den nächsten Zug."
„Zug?"
„Wir fahren nach Lindau."
„Ich steh nicht so auf Zugfahren", sagte sie.
„Aber ..."
„Die Züge sind schmutzig und haben immer Verspätung."
„Würdest du denn in einem geklauten Auto mitfahren?"

Marion nahm einen Apfel, wischte ihn an ihrer Jacke sauber und biss hinein. „Vielleicht."

„Was für ein Auto willst du denn?"

„Ein großes. Teures."

„Frisst zu viel Sprit."

„Siehst du den BMW da vorne? Den Van?"

„Van?"

„Den großen!"

„Den Panzer?"

„Ja, den Panzer."

„Den kann ich nicht knacken."

„Manchmal habe ich das Gefühl, dass die Stadt und das Heim mich erdrücken. Dann bekomme ich kaum mehr Luft. Dann muss ich einfach weg. Für ein paar Tage in eine andere Gegend, um andere Menschen zu sehen. Nicht immer nur Rugby und Senf und Gugl und all diese Verrückten."

„Geht's dir nicht gut, Marion?"

„Heute nicht."

Marion aß ihren Apfel, ohne mich anzublicken. Ich stand da mit den beiden Kübeln in der Hand wie ein Bauer, der sich in der Stadt verlaufen hatte.

Ich sah zu dem Van, ich wusste, ich würde so n Ding nicht klauen können. Außerdem war es Wahnsinn, so was zu tun, vor all den Leuten am helllichten Tag. Ich war nicht Shane. Da lachte Marion laut und sagte: „Du spinnst! Ich will doch nicht, dass du wegen mir ein Auto stiehlst!"

„Nicht so nen Van. Ich kann den doch gar nicht fahren."

„Ich schon."

„Du?"

„Mein Ex hatte ..."

„Dein fuck Ex."

„Du sollst keine Autos knacken, Kai. Nicht für mich. Für niemanden!"

„Wenn ich liebe, tu ich alles."

„Dann haben wir ja was gemeinsam."

Wir hatten uns all die Zeit nicht geküsst. Kein einziges Mal. Hatten uns nicht einmal berührt, als wären wir Fremde.

„So eine wie dich finde ich nie wieder", sagte ich.

„Finden schon, aber kriegen nicht", sagte Marion.

„Ich krieg jede, die ich will."

„Und du willst mich?"

„Nur dich."

Ich stellte die Eimer auf den Boden, nahm ihre Hand, der Kampfhund fing an zu bellen. Wir küssten uns, der Hund spielte verrückt, ich ging in die Knie, nahm einen Apfel und schleuderte ihn in seine Richtung, ohne aufzuhören zu küssen. Ohne aufzuhören zu lieben.

Wieder spürte ich, dass das was Großes war. Dass das was Tragisches war. Ich war glücklich, hier, mit ihr, unbeschreiblich glücklich, aber ich wusste, das Glück war vergänglich, die Zeit mordete alles. Marion war der Weg in die Freiheit – oder der letzte Sargnagel. Es gab kein Dazwischen. Tod oder Freiheit. Nichts sonst bedeutete diese Liebe.

Wir spazierten durch Giesing, ich mit meinen Eimern, sie mit ihrem Hintern, dem jeder hinterherglotzte. Wann habe ich das letzte Mal so viel gelacht, so viel gesungen? Ja, wir haben geblödelt, gelacht, haben uns an den Händen gefasst und laut gesungen, irgendwelche Kinderlieder von Biene Maja bis Michel aus Lönneberga, wir konnten sie alle noch auswendig, wir hatten sie nie verlernt. *Sing dudeldei, sing dudeldei, der Michel war bekannt, sing dudeldei, sing dudeldei, bekannt im ganzen Land.*

Als wir mal Luft holten und uns auf eine Bank am Mariahilfplatz setzten, fragte ich: „Warum gibst du dich mit mir ab?"

„Was soll die Frage?"

„Schau dich an."

„Und?"

„Schau mich an."

„Ich verstehe nicht."

„Du trägst die geilsten Klamotten und ich lauf rum wie n Proll."

Und dann schleppte mich Marion in so eine Boutique, die mir nie zuvor aufgefallen war, ein Nobelladen mitten in fucking Giesing, wir gingen rein, ich mit den beiden Eimern in der Hand, sie suchte mir was aus, meine Marion, irgendeinen Anzug, ich probierte ihn an und ich war ein anderer Mensch. Die Verkäuferin war begeistert, und auch Marion strahlte übers ganze Gesicht.

„Ich wusste es doch", sagte sie. „Du siehst heiß aus in einem Anzug."

Ich glotzte auf die Eimer am Boden und zählte die Äpfel, um nicht auf das Preisschild schauen zu müssen.

„Das kann ich mir niemals leisten."

„Egal", sagte Marion. „Ich wollte dich nur mal sehen."

Die Verkäuferin behielt ihr Lächeln, obwohl ihr klar war, dass ich das Ding niemals kaufen würde.

Ich zog mich wieder um. Neue Kundschaft kam ins Geschäft und Marion in meine Kabine. Sie betrachtete meine Tattoos. Sie streichelte über die Tätowierung mit der Löwin.

„Sterbende Löwin", sagte ich, während ich meine Jeans hochzog. „Hat irgendein Assyrer vor ein paar 1000 Jahren in' Stein gemeißelt."

„Ich möchte auch ein Tattoo."

„Geht nie wieder ab."

„Ich möchte auch eine Löwin."

„Löwin passt nicht zu dir."

„Was passt zu mir?"

„Zu dir?"

„Sag nicht: Engel. Nicht: Herz. Ich will keinen Stacheldrahtzaun und auch kein Tribal."

Ich zog mir den Kapuzenpulli an. Marion reichte mir die Jacke.

„Du willst ein Tattoo?"

Pal sagt, wenn ich die Nadel brauche, soll ich nur bei ihm vorbeischauen. Pal sagt, ich bin immer willkommen. Wann immer ich Sehnsucht nach ein bisschen Schmerz habe – er würde Zeit für mich haben, keinen Cent verlangen und sein Bestes geben.

Pal arbeitete vor ein paar Jahren einen Sommer lang mit mir beim selben Paketdienst. Einmal parkte er in einer Gasse, lieferte das Paket ab, und als er zurückkam, wurde er von einem wartenden Autofahrer und dessen Kumpel angepöbelt. Die beiden beschimpften ihn richtig übel, sodass Pal mit seinem Mittelfinger antwortete, da stiegen sie aus, um Pal aufzumischen. Aber Pal – obwohl klein und schmächtig – hatte n Mörderhammer, war immerhin einmal einer der besten ungarischen Boxer seiner Gewichtsklasse gewesen. Und schon lag einer der beiden am Boden. Pals Pech war, dass der Typ eine extrem dünne Schädeldecke hatte und drei Tage später im Krankenhaus den Löffel abgab. Jeder halbwegs gute Anwalt hätte Pal rausgeboxt, aber er bekam so einen Pflichtheini, der die ganze Zeit besoffen oder gar nicht anwesend war. Viereinhalb Jahre wegen Totschlags, für eine Sache, die eindeutig nur Notwehr gewesen war. Der Tote war vorher mehrfach wegen brutaler Gewaltdelikte verurteilt worden, aber es gab nur einen einzigen Zeugen, und das war sein Kumpel, und der behauptete, Pal hätte die beiden völlig grundlos angegriffen.

Ich kannte Pal nur von gelegentlichen Smalltalks in der Verteilerstelle, trotzdem besuchten Shane und ich ihn im Knast. Anfangs nur aus reiner Neugierde. Wir wollten ein bisschen Knastluft schnuppern, das war alles. Bald wurden die Besuche zur Routine. Pal freute sich jedes Mal riesig. Den hat ja keiner besucht, der kannte ja niemanden hier in Deutschland. Pal hat uns ein paar Dinge über Stadelheim erzählt, die ich Dir lieber ersparen möchte.

Jetzt ist er seit einem dreiviertel Jahr wieder draußen, wir gingen anfangs ab und zu alle zusammen ins Grünwalder Stadion, aber später hatte ich kein Geld mehr dafür.

Und dann lag Marion bäuchlings auf einem Stuhl, der einem Behandlungsstuhl beim Zahnarzt glich. Wie oft war ich schon hier gesessen und hatte mich quälen lassen. Acht- oder neunmal. Hast du eins, brauchst du zwei. Hast du erst mal drei, dann weißt du, es hört nie mehr auf.

In ein paar Stunden würde Marion sich in die Ferien verabschieden. Wir würden keine Karre auftreiben können, wir würden nicht gemeinsam wegfahren können, sie würde sich in den Zug nach Hause setzen. Es tat weh zu wissen, dass ich meine Kleine zwei Wochen lang nicht sehen und nicht küssen würde können. Aber solange wir hier bei Pal waren, wollte ich nicht daran denken, wollte ich jeden Moment genießen.

Marion lag da, mit heruntergelassener Hose. Ich betrachtete ihren sexy Hintern und die fürchterliche Narbe. Pal schien alles völlig kalt zu lassen. Er hantierte an seiner Maschine, öffnete die bunten Tintenfässchen und summte ein Lied.

„Du bist dir sicher?“, fragte er Marion, als er alles vorbereitet hatte.

Sie streckte mir ihren Arm entgegen. Ich nahm ihre Hand. Sie lächelte.

„Bist du dir sicher?“, fragte ich. „Dein Hintern verliert deine Unschuld. Du musst dir absolut sicher sein.“

Sie war sich sicher. Sie wollte das verdammte Tier auf ihren Arsch.

Als Pal loslegte und Marion hin und wieder kicherte und meinte, es würde furchtbar kitzeln, da betrachtete ich die Narbe. Sie schien gar nicht so alt zu sein. Sie machte mir Angst. Ich wusste, dass etwas nicht stimmte. Dass irgendwas faul war. Ich ahnte hinter der hübschen Fassade einen Abgrund, ein Stückchen Hölle, und ich musste alles darüber erfahren, obwohl mir klar war, dass man in der Hölle Dinge sehen und erleben kann, die es einem unmöglich machen, sie jemals wieder zu verlassen.

5

Als ich eines Tages zu Mittag vom Arbeitsamt nach Hause kam, wo ich sinnlos Stunden mit Warten in einem stickigen Flur voller schweigender Menschen verbracht hatte, lag mein Bruder auf dem Boden, mitten in der Wohnung, aufgedunsen, aufgerissene Augen, blaue Lippen, die Haare zerzaust, und ich legte mich neben ihn, legte meine linke Hand auf seinen Bauch, ich verspürte solchen Schmerz, unendliche Verzweiflung, ich hatte das Gefühl, ich würde gefesselt in einer Grube liegen und jemand würde Sand auf mich schaufeln. Immer mehr Dreck fiel auf mich. Immer schwerer wurde das Gewicht auf meiner Brust. Der Sand drang in meinen Mund und in meine Nase. Ich schnappte nach Luft. Die Welt verdunkelte sich. Ich riss die Augen auf, aber ich war blind.

Dann fiel kein Sand mehr. Es hörte einfach auf. Ich konnte mich nicht mehr bewegen, konnte kaum mehr atmen, nicht mehr sehen, aber sterben konnte ich auch nicht.

Ich bin lebendig begraben. Ich flehe nach dem Gnadenstoß, aber er wird mir nicht gewährt. Ich lebe und bin doch längst tot. Ich bin tot und lebe doch. Ich bin ein verfluchter Zombie, für immer verdammt, in einer Zwischenwelt zu leben.

Scheiße, ich weiß nicht, wann das angefangen hat mit den Halluzinationen. Aber die jagen mir eine scheiß Angst ein, das kannst Du mir glauben. Ich erschrecke über jede Kleinigkeit – ein lautes Geräusch oder eine schnelle Bewegung, und mein Herz pocht wie wild und ich krieg mich kaum mehr ein vor Schreck. Seit ein paar Wochen ist es ganz arg, ich sehe eine abgetrennte Hand hinter dem Heizkörper, ich beiße in eine Quarktasche und sehe, dass ich einer schwarzen Schnecke den Kopf abgebissen habe, und das kopflose Wesen bewegt sich noch immer in dem Teig und der Schleim tropft aus der Wunde, ich muss mich auch ständig umdrehen, weil ich den ganzen Tag das Gefühl habe, verfolgt zu werden, ich sehe in der Nacht finstere Gestalten herumlungern, hinter jedem Baum, hinter jedem geparkten Auto, überall lauern mir diese Teufel auf, überall ist Bewegung, ist Gefahr, sie machen mir ne Heidenangst, und ich habe das Gefühl, mit jedem Mal durch den Schrecken und das Herzrasen um Jahre zu altern.

Scheiße ja, ich sollte kürzer treten. Und ja, ich werde kürzer treten, Florian, ich schwör! Ich habe Marion, ich brauch keine fuck Drogen mehr. Aber die Drogen brauchen mich. Das Teufelszeug, das lässt mich nicht mehr aus seinen Klauen. Das gibt nicht Frieden, bis es meinen Verstand und meine Seele hat.

Ich legte mich ne Runde schlafen und wachte auf, als im Stiegenhaus die Nazis lärmten. Es dauerte meist eine halbe Stunde, ehe sie vom obersten Stock nach unten gelangt waren, wenn sie zum Fußball gingen. Meistens brüllten sie was von scheiß Türken und schimpften in Stadiongesängen über Jenajuden. So wie sie die Stiege runterpolterten, schienen die Affen niemals nüchtern zu sein. Dieses Mal zog sich ihr Auszug noch mehr in die Länge. Der ganze Lärm schien sich vor meiner Wohnung abzuspielen. Und tatsächlich – es polterte an die Tür, an meine Tür, sie wollten mich, keine Türken, keine Jenafans, sie wollten mich. Ich griff nach dem Eisen, stand auf und sah durch den Spion. Ich kannte die Fresse, die mir entgegengrinste, also verstaute ich das Eisen unter einem grauen *Lonsdale*-Kapuzenpulli, der wie der Rest meiner Kleider verstreut am Boden lag, und öffnete. „Armin?"

Er trug ein ärmelloses T-Shirt, damit die ganze Welt seine hässliche Tätowierung, einen muskelbepackten Wikinger mit Schnauz und Schwert, auf seinem Oberarm sehen musste.

„Servus Samweber."

Armin Gasteiger. Ein muskelbepackter Giesinger mit Schnauz und nem Alfa Romeo. Er war mit mir an jenem Abend als Einziger noch aufm Dach gewesen.

„Wie geht's?", sagte er, während seine Kameraden die Treppe runterstolperten. Er fuhr sich nervös durch seine schwarzen Locken. Seine Augen waren glasig und rot. „Alles klar?"

Wir gaben uns die Hände. „Geht so."

Seine Hand war verschwitzt, heiß und kalt zugleich.

„Was willst du?"

„Hast du n Bier?“

„Nicht für dich.“

Ich wollte die Tür schließen, aber er stellte seinen staubigen Arbeitsschuh mit der übergroßen Stahlkappe dazwischen.

„Was soll das heißen?“, sagte er.

„Warum hast du mich nach meinen Unfall nie im Krankenhaus besucht? Keiner von euch war da.“

„Man durfte dich gar nicht besuchen.“

„Nur die ersten drei Tage nicht.“

Gasteiger steckte sich zwei Finger in den Mund und biss an seinen Nägeln. „Der Meyer wollte nicht, dass wir zu viel plaudern.“

„Ich hätte erwartet, dass ihr für mich aussagt. Aber ihr habt so getan, als wüsstet ihr von nichts, als hättet ihr nichts gesehen. Ich bin dagestanden wie ein verdammter Idiot! Fuck, Armin! Ihr wisst alle, was da abläuft.“

„Wir haben nichts gesagt, weil der Meyer meinte, wir müssten vorsichtig sein, weil ... naja, du weißt doch, in der Branche musst du ein bisschen tricksen, sonst bist du schnell weg vom Fenster, das geht doch gar nicht anders.“

„Das ist n Gauner, der Meyer. Die Überstunden, die wir gemacht haben, die waren illegal. Wir waren viel zu lange da oben! Ich glaube sowieso, dass der ganze Auftrag nicht offiziell abgerechnet worden ist. Der Meyer ist ein Gauner!“

„Na und? Ohne Meyer würde ich wahrscheinlich auf der Straße stehen.“

„Tust du ja jetzt sowieso.“

Der Gasteiger musterte mich und sagte: „Du bist n schräger Vogel, Samweber. Warst du von Anfang an. Hast nie wirklich zu uns gehört.“

„Ich verklag den Meyer“, sagte ich. „Wenn er nicht freiwillig zahlt, geh ich vor Gericht. Die Drecksau kommt nicht einfach so davon.“

„Lass den Meyer in Frieden, das hat keinen Sinn.“

„Bei meiner Ehre, hat er gesagt! Bei meiner Ehre, du kriegst dein Geld.“

„Der Meyer ist okay, da kannst du gar nichts sagen. Da läuft nicht alles nach Gesetz, aber er tut alles für seine Arbeiter.“

„Du verteidigst das Schwein auch noch?“
„Ich krieg mein Geld immer pünktlich.“
„Ich lass den bluten, ich schwör.“
„Lass den Meyer in Frieden, ich sag’s dir.“
„Lutscht du dem jetzt den Schwanz oder was? Warum bist du nicht auf meiner Seite? Warum halten wir nicht zusammen gegen Schweine wie den Meyer? Warum fallen wir uns gegenseitig in den Rücken? Eines Tages erwischt es dich, was dann?“
„Dann ist es meine Sache.“
„Scheiße, wir müssen doch zusammenhalten! Wir müssen denen da oben in den Arsch treten! Die machen doch sonst mit uns, was sie wollen. Zusammen sind wir stark.“
„Nein. Jeder muss für sich selber schauen, wie er über die Runden kommt.“
„Verdammt, nein! Wir müssen zusammenhalten. Warum scheißen die da oben uns auf den Kopf? Weil es keine Solidarität mehr gibt! Warum sind die Straßen leer? Warum wehrt sich denn keiner mehr? Wir müssten Arm in Arm im Gleichschritt marschieren, um gegen die Meyers zu schreien, gegen die Banker, gegen diese Hurensöhne, die uns bluten lassen. Warum sind die Straßen leer? Weil jeder nur noch an sich denkt. Weil einem der andere scheißegal ist. Kapiert ihr denn nicht? Es kann eines Tages auch euch treffen! Es kann jeden von uns treffen.“
Er packte mich am Arm. Seine Pratze war dreckig. „Du warst freiwillig so lang auf dem Dach. Jeder von uns war freiwillig dort oben.“
„Und wenn ich nicht mitgemacht hätte? Was dann? Dann hätte mich Meyer noch am selben Tag rausgeschmissen, verdammt.“
„Du warst bei der Leasingfirma unter Vertrag. Verklag doch die! Wir hatten mit dir doch gar nichts zu tun.“
„Oh nein, so einfach ist das nicht.“
„Du hast schwarz gearbeitet! Keiner hat dich dazu gezwungen.“
„Das wusste ich doch gar nicht, dass ich nicht gemeldet war.“
„Scheiße, was kann ich dafür, dass du zu blöd bist, das zu checken, was kann der Meyer dafür?“

„Warum verteidigst du den Meyer?"

„Du hast dir das alles selber eingebrockt und jetzt suchst du einen Sündenbock."

„Warum zum Teufel verteidigst du den Meyer?"

„Weil ich immer noch für den arbeite."

„...?!"

„Er hat ne neue Firma gegründet."

„Du verarschst mich."

„Wir sind alle an Bord."

„Du verarschst mich!"

„Reg dich ab."

„Der hat ne neue Firma?"

„Ist rechtlich alles einwandfrei."

„Was ist mit seinen Schulden? Was ist mit meinem Geld? Der kann doch nicht eine Firma pleite gehen lassen und dann eine neue gründen!"

„Er hat's getan. Und keinen hat's gestört. Also lass ihn in Frieden. Weck keine schlafenden Hunde, hast du verstanden? Und ich sag dir noch was: ..."

„Diese Drecksau hat einfach ne neue Firma aufgemacht? Das kann doch nicht wahr sein. Das kann doch alles nicht wahr sein!"

„Lass gut sein, Kai. Die Klage kannst du sowieso vergessen."

„Täusch dich da mal nicht, Gasteiger", sagte ich und ballte die Faust. „Ich hab nen Topanwalt! Dr. Rensing, das ist n Topanwalt."

„Du hast das Gleichgewicht verloren! Es war deine Schuld, das hab ich gesehen. Gerd, Mischa, Plautze, Mike, keinen trifft Schuld. Mich trifft keine Schuld. Die Firma trifft keine Schuld. Es ist dein Bier!"

Er sah mich an. Völlig irr. Diese roten Augen. Völlig irr.

„Leck mich am Arsch", sagte ich und schüttelte den Kopf. „Du bist n Verräter."

„NEIN, NEIN!", schrie er, und seine Stimme überschlug sich. „Du bist der Verräter, Samweber. Lass die Finger vom Meyer. Der gibt uns Arbeit. Ich brauch die Arbeit. Der hat jetzt keinen Cent zu verschenken. Da geht es um unser Überleben, verstehst du?"

„Los, verschwinde."

Armin machte einen Schritt zurück. Dann stieß er mit dem rechten Bein heftig gegen die Tür. „Soll ich dir was verraten? Dein Anwalt, dieser Rensing, und unser Meyer, das sind Golffreunde. Was glaubst du, was die beiden ausgeschnapst haben? Was glaubst du, wie die über dich gelacht haben! Der Meyer hat uns erzählt, du hättest bei dem Rensing so rumgesponnen, dass er schon nach den Herren mit der Zwangsjacke rufen wollte. Der hat dich ja nur nicht rausgeworfen, weil du mit seiner Tippse befreundet bist und er scharf ist auf die Braut. Auf jeden Fall hätten deine Aussagen beim Rensing Meyer geholfen, keinen Fehler zu machen. Du Depp hast dir dein eigenes Grab geschaufelt und es nicht mal bemerkt."

Er hatte Ringe unter den Augen.

Zu viel Red Bull.

22 Jahre und Ringe unter den Augen.

Wegen der Überstunden. Wegen dem schreienden Baby zu Hause, mit dem seine Alte nicht fertig wird. Wegen den vielen Nächten in den Discos und den Quickies mit den anderen Weibern.

„Der Meyer spielt Golf mit dem Rensing? Der trampelt dem Wenzel doch auf seine weißen Schuhe!"

„Das sind Spezis, hat er uns selbst erzählt, der Meyer. Ganz dicke Freunde sind das."

Ich ließ mir die Enttäuschung nicht anmerken.

„Was hast du eigentlich mit den scheiß Nazis zu tun, Armin?"

„Du ziehst mit dem Türken um die Ecke, ich mit den Rechten. Jeder, wie er mag."

„Arbeitet Emre nicht mehr bei euch?"

„Mir sind die Türken egal, Samweber. Wenn sie mich in Frieden lassen, sind die mir scheißegal. Aber die meisten von denen, die wollen's halt wissen."

„Was wollen sie wissen?"

„Die führen sich hier auf wie die Chefs, nehmen uns die Arbeit weg, ficken unsere Frauen, kriegen das Geld vom Staat in den Arsch geschoben, die kriegen ne Wohnung, bevor unsereins eine kriegt. Die bauen hier Moscheen, größer als unsere Kirchen. Die melden sich arbeitslos und arbeiten schwarz."

„Hast du das auswendig gelernt?"

„Ich hab das mitbekommen, Kai. Ich krieg das jeden Tag aufs Neue mit."

Ich schlug die Tür zu. Er hämmerte mit den Fäusten und Schuhen dagegen. Ich dachte, der zerschlägt sie mit seinen fetten Pratzen. Als der Kerl nicht aufhörte, riss ich die Tür auf und Gasteiger kam reingeflogen. Er hatte versucht, mit Anlauf die Türe einzutreten. Er landete auf allen vieren. Ich gab ihm zwei kräftige Fußtritte in die Leber, sodass er zur Seite rollte, aber ich trug keine Schuhe und die Tritte waren zu schwach, um ihn außer Gefecht zu setzen, also warf ich mich auf ihn, aber er war stärker, ich war nur n Gummiball für ihn, er schleuderte mich gegen die Wand, zog ein Messer und hockte schon auf meinem Brustkorb.

„Na, du kleiner Jud", lachte er böse. „Kleiner Jud, was machst du jetzt? Alle ficken dich, kleiner Jud!"

„Mann, bist du krank."

„Alle ficken dich. Der Rensing, der Meyer, sogar ich! ALLE FICKEN DICH!"

„Dir haben sie ins Hirn geschissen, Armin. Was ist aus dir geworden?"

Meine ganze Wohnung füllte sich mit seinem Lachen. „Kleiner Jud! Du bist doch nur n kleiner Jud!"

Er fuchtelte mit der Klinge vor meinem Gesicht, ich konnte den Arm nur mit größter Kraftanstrengung fernhalten.

„JUD! JUD! JUD!" Er konnte seine Hand losreißen und fing an, wie wild das Messer in den Boden zu hauen. Immer knapp an meinem Kopf vorbei. Ich dachte mir, der bringt mich um. Ich dachte wirklich, der sticht mich ab. Einmal riss ich den Kopf zur Seite, und er erwischte mich. Ich spürte erst nur einen stechenden Schmerz an meinem Ohr, dann sah ich das Blut und ein Fetzen Fleisch an dem Messer. Er steckte die Klinge in den Mund, leckte sie ab und spuckte mir das Zeug ins Gesicht. Der Typ war ja noch irrer als ich. Er schwitzte und hielt mit zitternder Hand das Messer über meinem Gesicht.

Zu viel Wodka-Red Bull.

Er starrte mich an.

Zu viel Überstunden.

„Wenn du frech wirst, hol ich mir deine Augen, kleiner Jud“, sagte er und ich wehrte mich nicht mehr, als die Messerspitze näher kam, ich schloss die Augen und tappte mit der linken Hand nach meinem Eisen.

Ein Baby, das schreit und schreit, jede Nacht, und eine Freundin, die nur rauchend und zugedröhnt vor der Glotze und dem PC hockt und nicht weiß, was tun. Die keine Kraft hat, diesen Scheißkerl von Mann zu verlassen.

Shane hatte mir in all den Jahren so viel erzählt von dem Lucky Punch, von dem Glückstreffer, der dem Schwachen gegen den Starken gelingt in einer schier aussichtslosen Position. Der Lucky Punch gelingt nur dem, der daran glaubt, hat er mir immer gepredigt. Nur dem, der dranbleibt, der die Fäuste oben behält.

Nur dem.

„Verpiss dich!“, schrie ich und drückte ihm das Eisen in die Brust.

Gasteiger war so verdattert, dass er erst gar nicht reagieren konnte. Er glotzte nur auf das Eisen.

„Ich knall dich ab.“

„…“

„Ich schwör! Ich knall dich ab.“

„Du? Du knallst mich ab?“

„Ich sag, du bist mit nem Messer aufgetaucht und hast mich überfallen. Ich knall dich ab und keiner wird mich verurteilen. Das ist Notwehr!“

„Der kleine Jud will mich abknallen. Dazu ist er nicht fähig.“

„Steh auf, sofort, oder ich bring dich um.“

„Du warst doch immer n Luschi, wo hast du das Ding her? Bestimmt von dem Kanaken.“

„Ich zähl bis fünf.“

„Du drückst nicht ab. Niemals“, sagte Armin, trotzdem klappte er das Messer zu, steckte es weg und stand auf. Ich lag immer noch auf dem Boden. Er blickte auf mich runter. „Du lebst wie ne Ratte, Samweber. Sieh dich doch um! Sieh dich doch an! Ich würde mich schämen.“

Armin klopfte sich den Staub von den Jeans und stiefelte seelenruhig zur Tür. Ich sprang auf, er drehte sich um. Ich stand da, mit dem Eisen in der Hand, und dann drückte ich ab, einmal, zweimal, dreimal, aber nichts geschah. Ich schrie nur, und mein Schreien war unmenschlich, und der Gasteiger riss die Tür auf und rannte davon.

Ich griff an mein Ohr, meine Hand war voller Blut, aber ich spürte keinen Schmerz. Ich schloss die Tür, nahm mein Handy, ging zum Fenster und wartete, bis der Hurensohn draußen die Straße überquerte. Keine Ahnung, ob er mich sehen konnte, jedenfalls drehte er sich noch einmal um und sah hoch zu meinem Fenster.

Als Burcak in Rensings Büro abnahm, verstellte ich meine Stimme. „Könnte ich bitte mit Dr. Rensing sprechen? ... Es ist dringend! ... Danke! ... Rensing? Rensing! Hier spricht Kai Samweber. Hören Sie mir gut zu, Sie Pfeife! Sie kennen den Deckerfritz ja doch! Sie haben mir doch ... Hallo?! ... HALLO?! RENSING?!“

Der hatte einfach aufgelegt, der Schweinehund. Ich warf das Handy auf meine Matratze, nahm mein Feuerzeug und fackelte das Holzkreuz an der Wand ab. Aber Jesus wollte nicht brennen. Das Kreuz wurde schwarz, aber Jesus blieb weiß. Die Flamme konnte ihm nichts anhaben. Der Jesus am Kreuz war aus Plastik.

Ich legte mich auf meine Matratze, öffnete die Wodkaflasche und trank daraus. In einer Viertelstunde soff ich die halbe Flasche. Ich kippte etwas Wodka über mein verletztes Ohr, und der Schmerz ließ mich aufjaulen. Und obwohl ich dachte, die Bande wäre mit Mann und Maus verschwunden, dröhnte von oben schon wieder diese Nazischeiße aus den Boxen.

Wir sind arisch, wir sind die Herrenrasse.

***

Ich wachte auf, kaputt im Schädel, kaputt im Herzen, wusste nicht, wo und wer ich war. Wusste nur, dass ich so nicht weitermachen konnte, aber genau so weitermachen würde. Nur langsam kam die Erinnerung, kam mein Leben zurück. Morgen würde ich in die Schweiz fahren. Morgen würde ich wieder einen Dealer in St. Gallen treffen und die ganze Hinfahrt über beten, der Mann mit der Laptoptasche am Bahnhof würde nicht Abdelkader sein. Und wenn ich in München die Tasche vor Rugby auf den Boden stelle, dann würde das Heim für mich leer sein, denn Marion wäre nicht dort.

„Woher kennst du Marion?“, fragte ich Shane, den ich irgendwo in der Wohnung vermutete, weil es nach Zigarettenrauch und Duschgel stank. Ich hörte die Klospülung, die Tür ging auf und Shane kam heraus.

„Der verdammte Boiler erschlägt dich noch“, sagte er.

„Woher kennst du Marion?“

„Lass den Boiler reparieren!“

„Woher kennst du sie?“

„Ich kenne sie nicht.“

„Leck mich.“

„Ich kenn sie nur flüchtig, Ehrenwort!“

„Ach, leck mich, Shane.“

„Ich kenne ihren Bruder, David.“

„Du warst mit ihm im Knast?“

„Woher kommt das Blut?“

„Warum warst du im Knast?“

„Da klebt Blut, Kai. Das ist noch ganz frisch.“

„Ich will wissen, warum du im Knast warst.“

„Was ist mit deinem Ohr? Hat da Mike Tyson dran geknabbert? Oder hast du so wenig zu essen, dass du dich jetzt selber frisst?“

„Warum warst du im Knast, Shane?“

„Ich hab mit David n Auto geknackt, so nen richtig geilen Alfa. Wir waren blau, der Besitzer war nüchtern. Der tauchte aus dem Nichts auf und wollte uns die Karre nicht überlassen. Ich hab ihm eins mit dem Knie in’ Bauch gegeben, vielleicht ein bisschen zu heftig. Ist irgendwas geplatzt da drin, war nicht schlimm, war echt nicht schlimm, aber der Richter war anderer Meinung. David und ich, wir haben uns die Zeit im Bau geteilt. Er hat mich nicht verraten.“

„Ich kann nicht glauben, dass Marion so nen Assi als Bruder hat.“

„Die hat’s doch selber faustdick hinter den Ohren.“

„Was soll das heißen?“

„…“

„Was ist mit Marion?“

„Die kommt aus nem Haus, da ist alles schief gelaufen, was schief laufen konnte.“

„Wer von uns tut das nicht?“

„David hat mir im Knast Geschichten von ihr erzählt, die waren reinster Porno.“

„Mich interessiert kein alter Kram. Mich interessiert, was jetzt läuft.“

„Als Marion 14 war, hat sie es mit drei Klassenkameraden …“

„Ich will keine alten Geschichten hören!“

„… in der Umkleidekabine des Turnsaals …“

„Leck mich“, sagte ich und legte mir die Hände auf die Ohren, aber Shane brüllte so laut, dass ich jedes Wort verstand:

„… gleichzeitig! Dann platzte der Hausmeister rein, vertrieb die drei, weil er dachte, das wär ne Vergewaltigung – und was macht die Kleine? Was macht die?“

„LECK MICH!“

Shane ging zum Fenster und versuchte es zu kippen.

„Das Fenster ist kaputt“, sagte ich.

„Wie alles hier.“

„Ich zahl nicht die volle Miete.“

„Hier würde ich nicht einmal umsonst wohnen. Die Wände schimmeln.“

Shane sprang zu meiner Matratze, hob die Decke. „Sogar die Matratze schimmelt.“

„Willst du ein Bier?“

„Du brauchst endlich eine neue Wohnung. Das ist doch kein Leben hier!“

„Bier?“

„Es ist nicht mal 10.“

„Es ist nie zu früh.“

„Lass uns lieber was rauchen.“

„Ich trink n Bier.“

„Hier stinkt's“, sagte Shane und sah zum Fenster raus.

„Das sind die Nazis über mir.“

„Nein, das kommt von der Brauerei dort drüben! Wenn du da vorbeigehst, hast du immer den seltsamen Geruch in der Nase."

„Bier stinkt nicht. Die Nazis stinken."

Shane fing an, meine Bücher durchzustöbern, die in unzähligen Stapeln dalagen, viele von ihnen verstaubt und vergilbt. „Warum schmeißt du die Staubfänger nicht endlich weg?"

„Erinnern mich an bessere Zeiten."

Shane nahm ein Buch und las den Text auf dem Umschlag.

„Langweilig", sagte er.

Er nahm ein anderes Buch.

„Die haben ja alle einen Stempel der Bücherei!"

„Die verkaufen die Dinger um einen Euro, wenn sie zu alt und verdreckt sind."

„Die hast du geklaut."

„Ich heiße nicht Shane."

Während Shane in Pascals *Pensées* blätterte und gähnte, ging ich zum Kühlschrank und holte ein Bier. Ich öffnete die Flasche und trank. Es schmeckte nach Blut, nach schwarzem Blut, nach meinem eigenen Blut.

„Was läuft jetzt mit dir und Burcak?"

„Wenn ich das wüsste."

„Verknallt?"

„..."

„Du bist verknallt in sie."

„Ich weiß nicht."

„Und der Arsch stört nicht mehr?"

„Was sie mit dem anstellt, ist gar nicht so übel."

Shane lehnte sich mit dem Rücken an die Wand, machte aber sofort wieder einen Schritt nach vorne. Er berührte mit seiner rechten Hand die schimmligen Flecken. Er betrachtete die Flecken an der Decke und schüttelte den Kopf. „Was würdest du tun, wenn dir ein Orakel sagen würde, dass du für den Rest deines Lebens so hausen müsstest?"

„Ich würde dem Orakel den Arsch versohlen."

„Was, wenn du hier niemals rauskommst? Wenn du dein Leben so verbringen müsstest. In so nem Dreckloch. Ohne

Möbel. Ohne Küche. Ohne funktionierende Heizung. Ohne Internet und ohne Fernseher. Mit nem kaputten Boiler und Nazis über dir."

„Wenn ich die Schulden los bin, bin ich glücklich, Shane. Wenn das vorbei ist, dann fang ich nochmals von vorne an. Dann nehm ich mit Marion ne Wohnung, dann ist der Albtraum vorbei."

„Wie ernst ist das mit der Kleinen?"

„Bei mir ist's immer ernst."

„Genau das ist dein Fehler, Babyface."

Ich nahm meine Halskette in den Mund und kaute darauf herum. „Da sind Nacktfotos im Internet."

„Nacktfotos?"

„Sie behauptet, ihr Ex hätte sie reingestellt."

„Hm."

Ich setzte mich zurück auf die Matratze. „Ich weiß nicht, ob ich das glauben soll."

„Denkst du, die ganzen Fickfotos im Netz würden die Mädchen selber reinstellen? Du bist vielleicht naiv."

„Nein. Aber hätte ihr Freund einen Account eröffnet, hätte er sie *Dreckige_Schlampe_19* oder *Geile_Sau* genannt, aber bestimmt nicht *Precious*. So nennt man doch niemanden, den man hasst."

Shane zog sich seine Jacke an. „Hör zu, Kai. Marion und du, ihr seid ein nettes Paar. Ich weiß, du wirst es früher oder später verbocken, aber genieß es, so lange es so ist, wie es ist."

„Was würdest du sagen, wenn du Burcak nackt im Netz sehen würdest?"

„Ich würde das tun, was jeder tut", sagte er und machte eine Wichsbewegung mit seiner rechten Hand.

„Nein, du würdest sagen, sie sei eine gottverdammte Schlampe."

„Zu gottverdammten Schlampen wichst man am besten." Shane zündete sich eine Zigarette an. Er nahm schweigend ein paar Züge und sah dabei aus wie ein Wolf. Verwildert und struppig, mit stechenden dunklen Augen.

„Du siehst müde aus", sagte ich.

„Ich habe die ganze Nacht im Internet gesurft. Ich habe irgendwas gesucht, irgendwas ... Neues, Revolutionäres, Abgefahrenes, verstehst du? Ich wollte etwas finden, das mir einen Kick verpasst. Das mein ganzes Leben verändert und mich aus dem Scheißalltag rausholt. Irgendein Wunder. Irgendeinen Gott.“

„Und?“

Er zuckte mit den Schultern. „Da war nichts. Nichts und niemand. Scheiße, war das deprimierend. Ich scheiß auf das verdammte Internet. Ich will nur noch kiffen, saufen, wichsen, so wie du.“

„Ich suche seit Jahren meine Ex-Freundin, aber wenn man ihren Namen googelt, kommt kein Eintrag. Ich glaube, sie ist tot.“

Shane öffnete die Tür. „Wir sollten uns in nächster Zeit nicht mehr treffen. Ich glaube, dass die Bullen dir auf den Fersen sind. Wenn sie dich hops nehmen, möchte ich nicht, dass sie eine Verbindung zu mir herstellen.“

„Mein Handy läuft auf deinen Namen.“

„Deshalb nehme ich es mit.“

„Fick dich, Shane. Was soll ich denn ohne dich machen?“

„Ist ja nur für zwei, drei Wochen, verstehst du? Dann wird alles wie früher, Ehrenwort.“ Shane nahm mir das Bier aus der Hand und nahm einen kräftigen Schluck. Er bückte sich, nahm mein Handy von der Matratze und klopfte mir auf die Schulter. „Wird alles wieder gut, Kleiner. Und geh zum Doktor mit deinem Ohr.“

„Das heilt schon wieder.“

Vor der Tür drehte er sich noch einmal um und sagte: „Dort auf dem Fenstersims liegt n Wertkartenhandy. Damit du nicht vereinsamst. N Handy und Munition.“

„Munition?“

„Für dein Eisen.“

„Was soll ich damit?“

„Das nächste Blut, das fließt, soll nicht deines sein.“

Ich trank Wodka und ein Bier nach dem anderen, und mit jedem Bier stieg meine Vorstellungskraft, malte ich mir aus, wie sich Marion mit fremden Typen traf und sich durchficken ließ. Nach fünf, sechs Bier fraß ich eine halbe Schachtel Schmerztabletten und warf Flaschen nach Marions Kerlen, Flaschen, die an den Wänden zerschlugen. Die Scherben schlitzten meine Hände auf.

Ich hüpfte auf meiner Matratze, tanzte auf meiner Matratze, bis ich vor Erschöpfung zusammensackte. Mein Herz schlug hart und unrhythmisch. Es stockte und stolperte, fiel dann wieder in viel zu heftigen Galopp. Bei jedem Aussetzer hatte ich das Gefühl, ich würde in die Tiefe stürzen. Bei jedem Trommelfeuer dachte ich, das Scheißding würde sich zu Tode klopfen. Dann schlug ich mit der Faust auf meine Brust, wollte es zur Vernunft bringen, aber mein Herz war zu wütend, um sich beruhigen zu lassen.

Ich hatte nicht geschlafen, ich war aber auch nicht wach, als die Polizei auftauchte. Die beiden Uniformierten standen in der offenen Tür und glotzten mich an. Ich lag halb auf dem Boden, halb auf meiner Matratze, in einer Art Delirium. Ich schloss die Augen und dachte, die beiden wären verschwunden, sobald ich sie wieder öffnete, aber meine Augenlider blieben auf den Augäpfeln kleben.

„Alles okay, Herr Vogel?"

„Was ist los?"

„Sie wohnen hier?"

„Ich habe euch nicht gerufen!"

„Wilfried Vogel?"

„Ich habe euch wirklich nicht gerufen."

„Wilfried Vogel?"

„Was ist mit Onkel Wilfried?"

„Das ist der Name, der auf dem Türschild steht."

„Das ist uralt."

„Und Sie sind?"

„Sein Neffe."

„Und sein Neffe heißt?"

„Sein Neffe? Welcher Neffe?"

„Ihren Name wüssten wir gerne, Kruzifix!"

„Kai ..."

„Kai wer?"

„Kai …“

„Ihr Nachname!“

Keine Ahnung.

„Wie heißen Sie? HALLO! Hören Sie mich? Verstehen Sie mich?“

Ich wusste meinen Namen nicht mehr. Ich wusste nicht mehr, wie ich heiße. Wer ich bin.

Ich fing an zu kichern, ich bekam mich gar nicht mehr ein.

„IHR NACHNAME!“

„Samweber“, kam es plötzlich aus meinem Mund, aber der Name klang mir fremd und sowohl der Name als auch der Mund, der ihn aussprach, schienen nicht zu mir zu gehören.

„Kai Samweber?“

„Kai Samweber“, wiederholte ich leise, und endlich bekam ich auch die Augen wieder auf.

„Haben Sie sich den jetzt ausgedacht?“

„…“

„Dürfen wir uns in der Wohnung mal umsehen?“

„Nein!“

„Es ist zu Ihrer eigenen Sicherheit.“

Die beiden wollten an mir vorbei, aber ich klammerte mich an eines der vier Bullenbeine. Ich ließ erst los, als der zweite Bulle bereits am Fenster war. Ich lag zusammengekauert auf dem Boden und wartete, was geschehen würde. Ich wusste nicht, ob das Eisen irgendwo rumlag oder ob ich es unter der Matratze versteckt hatte.

„Sie bluten.“

„Ich blute?“

„Ihre Hände!“

„Meine Hände!“

„Hören Sie auf! Sie schmieren sich ja alles ins Gesicht.“

„Oh Gott, ich blute. Sehen Sie?! Ich blute!“

Der zweite Bulle kam zurück. „Da ist auch Blut auf dem Boden.“ Er glotzte mich an. „Was ist mit Ihrem Ohr?“

„Meinem Ohr?“

„Haben Sie Ratten im Haus?“

„Ja, Ratten.“

„Hören Sie auf uns zu verarschen."

„Nein, nein. Über mir. Fette, braune Ratten. Ein ganzes Nest!"

„Was immer das war – Sie sollten die Tetanusimpfung auffrischen lassen. Das sieht richtig übel aus."

Sie betrachteten meine Hände, die Schnitte waren nicht tief, waren nicht böse, ich musste in kein Krankenhaus, einer der beiden verpasste meiner rechten Hand drei große Pflaster.

„Bitte etwas weniger Krach, Herr Samweber. Legen Sie sich hin und schlafen Sie Ihren Rausch aus."

„Ich bin topfit."

„Wie viel haben Sie getrunken?"

„Ich lege mich hin, alles okay."

„Nehmen Sie Drogen?"

„Ich lege mich hin, versprochen!"

„Lassen Sie mich mal Ihre Pupillen kontrollieren!"

„Ich liege ja schon! Sehen Sie?! Ich liege!"

Einer der beiden fing an, die Scherben mit den Schuhen in eine Ecke zu bugsieren. Dabei schüttelte er den Kopf und bückte sich hin und wieder, um ein besonders großes Teil beiseitezulegen.

„Haben Sie einen Staubsauger, Herr Samweber?"

Ich schüttelte den Kopf.

„Sie können hier nicht barfuß rumspazieren. Da sind überall Scherben!"

„Ich habe keinen Staubsauger."

„Einen Besen? Haben Sie einen Besen, Herr Samweber?"

Wortlos stand ich wieder auf, ging ins Klo und kam mit einem Besenstiel zurück, an dem zwar keine Borsten mehr hingen, dafür aber jede Menge Spinnweben. Ich fing an zu kehren, aber ich verteilte nur Spinnweben über die Scherben. Sie nahmen mir den Besenstiel ab und bestanden darauf, dass ich mir Turnschuhe anzog. Mit den Turnschuhen legte ich mich auf die Matratze.

„Sie stehen erst wieder auf, wenn Sie nüchtern sind, verstanden? Und dann machen Sie die Sauerei hier sauber, sonst werden Sie sich garantiert verletzen." Er sagte das mit lauter Stimme und so langsam, als wäre ich n Kind oder n Behinderter.

Ich nickte artig, steckte meinen Daumen in den Mund und schloss die Augen.

Sie verschwanden.

Als ich nach kurzem, schrecklichem Schlaf aufwachte, lag das Handy neben mir. Ich sah auf das Display.

Es war erst 15:34 Uhr.

Und wenn Shane Recht hat. Und ich hier niemals rauskomme? Wenn ich für immer so leben muss? Wenn ich nie wieder einen Job finde, der mir Spaß macht? Wenn ich für immer von Hartz IV leben muss? Wenn ich immer tiefer im Drogensumpf versinke? Was, wenn wir alle untergehen? Wenn wir alle Pleite gehen, alle bis auf die da oben, die alles eingesackt haben und sich jetzt den Arsch ablachen, die Nase rümpfen über uns Dummköpfe, den Pöbel im Dreck? Wenn sie ihren Reichtum mit Klauen und Zähnen verteidigen, mit ihren Privatarmeen und ihren Lobbyisten? Was, wenn mein Körper nie mehr gesund wird, wenn die Schmerzen im Rücken nie wieder verschwinden und ich für immer auf sie angewiesen bin?

Auf ihr Geld.

Ihre Ärzte.

Ihre Medikamente.

Ihre Reha-Stationen.

Für immer auf ihre Gnade.

Auf den Alk, die Schmerztabletten, das Gras.

Ich will nicht aufs Abstellgleis.

Kein fuck Mitleid.

Ich will kein Sozialfall werden. Lebenslang.

Ich scheiß auf die Gnade, auf das Geld, ich scheiß da drauf.

***

Die Partys im Studentenheim eskalierten. Immer wieder kam es zu Polizeieinsätzen. Wegen dem Lärm im Haus und auf der Straße, wenn die Leute zur U-Bahn oder kotzen gingen. Rugby versuchte, die Partys in den Griff zu bekommen, aber es kamen immer mehr Leute von auswärts. Aus dem internen, kleinen Küchenfest war nun endgültig eine große Sache geworden.

Mehr Leute bedeutete – mehr Ärger. Und mehr Drogen. Die Lieferungen aus der Schweiz würden künftig doppelt so groß sein als bisher, aber ich wagte es nicht, mich zu beschweren. Ich erledigte meinen Job. Ich hatte die Hälfte der Fahrten hinter mir und ich wollte alles, bloß keinen Ärger. Natürlich war mir klar, dass sich mit jeder Fahrt in die Schweiz das Risiko erhöhte, ertappt zu werden. Wenn die Schweizer Bullen mich für verdächtig hielten – sie hatten ja Burcaks Telefonnummer –, würden früher oder später ihre deutschen Kollegen an meine Tür klopfen.

Ich wollte meinen Job erledigt haben, ehe das geschah. Ich wollte nicht mit einer Laptoptasche voller Gras erwischt werden.

Als Marion wieder zurück war, verbrachte ich die Zeit fast nur noch im Heim. Sobald Nelly auf der Uni war, rissen Marion und ich uns die Kleider vom Leib. Wir mussten nachholen, was wir in den zwei Wochen verpasst hatten. Manchmal taten wir es vier-, fünfmal an einem Tag. Wir konnten nicht genug kriegen. Wir schliefen ein, ich wachte auf, sie hatte meinen Schwanz im Mund. Wir schliefen ein, ich weckte sie und sie war nass, als wäre sie bereits gekommen.

Wir nahmen den Sex nicht ernst, wir lachten, wir blödelten, sie telefonierte mit ihrer Mutter, erzählte von einer Prüfung und den versalzenen Nudeln auf der Mensa, während sie mich ritt, es war alles so leicht, alles so schön.

Marion und ich tranken beinahe jeden Tag, aber wir brauchten nicht viel, um high zu sein. Wir waren glücklich. Ich war glücklich. Ich wollte nachts nicht einschlafen, der Schlaf war vergeudete Zeit, ich lebte doch den schönsten Traum. Ich wachte auf und liebte das Leben, ich wachte auf und stand sofort unter Strom und wollte mehr. Ich war so hungrig. Nach ihrem Körper, nach ihren Küssen, ihrem Stöhnen, ihrem Lachen. Ich war hungrig. Nach Wodka und Bier, nach der Musik.

Wir waren Tiere, wilde, wilde Tiere.

Ich wollte tanzen, trinken, lachen, weinen, ficken, als wäre jeder Tag der letzte und jede weitere Nacht nur noch ein Abschiedsgeschenk.

Ich küsste den Schmetterling auf ihrem Arsch. Sie biss meine sterbende Löwin, bis sie blutete.

Meistens schlief ich bei Rugby, weil ich Nelly nicht verärgern wollte. Die Zimmer waren für zwei Personen schon viel zu klein. Nelly meinte, es wäre okay, aber Marion und ich fanden das nicht. Bei Rugby schlief immer eine kleine Armee. Untote. Zombies. Ausgespuckt von der heißen Nacht. Manche schliefen auf dem Gang oder – wenn es warm genug war – auf den beiden Tischtennistischen hinter dem Heim.

Shane machte sich rar, wie er mir angekündigt hatte. Vor lauter Angst, die Bullen könnten ihn orten, ließ er sogar sein Handy ausgeschaltet. Also schrieben wir uns E-Mails aus Internetcafés, damit niemand unsere IP-Adressen feststellen oder eine Onlinedurchsuchung machen konnte. Ich loggte mich in einem Sportwettenbüro in Giesing ein, in dem die halbe Stunde zwei Euro kostete. Eine hübsche Türkenmama führte den Laden. Shane behauptete, dort würde Schwarzgeld gewaschen, und fast alle, die dort aus- und eingingen, seien entfernte Verwandte von ihm, die illegal hier lebten und bis auf die Mama – sie war angeblich Ugis künftige Schwiegermutter – kein Wort Deutsch sprachen. Ich fühlte mich wohl dort unter diesen Möchtegern-Gangstern. Es gab keine Kameras. Keiner stellte Fragen. Alle sprachen leise. Alle hatten Geheimnisse. Wir waren eine große Familie. Die Türkenmama hatte gewaltige Brüste und keine Ahnung vom Wettgeschäft. Sie gab die Wetten in den Computer ein, der daraufhin eine Quittung ausspuckte, über die sich die Kunden immer beschwerten.

„Das habe ich nicht getippt."

„Das sagen alle."

„Das habe ich nicht getippt!"

„Der Computer lügt nie."

„Ich setze nicht auf drei Siege mit einer Quote von je 1,25."

„Der Computer sagt immer die Wahrheit."

Der Typ kickte mit dem Bein gegen den Tresen. „Soll das heißen, ich lüge?“

„Ich sage gar nichts.“

„Was ist das hier? Was ist das hier?!“

„Geben Sie mir Ihren Wettschein, ich vergleiche noch einmal ...“

„Ist das n Wettbüro oder n Puff?“ Er drehte sich im Kreis, fuchtelte mit seinem Wettschein herum. „Ist das n Puff?!“

In dem Moment betrat eine junge Frau das Wettbüro. Es war wie in einem Werbespot. Alles verstummte, alles lief in Zeitlupe, alle gafften. Die Frau war aufgedonnert wie ne Nutte, lächelte und verbreitete sofort einen aggressiven Parfümduft im ganzen Raum, und das, obwohl die Bude völlig verraucht war.

„Das *ist* n Puff“, sagte der Stänkerer leise.

Die Tussi ging schnurstracks zur Türkenmama. Der Stänkerer glotzte der Frau in den Ausschnitt. Dann wandte er sich wieder der Mama zu und sagte: „Und so wie du aussiehst, bist du die Puffmutter.“

Die Tussi glotzte den Typen an, wollte etwas sagen, ließ es dann aber bleiben. Er aber legte nach: „Was kostest du denn? Hm? Was kostest du?“

Zwei unscheinbare Typen, die an einem kleinen runden Tisch in der Mitte des Raums ihre Wettscheine ausfüllten, drehten sich um.

„Für wie viel kann ich dich in’ Arsch ficken?“

Die Tussi sagte etwas, das ich nicht verstand. Ich stand auf und ging zum Tresen. Der Typ glotzte mich an. Seine Augen waren blutunterlaufen.

„Lass die Dame in Ruhe, Junkie“, sagte ich zu ihm.

Er musterte mich verächtlich. „Was ist los, du kleiner Stricher? Willst du mir die Eichel lutschen?“

„Verpiss dich.“

Er gab mir eine Ohrfeige, die mich so überraschte, dass ich nicht sofort darauf reagieren konnte.

„Du verdammter Hurensohn, halt dich da raus“, sagte er.

Ich rieb mir die Wange. „Woher weißt du, dass meine Mutter eine Hure ist?“

„Weil sie mir eben im Auto für fünf Euro einen geblasen hat."
„Verdammter Lügner."
„Wenn ich's dir sage, Stricher!"
„Du lügst", sagte ich, packte ihn an seinen Haaren und schmetterte seinen Kopf auf mein rechtes Knie. Natürlich war ich ein Amateur und brach ihm nicht die Nase, sondern zerfetzte mir nur die Hose, der Saum am Arsch platzte, aber das Großmaul ging immerhin zu Boden, hielt sich den Rüssel mit der Linken, und ich konnte sogar sehen, wie etwas Blut durch seine Finger rann.
„Du lügst!", sagte ich. „Meine Mutter bläst für die Hälfte."
„Aaaaaaaaah", stöhnte er. „Aaaaaaaaaaah!"
„*Aaaaaaah*", äffte ich ihn nach. „FÜR DIE HÄLFTE!"
Die Tussi strahlte mich an.
„Ich kenne dich", sagte sie.
„So?"
„Du bist öfters im Heim."
„Im Heim?"
„Im Studentenheim."
Ich sah in ihr Dekolletee und wusste, wer vor mir stand.
„Lass uns was trinken", sagte Violetta, nahm mich an der Hand und führte mich in ein Hinterzimmer, während der Typ am Boden klebte und seine Wunden leckte. Das Hinterzimmer war eine Abstellkammer ohne Fenster. Überall standen Kartons, und ich hätte meinen Arsch drauf wetten können, dass in den Kartons Diebesgut war. Notebooks, Fernseher, DVD-Player, all die Scheiße.
Violetta ging zu einem Schrank und kam mit zwei Bier zurück. Sie öffnete die Flaschen, wir stießen an und setzten uns auf einen großen Karton.
„Ich habe viele in dem Heim kommen und gehen gesehen", sagte sie. „Viele Kuriere, viele Dealer. Manche endeten in Entziehungskliniken, andere im Gefängnis. Max fand man an der Isar, mehr tot als lebendig."
„…"
„Aber du bist anders."
„…"

„Du wirst Shanes Brüder zur Strecke bringen."

„…?!"

„Du machst die fertig."

„Was redest du da?"

„Jaja", sagte sie und lächelte. „Du glaubst noch an was. An was anderes als Geld."

„Ich tu alles für Geld."

„Ich mag, was man über dich erzählt. Magst du auch, was man über mich erzählt?"

Ich setzte das Bier an und verschluckte mich beinahe.

Violetta lachte. Sie war betrunken oder auf Koks, wahrscheinlich beides. Sie legte ihren Arm um meine Schultern.

„Wir Italiener sind erzkatholisch", sagte sie, „aber ich glaube nicht an die Dreifaltigkeit. Ich glaube, dass Gott nur ein Wille ist. Ein mächtiger Wille. Und wir Menschen, wir leiden und sterben nur, weil unser Wille zu schwach ist." Sie stand ganz nahe. Ich musste ihr Parfum inhalieren, das viel zu aufdringlich und intensiv war. Ich sah ihre enormen Titten. Ich trank mein Bier viel zu schnell. „Und wenn da so ein Kerl kommt, der etwas will, mit aller Macht, ohne Rücksicht auf sich selbst, ohne Rücksicht auf Widerstände, wenn einer was will, das völlig unmöglich aussieht, dann gehe ich vor ihm auf die Knie, wie ich vor dem Herrgott auf die Knie gehe."

Violetta stellte die Bierflasche auf einen Karton und kniete sich vor mich nieder. „Das ist man doch dem Herrgott schuldig, oder?"

Ich nippte an meinem Bier.

Sie öffnete die Knöpfe der Jeans, kämpfte kurz mit meinen Shorts, dann hatte sie ihn im Mund. Ihre Zunge war lang und so heiß, dass sie mich beinahe verbrannte, für nen Augenblick dachte ich, das müsste die Zunge des Teufels sein. Sie sah mich an, mit großen Augen, ich schaute in ihren Ausschnitt, ihre Zunge leckte meinen Schwanz von oben bis unten.

„Die meisten Männer sind Feiglinge", sagte sie und betrachtete meinen Schwanz nachdenklich. „Sie habe keinen Willen, keine Fantasie, keine Todesverachtung. Ich hasse sie. Sie sind Roboter. Sklaven. Arbeitsaffen. Ohne Herz und ohne Verstand.

Sie sind es nicht wert, beachtet zu werden. Sie sind es nicht wert, dass ich ihnen den Schwanz lutsche."

Sie nahm ihn wieder in den Mund. Ich packte sie an den Haaren und zog sie sanft zurück. „Wenn du so weitermachst, dann saugst du meinen Willen aus."

Sie leckte sich mit der Zunge die Oberlippe. „In spätestens einer Stunde ist er zurück."

„Steh auf!"

Sie lachte. „Das meinst du jetzt nicht ernst, oder?"

„Ich hab ne Freundin."

„Sie wird nie davon erfahren."

„Steh auf!"

Ich knüpfte die Jeans zu. Violetta stand auf. Sie lächelte. Seelenruhig griff sie nach der Bierflasche und trank weiter. Sie lächelte immer noch und sah mich von der Seite an. „Du glaubst, ich sei billiger Porno, was? Du glaubst, ich sei so ne dumme Tussi mit Riesentitten und blondierten Haaren, eine Nutte, die viele Schwänze lutscht."

„…"

„Scheiße, ja. Ich bin billiger Porno! Ich bin eine Tussi mit Riesentitten, die viele Schwänze lutscht. Aber ich bin nicht dumm. Ich suche mir die Schwänze aus und ich lebe gut damit."

„Meinen Schwanz zu lutschen bringt dir nichts."

„Deshalb kriegst du auch nie wieder so ne Chance."

„Du bist doch mit dem Heimleiter zusammen?"

„Dem Heimleiter?"

„Dem Politiker!"

„Der Politiker ist mit mir zusammen."

„Er hat nichts dagegen, wenn du …?"

„Mein Wille ist stärker als seiner."

Ich nahm ein paar Schlucke von dem Bier.

„Warum hast du das gesagt, mit Öcal und Ugi? Ich will keinen Ärger mit denen!"

„Es gibt Gerüchte."

„Gerüchte?"

„Du hättest da was mit der Polizei am Laufen."

„Ich hab was mit Marion am Laufen."

„Und mit der Polizei."
„Was soll das heißen?"
„Du hast mit denen geredet. Über das Heim. Über Shane. Über die Marokkaner."
„Blödsinn", sagte ich, aber Violetta nickte heftig. „Hab ich nicht! Würde ich niemals machen!"
„Oh doch", sagte sie und griff an die Narbe über meinem rechten Auge, Überbleibsel der Tritte und Schläge. „Du hast in der Schweiz mit den Bullen geredet."
„Verdammt, ich schwör!"
„Du bist einer von den Gutmenschen, was?"
„Scheiße, du bist so was von zugedröhnt."
Sie umarmte mich, küsste mich links und rechts auf die Wange. „Mach einfach deinen Job, Kai. Schau nicht nach links und nicht nach rechts."
„Ich hab nicht mit den Bullen geredet."
„Max hat mit den Bullen geredet. Die haben ihm in Aussicht gestellt, dass er straffrei davonkäme, wenn er die Hintermänner nennt, und jetzt hat er lebenslänglich."
„Verdammt noch mal! Ich würd nie zu den Bullen gehen, ich schwör!"
„Mach einfach deinen Job und alles wird gut. Dein Schwanz schmeckt zu lecker, als dass du ihn für den Rest deines Lebens in einem Rollstuhl kutschieren solltest, Babyface."

Ich weiß nicht, wie oft ich Dich verraten habe. Ich weiß, ich war n Dreckschwein, Florian, und ich kann es nicht mehr gut machen. Hier rumzuheulen, das nützt Dir nichts, das nützt keinem mehr was. Scheiße, ich war jung damals, ich war versunsichert, ich wusste nicht, was ich wert, wo mein Platz auf dieser Welt war. Ich wollte bei den Coolen sein, bei den Starken, ich wollte den Weg des geringsten Widerstands gehen. Keinen Ärger, keinen Schmerz, keine Demütigungen. Mir steckte der ewige Streit, diese Schreiereien zwischen meiner Mutter und meinem Alten immer noch in den Knochen, ich wollte meinen Frieden. Scheiße, ich war jung, ich träumte von einem Mädel, einer Freundin, wie all die anderen auch. Aber wenn du nicht cool bist, wenn du n Opfer bist – dann kriegst du nicht mal eine von denen, die sonst keiner will.

Scheiße, ja. Ich konnte einfach nicht raus aus meiner Haut. Ich wollte, aber ich war gefangen. Ich tat, was ich tun musste. Ich musste mit den anderen über Dich lachen, ich musste Dich mit den anderen schubsen, ich musste Dir die kalte Schulter zeigen, wenn Du mich um Hilfe batest. Ich bin aus dem Bus gestiegen, der uns zur Schule brachte, und Dir davongerannt, damit Du Dich nicht an mich hängen konntest.

Ich war ein Dreckschwein, Florian.

Aber was sollen all die Worte jetzt? Worte sind für'n Arsch. Sind nur Dreck. Worte können nichts ungeschehen machen.

***

Der Heimleiter lächelte, wenn man ihm begegnete, aber er hätte auch gelächelt, wenn man in der Nacht zuvor seiner Frau ins Gesicht gespritzt hätte, denn sein Lächeln sollte ihm Stimmen bei der nächsten Wahl garantieren, und diese Stimmen waren alles, was zählte in seinem scheiß Leben. Natürlich hatte er auch einen schweren Stand als Leiter dieses Studentenheims. Er konnte die Rädelsführer nicht so einfach rausschmeißen. Die rannten sofort zu irgendwelchen juristischen Beratungsstellen an der Uni, drohten mit Klagen oder schrieben Artikel über die Zustände im Heim. Das war gefährlich für den Ruf eines Mannes, der an seine politische Karriere denken musste – und an seine Geliebte. Wenn er zu rigoros durchgriff, hatten wir Violetta auf unserer Seite, und sie bestrafte ihn mit Sexentzug. Andererseits verursachten die Partys schwere Schäden. Einmal legte Senf mit dem Feuerwehrschlauch im Gang den gesamten zweiten Stock unter Wasser. Das Wasser stand etwa 20 Zentimeter hoch, sickerte durch den Boden und lief im ersten Stock die Wände runter. Ein anderes Mal gingen zwei Glastüren im ersten Stock zu Bruch, weil Gugl einem Typen einen Bodycheck verpasste, eine Woche später wurden sämtliche Feuerlöscher geklaut, mehrere parkende Autos demoliert und ein Küchentisch aus dem Fenster geschmissen. Nicht selten wurden auch Passanten auf der Straße provoziert. Eine Keilerei mit einer Gruppe von Südtiroler Bayern-Fans konnte von der Polizei erst nach einer halben Stunde aufgelöst werden.

Irgendwann resignierte der Heimleiter. Er verhandelte nicht länger mit Rugby, dem Heimsprecher, oder Gugl und Senf, den anderen beiden Heimvertretern. Er sprach nur mehr über Aushänge auf der Pinnwand neben der Lifttür im Erdgeschoß. Ein Verbot jagte das nächste. Die beiden Terrassen in Stock 1 und Stock 3 wurden geschlossen. Alles, was nicht zum offiziellen Inventar der Küche gehörte, wie der Fernseher und der provisorische Kühlschrank, wurde in einer Blitzaktion entfernt. Die Türen zu den Terrassen wurden verriegelt. Heimfremde Personen hatten das Haus bis spätestens 22 Uhr zu verlassen. Selbstverständlich hielt sich kein Schwein daran.

Die Küche wurde schließlich gesperrt, geschlossen blieb sie allerdings nur für wenige Stunden. Die Heimvertretung hatte mit Klage gedroht.

„Das ist ein Irrenhaus", sagte Marion, die ein T-Shirt im Waschbecken in ihrem Zimmer wusch. „Aber ich lebe lieber in einem Irrenhaus als auf einem Friedhof."

„Es fällt mir schwer, mir vorzustellen, dass einer von den Chaoten die Uni abschließen soll."

Sie schrubbte das Teil energischer, als es notwendig gewesen wäre. „Unterschätze die Leute hier nicht. Es gibt welche, die knallen sich drei-, viermal die Woche die Birne voll, aber sonst sitzen die brav in den Vorlesungen und lernen auch fleißig auf die Prüfungen."

„Und der Mann im Schafsfell?"

„Auch der macht seinen Abschluss. Irgendwann."

„Gugl hat 18 Jahre gebraucht", sagte Nelly, die vor ihrem Laptop saß. Auf dem Tisch standen mehrere Dosen Red Bull. „Aber in zwei Monaten hat's sogar er geschafft."

„18 Jahre ..."

„Inklusive Doktoratsstudium."

„18 Jahre. Fuck! Wenn er hier auszieht, kann er gleich ins Altersheim nebenan."

„Im Wintersemester wollte er an einer Exkursion in die Schweiz teilnehmen. Er stieg mit drei Kumpels in das Auto eines Professors seines Instituts, und der drehte sich um und sagte zu ihm: „Entschuldigen Sie. Ich kann Ihr Gesicht jetzt gar nicht zuordnen. Studieren Sie auch Chemie?“

„Oh shit.“

„Nelly kann das nicht passieren“, sagte Marion. „Sie kennt jeder. Sie ist das Wunderkind am Institut.“

„Wenn ich morgen durchfalle, ist’s vorbei mit dem Wunder.“

„Prüfung?“

Sie nickte. „Und keinen Plan. Dabei sollte ich auch noch früh schlafen gehen. Wenn ich nicht ausgeschlafen bin, kann ich mich nicht konzentrieren.“

„Schlafen? Du kannst doch hier heute Nacht kein Auge zutun. Die Party geht bestimmt bis 4.“

„Ich nehme Valium.“

„Das ist n Witz.“

„Kein Witz.“

„Du bist verrückt.“

„Glaubst du, bei dem Lärm könnte man sonst auch nur eine Stunde schlafen?“

Marion schob mich zur Tür.

„Ich komm später“, sagte sie. „Ich muss noch schnell weg.“

„Wo musst du hin?“

„Ich habe einer Freundin ein Vorlesungsskript versprochen.“

„Ich begleite dich.“

„Nein, bitte bleib.“

„Ich komm mit, Marion.“

„Geh in die Küche, trink ein bisschen was, und schon bin ich bei dir.“

„Ich will aber mit.“

„Nein!“

Sie war nervös und gereizt.

„Stimmt was nicht?“

„Alles okay.“

„Alles?“

„Bye.“

Ich ließ die beiden alleine, ging in die Küche, quatschte mit ein paar Leuten. Ich trank mit Gugl ein paar Drinks und musste mir von Rugby anhören, warum ich die Linkspartei wählen sollte und jede andere Wahlentscheidung ein Verbrechen wäre. Ich hatte keine Ahnung, dass überhaupt Wahlen anstanden.

Marion tauchte erst zwei Stunden später auf. Aufgedonnert, mit nem kurzen Rock und schwarzen Stiefeln.

„So gehst du zu deiner Freundin?"

„So geh ich zu dir."

„Sieht heiß aus."

„Nicht zu billig?"

„..."

„Seh ich billig aus?"

„Du siehst heiß aus."

Marion küsste mich auf die Stirn. Ihren Augen waren müde, ich hatte das Gefühl, sie war gar nicht richtig da. Sie holte einen Punsch, packte mich am Arm und zog mich hinaus, zog mich durch den Gang, vorbei an all den Betrunkenen, die dort saßen, lagen, standen, lachten, rauchten, grölten, sangen, quatschten.

Sie führte mich wieder in den dritten Stock. Wir machten es, kurz und hart, hart wie immer. Aber sie wirkte irgendwie abwesend. Sie tat es, als wollte sie es hinter sich bringen.

„Ich will bei dir schlafen", sagte sie, als ich das Kondom abzog und einen Knoten hinein machte. „Ich will mit dir einschlafen."

„In meiner Wohnung?"

„Wo denn sonst?"

„Du willst mit zu mir?"

Sie musterte mich. „Du scheinst nicht gerade begeistert zu sein."

„Ich bin überrascht."

„Du willst nicht, dass ich mitkomme?"

„Naja ..."

„Ich hol mir noch schnell ein paar Sachen, ja? Warte draußen auf mich!"

„Aber ..."

„Ich hol nur meine Zahnbürste und was zum Anziehen. Lauf bloß nicht davon!"

„Mein Rücken ist kaputt, ich kann gar nicht."

„Schluck keine Pilze!"

„Nie wieder."

Vor der Tür beim Hinterausgang stand eine Gruppe junger Japaner, die es nicht rechtzeitig zur Rezeption der Jugendherberge geschafft hatten. Ab 23 Uhr kam niemand mehr rein, selbst wenn der Dalai Lama gekommen wäre. Sie fragten mich, wo sie schlafen sollten. Ich sagte ihnen, sie sollten einfach Party feiern.

„First floor."

„Thank you, thank you, thank you." Sie marschierten an mir vorbei. Sie waren alle einen Kopf kleiner als ich. Das Handy in meinem Rucksack piepste. Ich zog es raus. Ich hatte eine SMS bekommen: *Lieber Kai. Wir werden uns nicht mehr sehen können. Ich wünsche Dir alles Glück der Welt. Die Zeit mit euch war schön, Burcak.*

Ich rief sie sofort an, aber ihr Handy war ausgeschaltet, die Sprachbox deaktiviert.

Ich dachte an meine Bude. An die Matratze, den Boiler, das Eisen, die vergilbten Bücher.

An das dreckige Treppenhaus, an die Nazis über mir.

Fuck.

Marion kam aus dem Heim mit einer kleinen Tasche in der Linken. Sie lächelte, aber ihr Lächeln starb, als sie mein Gesicht sah. „Was ist los?"

„Ich muss zu Shane."

„Jetzt?!"

„Es ist ein Notfall. Burcak, das ist ne Freundin von Shane ... und ..."

„Was ist passiert?"

„Ich weiß nicht."

„Du weißt nicht?"

„Sie hat nur diese SMS ..."

Sie schüttelte den Kopf und ließ ihre Sporttasche auf den Boden fallen. „Das ist nicht dein Ernst."

„Es ist wichtig."

„Bin ich nicht wichtiger?"

„..."

„Ich muss dir heute was sagen."

„Bitte sei mir nicht böse."

„Ich muss dir heute unbedingt was sagen."

„Marion ... Das hat doch Zeit bis morgen!"

„Hat es nicht!"

„Tut mir leid." Ich küsste sie und lief die Stiege runter. „Es tut mir leid."

„Idiot", sagte sie. „Du Idiot!"

Ich drehte mich um und sah sie da stehen im schwachen Licht, und ich wollte ihr erklären, warum ... Wollte ihr sagen, dass ich in einem Dreckloch hauste, ohne Möbel, ohne Waschmaschine, ohne Küche, in einer Bude voller Schmutzwäsche und leeren Bier-, Wein- und Wodkaflaschen, mit Scherben überall und Blutflecken auf dem Boden, ich wollte einfach nicht ...

„Du liebst mich nicht!"

Ich wollte nicht, dass sie sah, ...

„Du liebst mich einfach nicht."

... dass ich am Arsch war. Ganz unten.

„DU BIST JA NUR EIN KLEINER KURIER! WAS BILDEST DU DIR EIN? DU BIST EIN KLEINER, MICKRIGER DROGENKURIER UND SERVIERST MICH AB!"

Hartz IV.

„Ich bin kein Drogenkurier. Und ich servier dich auch nicht ab."

„So? Du fährst nicht in die Schweiz? Um eine Tasche voller Gras zu holen?"

„Und? Wer kifft denn die Scheiße? Wohnen alle in deinem sauberen Heim, die Abnehmer."

„Pah", sagte Marion. „Rugby verkauft das Zeug auch auf der Uni."

„Was ist dein Problem?"

„Wie kannst du schlafen, wenn du weißt, dass du daran verdienst, dass andere ihre Leben ruinieren?"

„Ich schmuggle kein Crack, kein Meth, kein Koks, kein Heroin. Nur gottverdammtes Hasch!"

„Mein Bruder hat auch bloß gekifft und ist in einem Entzugsheim gelandet."

„Dein Bruder ist n Loser, dem darfst du nicht mal nen Lutscher geben, dann erstickt er daran."

„Idiot."

„Schau dir das Heim an, Marion! Wie viele Studenten wohnen hier? 100? 200? Und wie viele von denen kiffen? So gut wie alle. Glaubst du, deswegen wird einer von denen drogensüchtig? Das ist die künftige Elite Deutschlands, hab ein bisschen Vertrauen in deine Mitbewohner."

„Ich kiffe nicht."

„Du säufst."

„Jemanden wie dich kann man auch schwer nüchtern ertragen."

Ich schluckte. Mit belegter Stimme sagte ich: „Weißt du, was für mich schwer zu ertragen ist?"

Sie zuckte mit den Schultern, drehte sich um und wollte gehen. Aber ich war noch nicht mit ihr fertig.

„Dass du hier den Moralapostel spielst, glaubst, mich verurteilen zu können, und selber zeigst du der ganzen Welt deine Titten und deinen Arsch."

„Das macht niemanden krank, Kai", sagte sie und öffnete die Tür zum Heim.

„Doch, mich. Ne Schlampe als Freundin zu haben, das macht mich krank! Ja, *du* machst mich krank ... du Nutte."

Ich werde das Bild nie vergessen. Ich werde Marion nie vergessen, wie sie da stand, im Schein der schwachen Lampe über der Tür, so traurig und verloren.

***

Shane sperrte seine Bude niemals ab. Jeder konnte die Wohnungstür im vierten Stock von außen öffnen. Die Schwierigkeit war, überhaupt erst in das Haus zu kommen, denn die Hausbewohner waren misstrauisch und öffneten auch dann nicht, wenn man bei ihnen Sturm läutete. Also musste man

Glück haben, dass zufällig grad wer raus- oder reinging, oder aber man nahm den Kellereingang im Hinterhof, der manchmal offenstand, weil dort die Katzen aus- und einspazierten.

In Shanes Wohnung war es dunkel, nur aus dem Wohnzimmer schimmerte schwaches Licht.

„Senol?“

Ich stieß die Tür zu seinem Schlafzimmer auf, aber er lag nicht in seinem Bett. Die Tür zum Bad stand offen und das Licht brannte, aber kein Shane war darin.

„SHANE!“

Ich schlich ins Wohnzimmer, in der Glotze war eine Obenohne-Tussi mit blondiertem Haar zu sehen, die Idioten wie Shane und mich dazu animieren sollte, für vier Euro die Minute anzurufen, um aus einem Buchstabenhaufen eine Automarke herauszulesen.

Shane lag in seinem Sessel wie tot. Seine linke Hand, die auf seinem Bauch lag, hielt eine Tüte, seine rechte Hand das Handy. Sein Schwanz hing schlaff aus seinem Hosenschlitz.

Ich schlich zu ihm, nahm sein Handy und die Tüte und setzte mich auf den Sessel daneben. Ich suchte nach seinem Feuerzeug und zündete den Joint an. Ich lehnte mich zurück, rauchte den Shit und bestaunte die Titten der Tussi auf dem Bildschirm. Ich stellte mir vor, sie von hinten vor einem großen Spiegel zu nehmen und ihre Titten wackeln zu sehen.

Ich starrte an die Wand. Da hingen Tiere. Zeichnungen von Tieren. Shane zeichnete nicht gut, aber voller Leidenschaft. Wenn er zeichnete, war seine Zunge auf Wanderschaft. Er konnte mit dem langen Ding in der Nase bohren oder die Nasenspitze befeuchten. Er zeichnete auf dem Niveau eines Kindergartenkindes, aber ich mochte seine Löwen und Giraffen und Elefanten. Alle Tiere hatten etwas gemeinsam: Sie sahen dich an, sie schielten, hatten buschige Augenbrauen, und man wusste nie, ob sie lachten oder traurig waren. Shane malte sich jedes Mal selbst.

Gelangweilt spielte ich mit Shanes Handy. Ich klickte mich durch die Ordner, der Posteingang war leer, der Postausgang ebenso. Es gab keine Fotos, keine Videos, typisch für

Shanes Verfolgungswahn. Ich wollte das Handy zurücklegen, da piepte es zweimal. Ich linste rüber zu Shane, ob er aufgewacht war, aber der schnaufte nur kurz und döste weiter. Ich öffnete die SMS.

samstag in zwei wochen, 21 Uhr, lg marion.

Plötzlich fuhr Shane hoch, er sah mich an, gähnte, streckte die Arme und entdeckte seinen Schwanz.

Samstag in zwei Wochen?

„Oh Mann“, sagte er und verstaute sein Ding. Ich ließ sein Handy unauffällig unter den Tisch fallen.

Marion???!!!

„Wo ist Burcak?“

Der Name klingelte in meinem Kopf.

Marion, Marion, Marion.

„Scheiße“, sagte Shane und starrte auf den Bildschirm. „Ich war gerade in der Leitung! Wo ist mein Handy?“

Ich tat so, als würde ich suchen, um es schließlich aufzuheben und ihm zuzuwerfen. Er hielt es ans Ohr und schleuderte es schließlich auf den Tisch.

„Fuck.“

„Was ist mit Burcak?“

„Audi war die Lösung! Ich war live auf Sendung! Audi! Audi! Die Tussi hat versprochen, den Arsch in die Kamera zu halten, wenn jemand die Lösung weiß. Ich habe die Lösung gewusst. Ich werde nie mehr in meinem Leben glücklich sein, wenn ich heute Nacht nicht den Arsch von der geilen Sau sehe.“

„Wo ist Burcak?!“

„Hab ich dir nicht gesagt, dass wir uns nicht treffen sollen, verdammt noch mal?“

„Wo ist sie?“

„Weg!“

„Wohin?“

„Wohin wohl?“

„Köln?“

„Ankara.“

„Was machen?“

„Audi war die Lösung.“

„Was macht sie in Ankara?“

„Heiraten, Kinder kriegen, im Haus sitzen, Fernseh glotzen, Verwandte treffen, fett werden, alt werden.“

„Du verarschst mich.“

„Sie ist weg.“

„Aber sie liebt doch München!“

„Sie hat es zu sehr geliebt.“

„Burcak gehört doch hierher, nicht in die Türkei.“

„Das hat nicht sie zu bestimmen.“

„Sie ist 23! Sie verdient ihr eigenes Geld! Sie verdient mehr als jeder andere in ihrer Familie! Sie kann doch wohl ...“

„Nein, kann sie nicht.“

„Scheiße“, sagte ich und reichte Shane die Tüte. „Sie ist einfach so davon?“

„Nein, nicht einfach so. Ihr Bruder hat sie abgeholt.“

„Aber warum? Sie ist eine erwachsene Frau!“

„Vielleicht ein bisschen zu erwachsen.“

Wir saßen da im Dunkeln, wir beide, Regen prasselte an das Fenster, die Oben-ohne-Tussi laberte, und alles war auf einmal so schwer und böse auf dieser Welt.

„Ihr Bruder, das ist doch der, der im Knast saß. Die haben ihn doch mit Aitsch erwischt.“

„Er ist ein Mann. Er darf alles.“

„Die hält das keine Woche da unten aus. Die liebt doch München, die Burcak.“

„Burcak siehst du nie wieder, Kai.“

„Du verdammter Penner! Hättest du sie bloß geheiratet!“

„Burcak hat keinen Penner verdient.“

Ich sah einen Briefumschlag auf dem Tisch. Der Brief war an mich adressiert, aber ich hatte den Brief noch nie in Händen gehalten.

„Liest du eigentlich alle meine Briefe?“

„Ich krieg doch nie Post.“

„Du liest sie und klebst die Kuverts wieder zu?“

„Ich hab noch nie in meinem Leben nen handgeschriebenen Brief bekommen, Kai.“

„Erzähl keinen bullshit. Ich habe dir Briefe geschrieben.“

„Du?“

„Als du für ein Jahr in der Türkei warst, weil das Visum deines Vaters abgelaufen war.“

„Stimmt. Aber deine Sauklaue kann keiner lesen. Ich hab die verdammten Briefe allen gezeigt, keiner konnte ein Wort entziffern.“

„Kein Wunder, deine Verwandten in Anatolien sind Analphabeten.“

Shane nickte, ballte seine rechte Faust und betrachtete sie.

„Vielleicht“, sagte er. „Aber sie wären für mich da gewesen, wenn ich vom Dach gefallen wäre.“

Shane legte den Joint in den Aschenbecher auf dem Tisch.

Ich nahm das Kuvert und las den Absender.

Angela Brown.

Ich nahm den Joint und drehte ihn in meinen Fingern.

„Ist das ne Ex?“

„Angela?“

„Ex?“

„Ex-Stiefmutter, ja.“

„Warum schickt sie dir zwei Zugtickets?“

„Zugtickets?“

„Für dich und deine Freundin.“

„Mich und meine Freundin?“

„Zwei Erste-Klasse-Tickets München–Innsbruck und retour.“

„Angela?“

Ich inhalierte das Zeug so heftig, dass mir die Tränen in die Augen schossen. Ich bekam einen Hustenanfall und beruhigte mich erst nach einem Schluck aus einer der Bierflaschen, von denen unzählige auf dem Tisch standen. Ich warf den Joint in die Flasche und er erlöschte zischend.

„Shane, hast du was mit Marion?“

„Was?“

„Fickst du Marion?“

„Hm?“

„Was läuft da?“

„Was läuft wo?“

„Scheiße, ich will jetzt endlich alles wissen."
„…"
„Shane!"
„…"
„Fuck, wach auf!"
Aber Shane war schon wieder weggetreten. Er hatte die Augen geschlossen, den Mund offen und driftete davon.

***

Ich schlief schlecht in den folgenden Nächten, lag stundenlang wach. Ich träumte wieder von Stürzen. Ich stürzte von Türmen, von Felsen, von Dächern, ich lag rücklings auf einer Kuh auf einer Weide und fühlte mich sicher, da setzte sich die Kuh in Bewegung, und ich sah in den Abgrund, 100, 200 Meter, ein riesiger Felsen, wir stürzten zusammen hinunter, die Kuh und ich.

Ich versuchte, Burcak und Marion am Handy zu erreichen, aber Burcaks Handy war immer ausgeschaltet und Marion ging nie ran. Ich schrieb Marion viele SMS, die ich aber nicht abschickte.

Ich trinke allein in meiner Bude, und nach ein paar Bier und ein paar Pillen weiß ich nie, ob ich heulen oder lachen soll. Es zieht mich hinaus in die Stadt, hinaus unter Menschen, ich will etwas erleben, etwas spüren, ich suche den Clash, die Aufregung, den Adrenalinkick. Manchmal habe ich aber keinen Bock auf irgendwen, will ich nur meine Musik hören, will nur mit meinen Gefühlen alleine sein. Dann ziehe ich mich aus und tanze nackt im Zimmer.

Dancing with myself.

Ich habe keine Vorhänge, aber das ist mir egal. Ich liebe meinen nackten Körper, die Tattoos, die Narben, die wenigen Muskeln, die mir geblieben sind. Meine Tätowierungen glänzen, wenn ich schwitze. Ich habe diesen verdammten Körper geformt, mit der harten Arbeit auf dem Dach, mit meinen Gedanken, meinem Willen, meinem Schmerz und meiner Freude, die Sonne hat ihn verbrannt, ich bin dieser Körper und dieser Körper ist ich, wir sind eins, da gibt es nichts, wofür ich mich zu schämen bräuchte. Nein, ich will nicht anders aussehen. Ich will keine Schönheitsoperation. Jede verdammte Narbe gehört zu mir.

So let's sink another drink
'Cause it'll give me time to think
If I had the chance
I'd ask you to dance
And I'll be dancing with myself.

Oh ja, ich tanze gerne besoffen in meiner Bude. Bierflasche in der Linken, Joint in der Rechten, Sonnenbrille auf und geile Mucke aus den kleinen Boxen, die Shane beim NORMA geklaut hat und die ich meinerseits von Shane geklaut habe.

Tanzen, tanzen, tanzen! Nicht sitzen, nicht liegen, nicht einschlafen, bloß nicht einschlafen, nie mehr einschlafen, dieser Rausch darf niemals enden.

Tanzen, tanzen, tanzen! Die grauen Mächte lauern überall und fallen über dich her, wenn du schläfst, saugen dir das Blut aus, rauben dir das Lachen, die Hoffnung und den Mut und machen dich zu einem von ihnen. Sie wollen dich kalt machen und hart und verbittert.

Das wollen sie.

Sie tun es, weil sie neidisch sind.

Auf die Träume und die Hoffnungen und das Lachen.

Die Welt fuhr Karussel, als ich meinen Alten anrief.

„Hast du gewusst, dass Angela wieder in Europa ist?“

„Hast du gewusst, dass sich Frau Nachbauer den kleinen Zeh gebrochen hat?“

„Wer ist Frau Nachbauer?“

„Wer ist Angela?“

Ich wartete kurz, wollte schon auflegen, dann sagte ich: „Ich werde sie besuchen.“

„Wozu?“

„Sie war mal meine Mutter.“

„Sie war mal die Frau, die jede Nacht nackt neben mir im Bett lag, aber für kein Geld der Welt möchte ich sie jemals wiedersehen.“

„Ich fahre zu ihr."

„Wie du meinst. Sonst noch was? Ich bin etwas im Stress, Sohnemann."

Mein Vater und meine Mutter haben sich getrennt, da war ich sechs Jahre alt. Ich bin bei meiner Mutter aufgewachsen, anfangs sah ich meinen Vater noch relativ häufig, irgendwann kaum mehr. Florian kam fast auf den Tag genau vier Jahre nach mir auf die Welt, er war das gemeinsame Kind meines Vaters mit einer amerikanischen Krankenschwester, Angela, die er in seinem Kalifornienurlaub kennengelernt hatte. Ich mochte Angela, ich konnte nie verstehen, wie eine attraktive und kluge Frau wie sie sich auf nen Durchschnittstypen wie meinen Alten einlassen hatte können.

Meine Mutter hat immer nur geschuftet, Tag und Nacht, wenn ich Glück hatte, sah ich sie am Sonntagnachmittag, wenn sie nicht auch noch da im Gasthaus ihrer Eltern mitarbeitete. Meine Mutter hat jahrelang nur für mich geschuftet. Nur für mich, und ich habe sie gehasst, weil sie nie Zeit für mich hatte. Jedes Mal, wenn die Tagesschau berichtete, die Arbeitslosenzahlen seien wieder gestiegen, freute ich mich. Ich betete jeden Abend, sie möge ihren Job verlieren, damit sie endlich mehr Zeit für mich hätte.

Wenn meine Mutter im Geschäft war, hing ich meistens bei Onkel Bert rum, der einen halben Kilometer von uns entfernt wohnte. Onkel Bert sprach nie ein Wort, und wenn doch, dann brummte er nur unverständliches Zeug, und ich sagte dann: Jaja, oder ich nickte, ohne blassen Schimmer, was er mir sagen wollte. Wenn er schlecht gelaunt war, weil er von seiner Alten Schimpfe bekam, zog er mit seiner STIHL-Motorsäge los. Er schimpfte dann mit mir und gestikulierte, wahrscheinlich wollte er, dass ich nach Hause ging, aber ich ging nicht nach Hause, zu Hause war niemand, zu Hause war ich alleine, also stapfte ich ihm hinterher in meinen knallroten Gummistiefeln. Mein Onkel war fast jede freie Minute mit dem Ding unterwegs. Er trug sogar eine orange Schildkappe, auf der in schwarzer Schrift STIHL stand. Er musste immer Bäume fällen, Büsche wegradieren, Hecken vernichten. Sein

Besitz war riesig, und er machte alles platt. Die Motorsäge war sein Schwanz, er fühlte sich mächtig und potent damit. Er ließ sie röhren, und wenn ein Baum zu Boden ging, dann – aber auch nur dann – war da ein Lächeln auf seinen Lippen, weil er sich vorstellte, seine Alte ginge zu Boden.

Mir taten die Bäume immer leid. Sie hatten Jahrzehnte gebraucht, um zu wachsen, hatten dem Regen und dem Schnee und den Stürmen getrotzt – und dann kam er und tötete sie in wenigen Sekunden mit einer lärmenden, dummen Maschine, die er als Schnäppchen bei Obi gekauft hatte.

Meine Kindheit war verkorkst, aber ich beklage mich nicht. Hätte schlimmer kommen können, viel schlimmer. Meine Mutter hat mich über alles geliebt. Ich habe meinen Vater vermisst, klar, aber ich bin daran nicht zugrundegegangen. Der Alte kann mich am Arsch lecken.

Am fünften oder sechsten Tag nach Burcaks Verschwinden, ich lag völlig bekifft auf der Matratze, piepste das Handy, und ich wusste wie so oft nicht, ob ich gerade wachgelegen war oder doch geschlafen hatte. Ich hatte meine Wohnung seit Tagen nicht mehr verlassen. Hatte mich jeden Tag weggeschmissen. Ich schleppte mich zu meinem Schreibtisch und las auf dem Display:

1 Nachricht. Marion.

Mein Daumen tippte zitternd auf „Lesen“.

hey du! habe von dir geträumt. ich vermisse dich. Marion

Ich nahm das Handy und drückte es an mein Herz, ich schloss die Augen und lächelte. Für ein paar Augenblicke fühlte ich vollkommenes Glück, fühlte ich alles, was man fühlen kann.

Ich las die SMS nochmal. Und nochmal. Ich suchte einen Fehler. Ich suchte einen Haken. Die SMS war bereits vor Mitternacht verschickt worden, aber es war nichts Außergewöhnliches, dass diese verfluchten Dinger später ankamen. Ich überprüfte, ob wirklich Marion der Absender der SMS war, checkte ihre Nummer.

Alles okay.

Ich las die SMS nochmal.

Alles okay.

Ich breitete die Arme aus und legte den Kopf in den Nacken und drehte mich, immer schneller und schneller, ich drehte mich, zwei verfluchte Sätze machten den ganzen Unterschied aus zwischen Himmel und Hölle.

Zehn verfluchte Wörter bedeuteten den Himmel auf Erden.

Der Himmel bestand aus 44 Buchstaben, zehn Wörtern, zwei Sätzen, einer SMS.

Ich schwör bei allem, was mir heilig ist – nicht mal für ne Milliarde Euro hätte ich meinen Himmel verkauft. Für kein Geld und Gold und keine Droge dieser Welt.

***

Am nächsten Tag, irgendwann am Nachmittag, klingelte mein Handy.

„Ja?"

„Hier ist Burcak."

„Fuck, Burcak!", sagte ich und ließ vor Überraschung meinen Joint fallen.

„Fuck Burcak?!"

„Wo bist du?"

„Hör zu, Kai. Ich habe nur kurz Zeit. Die Polizei war letzte Woche bei mir."

„Wenn du n Alibi brauchst, ich geb's dir. Du kannst alles von mir haben, das weißt du."

„Sie haben mir eine Aufnahme von einer Überwachungskamera gezeigt. Weißt du, wer auf dem Foto war?"

„Onkel Wilfried?"

„Hast du der Schweizer Polizei erzählt, ich wäre deine schwangere Freundin?!"

„Du bist schwanger?"

„Hast du oder hast du nicht?"

„..."

„Kai! Was hast du denen erzählt?"

„Ist bestimmt ein Missverständnis."

„Ein Missverständnis? Die fragten, ob mit meinem Baby alles in Ordnung wäre. Du Idiot hast denen meine Handynummer gegeben!"

„Damals kannte ich doch die von Marion noch nicht."

„Du sagst der Polizei, ich wär deine Freundin? Du gibst denen *meine* Nummer?!"

„Ich hab doch sonst niemanden, Burcak. Dich und Shane und sonst niemanden."

„Du spinnst total. Was hast du überhaupt ausgefressen?"

„Die Bullen sind extra in die Türkei geflogen wegen der Scheiße?"

„Türkei?"

„Haben die nichts Besseres zu tun?"

„Die sind vor meiner Haustür in der Au gestanden."

„Du bist wieder in München?"

„Ich war nie fort."

„Aber Shane sagte ..."

„Wenn ich nur drei Tage mal nicht an mein Handy gehe, glaubt der, mich hätte wer verschleppt und verheiratet."

„Und warum hast du mir diese Abschieds-SMS geschickt?"

„Weil ich ein bisschen Abstand halten muss von Shane und dir."

„Von Shane Abstand zu halten ist okay, aber von mir?"

„Ihr gehört doch zusammen. Ihr seid eins. Und ich bin nicht Shanes Sexpuppe, die er schnell mal aufblasen kann, um dann wieder die Luft rauszulassen."

Es läutete an der Tür, jemand klingelte Sturm. Ich lief zur Tür und glotzte durch den Spion, es war die neue Nachbarin, die mich wohl wieder mal um 20 Euro anbetteln wollte. Dabei trug ihr Freund ne Golduhr und fuhr nen Alfa Romeo, ließ sich jeden Abend ne Pizza an die Tür bringen, aber der Typ gab ihr kein Geld. Sie war schwanger, trotzdem schlug er sie und nannte sie dreckige Hure, sie hatte zwei kleine Kinder, aber von nem anderen Typen, und die Kinder saßen manchmal stundenlang vor der Wohnungstür, weil niemand zu Hause war oder niemand aufmachen wollte.

„Hast du wem von den Bullen erzählt? Ich hatte da ein seltsames Erlebnis mit einer durchgeknallten Italienerin."

„Kai, das ist nicht gut, wenn ich als Mitarbeiterin einer Rechtsanwaltskanzlei Besuch von der Kripo bekomme, schon gar nicht, wenn mein Chef das alles mitbekommt."

„Schläft der Rensing schon bei dir?"
„Und wenn?"
„Schön ist er nicht."
„Das ist Shane auch nicht."
„Aber Shane ist n Mann."
„Pah!"
„Ey, Rensing könnte keine Nazi-Hools in der U-Bahn aufmischen."
„Aber Rensing könnte sie alle hinter Gitter bringen."
„Aufmischen ist besser."
„Einsperren nachhaltiger."
„Du kennst Shanes Schläge nicht."
„Will ich auch gar nicht. Ich hasse Schlägereien."
Ich ging zum Fenster und sah hinaus. Draußen holte die Müllabfuhr die Biotonnen ab, eine der Tonnen fiel um und der ganze Mist kullerte heraus. Für einen Moment glaubte ich, Shanes Kopf mit einem breiten Grinsen im Gesicht zu entdecken. Vor Schreck wich ich zurück.
„Wem hast du von den Bullen erzählt, Burcak, ich muss das wissen!"
„Nur Shane. Sonst keinem."
Ich berührte einen Bücherstapel, der daraufhin zusammenkrachte.
„Ich glaube, Shane hat was mit Marion, Kai."
Für einen Moment war es totenstill in der Leitung. Ich hatte das Gefühl, unter meiner Haut würden Ameisen krabbeln. Millionen von Ameisen.
„Wie kommst du darauf?"
„Ich habe die beiden gesehen."
„Knutschen?"
„Quatschen. Vor seiner Wohnung. Um Mitternacht."
Und jetzt pissten sie, die Ameisen. Unter der Haut brannten unzählige kleine Feuer. Ich ging ins Badezimmer. Für ein paar Augenblicke sprach keiner von uns zweien. Dann sagte Burcak leise: „Und ich habe noch eine schlechte Nachricht für dich."
Ich betrachtete mich im Spiegel über dem Waschbecken. Ich sah abgefuckt aus. Wie n verfluchter Junkie.

Fuck.

„Lass mich raten: Ich krieg keine Kohle vom Meyer."

„Kai ..."

Draußen rasten die Autos. In meiner Brust raste mein Herz. Mir war schlecht. Himmel auf Erden sind nur von kurzer Dauer.

„Es tut mir leid. Aber es scheint tatsächlich so zu sein, dass ..."

„Der Meyer ist mit deinem Chef befreundet."

„Das habe ich mittlerweile auch mitbekommen. Aber das spielt keine Rolle."

„Die spielen zusammen Golf."

„Da darfst du Wenzel jetzt nichts unterstellen, Kai."

„Die spielen zusammen Golf, Burcak. Und lachen über mich."

„Nein, nein, du bist unfair. Es war Wenzel peinlich, deshalb hat er es anfangs verheimlicht, aber ... Kai, wenn es eine Möglichkeit gegeben hätte, dir zu helfen, dann hätte Wenzel alles getan, um ..."

„Ach, fuck, Burcak. Dieser Wenzel ist n Hurensohn, n hässlicher dazu."

„Wie kannst du so was sagen? Glaubst du, der lässt normalerweise Typen wie dich in seine Kanzlei, um ..."

Ich schmiss das Handy in die Ecke und zerschlug den Spiegel mit meinen Fäusten, *bamm, bamm*, ich zog die Splitter aus dem Fleisch, ich wollte wissen, wer ich war, *bamm, bamm, bamm*, ob ich mein Hirn regierte oder ob mein Hirn mich regierte, *bamm, bamm*, wollte wissen, wer ich war, wollte endlich wissen, warum ich ich war – aber wieder mal schien alles nur eine Geschichte voller Wut und Lärm zu sein, völlig ohne Sinn, erzählt von einem Irren. *Bamm, bamm*. Der Schmerz gab mir keine Antwort. Ich schlug noch einmal. Und noch einmal. Keine Antwort. Keine verfluchte Antwort.

Fuck you, Shane. Fick dich, Marion!

Ich hasse euch.

6

Am Montag rief mich Marion an und lud mich auf einen Spieleabend mit Nelly, Senf, Gugl und Rugby ein. Ich wollte sie davor zur Rede stellen, aber als ich ankam, waren schon alle in Marions Zimmer. Wir spielten stundenlang „Mäxchen“, und ich verlor fast jedes Mal und musste zur Strafe ein Glas Bauernschnaps trinken, den Rugbys Großvater gebrannt hatte.

Marion hatte Pech beim Würfeln, aber Erfolg mit ihren Lügen.

„Du hast das unschuldigste Gesicht der Welt“, sagte Gugl. „Und lügst, dass sich die Balken biegen.“

„Ja, wo hast du das gelernt?“, fragte ich, ohne Marion anzusehen.

„Da gibt’s nix zu lernen“, sagte Nelly, „so was ist angeboren.“

„Quatsch“, sagte Senf. „Jeder hat seine Geheimnisse. Seine Schatten. Und jeder versucht sie zu verbergen.“

„Kommt nur drauf an, wie groß sie sind, die Schatten“, sagte ich.

„Wie groß sind denn deine?“, fragte Nelly, die rechts von mir saß, und lächelnd zwei 6en verkündete. Sie reichte Marion die von einem Joghurtbecher verdeckten Würfel. „Was ist dein größtes Geheimnis?“

„Das möchtest du gar nicht wissen.“

Marion würfelte und hob den Becher leicht, um zu sehen, wie viele Augen sie hatte. Nur noch ein Mäxchen, also eine 1 und eine 2, konnte sie vor dem Schnaps retten.

„Mäxchen“, sagte Marion und reichte die Würfel weiter an mich.

Wir starrten uns nieder. „Du bluffst.“

„Deck auf.“

„Du bluffst.“

„Deck auf!“

„Ich weiß, dass du bluffst.“

Sie sah mir in die Augen. Ihr Blick war traurig.

Ich lächelte. Aber das Lächeln tat weh.

Lügen, alles Lügen.

Ich deckte den Becher auf, aber sie hatte nicht geblufft, sie hatte die Wahrheit gesagt, und ich musste wieder trinken, musste sogar zweimal trinken, denn ein Mäxchen aufzudecken wurde doppelt bestraft.

Irgendwann war ich völlig besoffen und müde. Die Jungs tranken weiter und verschwanden einfach nicht aus Marions Zimmer, und so verzichtete ich darauf, mit ihr unter vier Augen zu reden, und ging nach Hause.

Am nächsten Abend grillten wir draußen bei den Tischtennistischen hinter dem Parkplatz des Heims. Rugby machte ein Feuer, das so hohe Flammen schlug, dass die Feuerwehr anrückte. Senf zerschlug bei seinem Löschversuch eine Bierflasche und schnitt sich dabei fast den Daumen ab. Die Feuerwehr fuhr ihn ins Krankenhaus, während Rugby aus einem großen Feuer viele kleine machte, die bald genauso außer Kontrolle gerieten und gelöscht werden mussten.

Marion und ich saßen da, eng umschlungen, sahen zu, wie sich die Leute betranken und sich zu Clowns machten, wir saßen da, sie vorne, ich hinten, mein Schwanz steif und fest an ihrem Arsch, und ich flüsterte in ihr rechtes Ohr: „Schwör bei Gott, dass du nichts mit Shane hast."

Marion drehte ihren Kopf. „Was?"

„Schwör bei Gott, dass da nichts läuft zwischen euch. Ich hab hier ne Bibel dabei, da legst du deine Hand drauf und ..."

„Ist das dein Ernst?"

„Ja!"

„Das ist kindisch!"

„Schwör bei Gott!"

„Sag mal, spinnst du?"

„Ich will endlich wissen, was da läuft."

„Ich habe nichts mit Shane! Zum 100.000sten Mal!"

„Und wenn er es mir gesagt hat?"

„Dann lügt er."

„Habt ihr euch geküsst?"

„Niemals!"

„Warum triffst du ihn heimlich? In der Nacht? Was hast du bei ihm zu suchen?“

Marion stand auf und sprang von dem Tischtennistisch. „Ist das ein Verhör?“

„Warum triffst du ihn?“

„Er kennt meinen Bruder.“

„Das weiß ich. Ich kenne Burcak und treffe mich nicht um Mitternacht mit Özlem.“

„Wer ist Özlem?“

„Burcaks Schwester.“

Marion schüttelte den Kopf, sie legte die rechte Hand auf die Bibel und hob die linke Hand, Daumen, Zeige- und Mittelfinger ausgestreckt, genauso wie in den Filmen. Sie kam mit ihrem Kopf so nahe an meinen, dass sich unsere Nasenspitzen beinahe berührten. Leise sagte sie: „Ich schwör bei Gott. Ich habe nichts mit Shane, ich hatte nie was mit Shane, aber ich werde garantiert etwas mit ihm anfangen, wenn du dich weiter so benimmst.“

Marion lächelte. Sie log. Verdammt! Sie log. Ich spürte, dass etwas faul war. Sie marschierte davon mit ihrem süßen Arsch, holte sich was bei Rugbys provisorischer Bar zu trinken und stellte sich zu Nelly und ein paar Wirtschaftsstudentinnen aus dem Heim. Alles blonde Püppchen. Püppchen, die die Nase rümpften über Typen wie mich.

Ich summte die Melodie eines Songs, dessen Text ich vergessen hatte.

„Marion, Marion“, sagte Gugl, der plötzlich neben mir saß und mir mit seiner Bierflasche in der Hand zuprostete. „Was war denn das für eine Zeremonie eben?“

„Du musst nicht alles wissen.“

„Dann verliere ich meinen Spitznamen.“

„Ach, lass mich einfach.“

„Marion, Marion“, sagte er wieder, schnalzte mit der Zunge und musterte mich. „Für 50 Euro erfährst du, was es über Marion Räuber zu erfahren gibt.“

„Was willst du mir über Marion erzählen können?“

„Find's heraus."

„50?"

„Wenn du wüsstest, was ich weiß, würdest du das 10fache bieten."

„Fick dich, Gugl! Ich hab keine 50."

„Tja."

Ich holte meine Geldtasche aus der Jacke, aber ich hatte nicht einmal 20 Euro bei mir. Nur einen Fünfer und ein paar Münzen.

„Okay", sagte ich und schüttete die Münzen in seine Hand. „Sag mir ein Drittel von dem, was du weißt."

Gugl steckte das Geld ein und musterte mich. „Ich weiß, warum Marion bei Shane abhängt." Ich sah, wie Marion mich und Gugl beobachtete, aber ihre Blicke waren mir egal. Gugl schüttelte sich seine Haare aus dem Gesicht. „Ihr Bruder schuldet Öcal und Ugi ne dicke Stange Geld."

„David?"

„Ich weiß nicht, wie er heißt. Ich weiß nur, dass er n Zocker ist. Dass er in Hinterzimmern gepokert hat und einmal eine fette Summe verspielt hat. An ein paar junge Russen."

„Wie viel? Wie viel hat er verloren?"

„Weiß ich nicht. Aber so viel, dass er bis heute in der Kreide steht. Das Problem ist, dass der Typ zurzeit in einer Drogenklinik sitzt und nichts arbeiten kann."

„Scheiße ..."

„Shane hat ihm den Arsch gerettet. Die Russen hätten ihn platt gemacht, wenn er das Geld nicht besorgt hätte. Die Russen hätten dem die Eier abgeschnitten, die kennen da nichts. Bei denen ist n deutscher Hoden nicht viel wert."

„Okay", sagte ich. „*Shit happens*. Aber was hat Marion damit zu tun?"

„Sie liebt ihren Bruder über alles."

„Das weiß ich."

„Ihre Eltern haben kein Geld. Die haben vor ein paar Jahren ein Haus gebaut, sich scheiden lassen, die müssen noch Jahre zurückzahlen. Marion kommt aus ner verkorksten Familie."

„Ich verstehe nicht ganz, auf was du hinaus willst."

„Naja, ist ja nur so ein Verdacht", sagte Gugl leise, und es sah irgendwie für nen Moment so aus, als würde er grinsen. „Aber vielleicht lässt sie sich hin und wieder knallen."

„Von Shane?!"

„Von jedem."

„Marion?!" Ich ballte meine Fäuste, aber Gugl legte vorsorglich seine Riesenhände darauf.

„Bevor du ausrastest, hör mir zu!"

„Du behauptest, Marion wär ne Nutte?!"

„Ich sage nur, dass ich nicht glauben kann, dass die Kontaktanzeige ihr Ex-Freund ins Netz gestellt hat. Ich habe mich mal bei Nelly erkundigt, wer ihr Ex war. Der Typ ist ein Streber wie er im Buch steht, ich habe sein Profil auf XING gelesen. Ein Jusstudent knapp vor dem Abschluss, engagiertes CSU-Mitglied, und er ist in einem Segler- und Golfclub. Ich sag dir, der steigt nach dem Studium auf wie eine Rakete. So ein Saubermann wie der würde niemals seine Karriere wegen so einem Mist gefährden."

Ich sah rüber zu Marion, sah das Mädchen, das ich liebte, über alles liebte, und es war, als würde mit ihr die ganze Welt untergehen, alles in lautem Getöse in den Abgrund stürzen.

Ich wusste nicht mehr, was ich glauben sollte. Ich wusste nur, wenn ich jetzt mit ihr sprach, wenn ich sie jetzt damit konfrontierte, würde es eine Katastrophe geben, egal, wie ihre Antwort lauten würde. Ich war so geladen, stand so neben mir, ich hätte für nichts mehr garantieren können. Vielleicht hätte ich sie geschlagen. Ja, fuck. Ich hab nie Frauen geschlagen, ich hasste Typen, die das taten, aber in dem Moment, in diesem Zustand der Verzweiflung und der Wut wäre ich wahrscheinlich zu allem fähig gewesen. Wie in Trance und von einer fremden – guten – Macht geleitet, ließ ich Gugl zurück, Marion zurück, verließ ich die Grillparty, ging durch die Zauntür und schritt über den Parkplatz zur Bushaltestelle. Ich erwartete, dass Marion mir folgen würde, aber sie folgte mir nicht. Vielleicht dachte sie ja, ich würde nur aufs Klo gehen, aber ich fuhr nach Hause, verdunkelte mein Zimmer, zog mich aus und boxte. Ich boxte gegen einen unsichtbaren Gegner, links, rechts, links, aber der Gegner war schneller, linker Haken, rechte Gerade, er traf mich am ganzen Körper, links, rechts, doppelrechts, er war stärker, seine Schläge raubten mir den Atem. Ich nahm Schmerztabletten, damit ich die Treffer nicht mehr spürte, ich schlug und schlug, bis ich vor Erschöpfung auf die Matratze fiel und kapitulierte. Ich zog mich aus, duschte mich nicht, nahm die doppelte Ration Schlaftabletten und fand doch keine Ruhe. Ich war so aufgewühlt, so voller Wut und Zorn und Enttäuschung. So fertig. Ich fand keinen Schlaf. Wenn sie wirklich ne Nutte war. Wenn Marion wirklich auf n Strich ging ... oh mein Gott! ... wenn das wahr war ...

Manchmal, da mag man nicht mehr. Da fühlt man sich zerschlagen, ohne jede Kraft. Da scheint alles vorbei zu sein. Alles verloren. Da will man nur noch schlafen und nie mehr aufwachen. Nur mehr weg sein und nie mehr zurückkommen. Ich schalte mein Handy aus und beschließe, mein Bett nie mehr zu verlassen. Ich bleibe für immer hier. Ich hasse die Sonne, hasse den Frühling. Es soll nur noch Nacht sein. Nacht und Winter. Ich will keinen mehr sehen. Keinen mehr hören. Ich will alleine sein.

***

Ich durchsuchte alle Kontaktanzeigen. Eine *Precious_19* existierte nicht mehr, das Profil war gelöscht worden. Ich durchsuchte die Kontaktanzeigen nochmals, das dauerte fast drei Stunden, aber schließlich wurde ich fündig. Dieselben Fotos, ein ähnliches Profil, nur der Name war neu. *Michelle_20*. Ich erstellte meinerseits ein Profil, nannte mich *Gerry_25* und ließ – damit es nicht zu auffällig wirkte – ein paar Tage verstreichen, ehe ich *Michelle_20* kontaktierte. *Michelle* gehörte zu den Frauen, die sich in der Rubrik „finanzielle Interessen" eingetragen hatten. Ich schrieb, dass ich gerne mal mit ihr ... und gerne auch zu dritt ... und wie viel das denn kosten würde und wo es stattfinden sollte. *Michelle* meldete sich nicht. Ich schrieb noch einmal, sie antwortete, es würde ihr Leid tun, sie hätte im Moment kein Interesse. Ich versuchte sie mit Geld zu locken, bot eine astronomische Summe.

Sie antwortete nicht.

Ich war erleichtert. Vielleicht war *Michelle* gar nicht Marion, und ich vergeudete meine Zeit. Aber Gugls Theorie ließ mir keine Ruhe. Ich wollte Shane nicht fragen, Shane schrieb heimlich SMS mit ihr, was konnte ich von ihm erwarten? Nur eine weitere Lüge.

Dann rückte der Samstag näher, an dem sich Shane und Marion verabredet hatten. 21 Uhr. Aber wo? Ich fuhr in dieser Woche nicht in die Schweiz, ich schrieb Shane, ich hätte eine Magengrippe und würde im 10-Minutentakt kotzen, und ich musste wirklich kotzen. Ich kotzte vor Aufregung, ich kotzte vor Angst. Ich kotzte, weil ich mich selber ankotzte.

An jenem Samstagmorgen beschloss ich, am Abend um halb 9 vor Shanes Block am Wettersteinplatz zu stehen. Vielleicht trafen sie sich dort. Vielleicht im Heim. Vielleicht in der Stadt. Die Chancen waren nicht besonders groß, aber mein Bauch sagte, sie würden sich bei Shane treffen.

Den ganzen Tag war ich hinüber. Ich nahm das Eisen und hielt es mir an den Schädel. Ich nahm eine Wodkaflasche und trank sie auf meiner Matratze, bis ich nicht mehr trinken konnte. Ich wollte pissen, aber ich kam nicht mehr hoch. Ich kam einfach nicht mehr hoch. Ich pisste in meine Hose.

Fuck Shane.

Fuck Marion.

Ich küsste das Eisen. Eine Pistole macht aus dir einen anderen Menschen. Du bist näher am Tod, näher am Leben. Das Eisen war das geilste Ding, das ich je besessen habe, ich schwör. Du kannst dir jederzeit die Rübe wegblasen. Du kannst jederzeit gehen. Du musst vor niemandem mehr Angst haben.

Ich sehne einen Krieg herbei. Einen gerechten. Einen, für den es wert ist zu sterben. Einen Krieg gegen Nazis, Islamisten, Ausbeuter oder Menschenfresser. Ein Soldat in so einem Krieg zu sein, das würde meinem Leben einen Sinn geben. Ein Soldat in so einem Krieg zu sein, würde mir den Stolz zurückgeben. Ich müsste keine Angst mehr vor irgendwas haben, weil jeder Tag der letzte wäre. Alles wäre so einfach. Kämpfen, töten, seinen

Auftrag erfüllen. Für Verpflegung und Unterkunft wäre gesorgt, und meine einzigen Klamotten wären die Uniform. Ich müsste keinen Gedanken mehr an Geld verschwenden. Kein Liebeskummer mehr, alles wäre so unwichtig, weil nur der Kampf zählte.

Oh ja, Florian. Ich sehne einen Krieg herbei. Aber ich fürchte, dass es den Krieg, wie ich ihn mir erträume, gar nicht gibt. Keinen gerechten, edlen. Es gäbe Verstümmelte und Vergewaltigte, Kinder, die ihre Eltern verlieren, und Eltern, die ihre Kinder verlieren. Menschen, die ihr Lachen verlieren und zu lebenden Toten werden.

Aber lass mich davon träumen. Vom Rattern der Maschinengewehre, vom Dröhnen der Kampfflugzeuge, vom Krachen der Bomben. Vom Sieg oder Heldentod. Lass mich einfach nur davon träumen, Soldat zu sein und wieder Stolz und Ehre, wieder einen Auftrag zu haben.

Marion tauchte um Viertel vor 9 auf. Sie kam in einer Gruppe von Menschen aus der U-Bahn-Station. Sie fiel mir sofort auf, aber ich erkannte sie erst gar nicht. Ihr Lippenstift leuchtete, ihr Ausschnitt war tief, ihr Rock kurz und rot, und die Stöckelschuhe klapperten auf dem Asphalt. Ich glaubte, den Duft ihres Parfums riechen zu können. Es war dasselbe Nuttenparfum, das Violetta benutzt hatte.

Sie marschierte schnurstracks zum Eingang, sie klingelte nicht einmal, sie hatte einen Schlüssel. Ich wusste nicht, was ich tun sollte. Ich stand da auf dem Parkplatz hinter einem Van und glotzte hoch zu Shanes Wohnung.

Fuck Shane.

Fuck Marion.

Ich erschrak, als ein Auto mit weit überhöhter Geschwindigkeit herbei raste, in den Parkplatz einbog, der eigentlich gar nicht zu Shanes Block gehörte. Der schwarze Audi parkte ein paar Meter von mir entfernt. Zwei Yuppies stiegen aus, sie trugen Anzüge, die Krawatten hingen lose und lässig um die Hälse. Der eine hielt eine fette Flasche Sekt in der Hand, der andere sein Handy, das er mehrmals auf- und zuklappte. Sie beachteten mich nicht, sie lachten, ich folgte ihnen, folgte ihrem Lachen, und sie hielten mir sogar die Tür auf, sodass ich ins Stiegenhaus gelangte. Polternd und scherzend stiegen sie in den Lift, boten mir an, mitzufahren, aber ich schüttelte den Kopf, die Tür schloss sich und ich glotzte auf die Anzeige.

Sie fuhren in den obersten Stock.

Ich dachte mir, was für ein mieser Traum. Was für ein Idiot, der sich so etwas ausgedacht hat.

Ich hetzte zu Fuß die Treppe hoch.

Im fünften Stock gab es nur noch zwei Wohnungen. Links wohnte Shane. Rechts ein älteres Ehepaar aus Düsseldorf. Den Mann hatte ich noch nie gesehen, die Frau hatte lange, weiße Haare und war immer freundlich gewesen, wenn ich ihr im Stiegenhaus begegnet war. Ich klingelte an Shanes Nachbarwohnung. Die Frau öffnete die Tür einen Spalt. Als sie mich erkannte, löste sie die Kette und öffnete die Tür vollständig.

„Grüß Gott", sagte sie und sah mich neugierig an.

„Ihre Katze", sagte ich.

„Meine Katze?"

„Ich glaube, sie wurde überfahren."

„Ich ... Wir haben keine Katze."

„Sind Sie sicher? Vielleicht ist's ja ein Hund, das ist nicht mehr so genau zu defi..."

„Keine Katze", sagte sie bestimmt. „Und schon gar keinen Hund."

„Aber der Hausmeister sagte mir, dass ich bei Ihnen klingeln sollte."

Der Blick der Frau verfinsterte sich. Sie wich zurück. „Mein Mann ist der Hausmeister."

Es war wie in nem Film, nur fehlte die Pointe. Ich wollte in die verdammte Nachbarwohnung, wollte wissen, was Marion da drüben trieb, aber ich kam nicht rein. Die Frau schloss die Tür, ich hörte, wie sie zwei, drei Verriegelungen betätigte.

Verdammte Scheiße.

Ich hatte nur eine Möglichkeit zu erfahren, was da abging. Shanes Tür schloss nicht, ich konnte in seine Wohnung, solange nicht von innen abgesperrt worden war. Das Problem war, dass man vom Wohnzimmer auf die Tür sah, wenn man auf der Couch saß.

Ich spürte das Eisen auf meiner Haut, aber ich fühlte mich nicht mehr stark. Meine Knie waren weich, mein Magen rebellierte.

Mir war kotzübel.

Ich wusste, die Nachbarin beobachtete mich durch den Spion, aber das kümmerte mich nicht.

Ich schlich mich in Shanes Bude, in dem Augenblick, als ich den Blicken aus dem Wohnzimmer ausgeliefert war, schoss das Adrenalin durch meinen Körper, aber keiner saß auf Shanes Couch, keiner konnte mich sehen, ich verdrückte mich ins Bad und verschloss die Tür.

Marions Lachen.

Mein Gefühl sagte mir, dass Shane nicht da war. Wo Shane war, stank es immer nach Rauch. Und hier war kein Rauch.

Ich hörte Lachen.

Mein Mädchen.

Ich fühlte so viel, dass ich gar nichts mehr fühlte. Ich war der Soldat, der vor lauter Todesangst den Tod akzeptierte und keine Angst mehr hatte. Ich war schon tot. Ich war längst tot. Keine Angst mehr. Keine Gefühle mehr. Das Leben war vorbei. Was jetzt noch kam, war nur noch Zugabe.

Ich saß im Dunkeln, ich hörte nur Lachen, aber in meinem Kopf, da lief der volle Porno ab.

Ich sah, wie sie an ihre Titten griffen, ich sah, wie sie sie zwischen den Beinen betatschten. Einer der beiden kippte Sekt auf ihren Bauch und der andere leckte ihn ab, steckte seine Zunge in Marions Bauchnabel.

Ich sah alles, ich schwör.

„Nur mit Kondomen", hörte ich sie sagen. „Und keine Schweinereien!"

Zwei Typen fickten mein Mädchen. Und ich saß da und tat nichts. Zwei Typen fickten mein Mädchen, ich hörte, wie sie stöhnte, übertrieben laut, was sie manchmal auch bei mir machte, wenn sie genug hatte und wollte, dass ich jetzt kam.

Ich hörte, wie Fleisch auf Fleisch klatschte. Sie wurde von hinten genommen, sie war auf allen vieren.

Mein Baby. Auf allen vieren.

Die fickten mein Baby.

Ich nahm das Eisen und hielt es an meinen Kopf. Ich wollte mir den Schädel wegpusten, wollte die Hirnmasse an die Wand klatschen, aber sobald ich meinen Finger bewegte, schoss mir der Schmerz bis ins Hirn.

„Stoß mich! Oh ja! Stoß mich!", wie oft hatte das Marion zu mir gesagt, und jetzt sagte sie es zu diesem fremden Kerl. „Härter! Härter!"

„Oh ja, Baby!"

„Tiefer! Tiefer! Los, zeig mir, wer der Herr ist!"

Die beiden Typen lachten. „Oh yeah, beweg deinen Arsch!"

„Das ist geil", schrie sie. „Oh, wie ist das geil!"

Shane hätte sie getötet. Alle drei. Er hätte sie getötet und ich hätte sie auch getötet. Wenn ich nicht gewusst hätte, dass ich diese Strafe verdiente. Oh ja. Ich hatte jede Strafe verdient. Diese und die nächste und alle, die da kommen würden.

„Ooooooh, dein Schwanz ist gut, so gut!"

„Ja, ja, ich besorg's dir, Scheißnutte."

„..."

„Was ist los, Baby?! Mach weiter! Mach doch weiter."

„Nutte? Hast du eben *Nutte* gesagt?"

„Und?"

„Nenn mich nicht Nutte."

„Jetzt zier dich nicht! Mach weiter! Beweg dich!"

„Sag das nicht zu mir!"

„Das macht dich doch scharf, gib's zu!"

„Nein, hör auf!"

„Beweg deinen Arsch! Beweg deinen Arsch, Scheißnutte."

„Nein, nein ..."

„Du magst das doch, wenn ich so rede. Das macht dich doch nur feuchter."

Ich hörte, wie der Typ ihr mit der flachen Hand auf den Arsch schlug und sie aufschrie. Dann ging's weiter.

Fleisch gegen Fleisch.

Meine Knie zitterten, als ich aufstand, die Tür öffnete, durch den Flur schlich und nach draußen verschwand. Ich stolperte die Treppe runter, ich stürzte aus dem Haus, ich hatte ein Rauschen im Ohr, mein Herz hämmerte, meine Beine liefen von alleine, ich hatte keine Ahnung wohin, keine Ahnung, was tun, keine Ahnung, wie ich das überleben sollte.

Fuck Shane.

Fuck Marion.

***

Ich irrte umher, ich ging bei Rot über mehrere Kreuzungen und brachte Autos zum Quietschen, ich rempelte aus Versehen Menschen an, sie beschimpften mich, zwei Kanaken wollten mit mir kämpfen, ich ging davon, aber ich wusste nicht, wohin. Es gab keinen Platz mehr für mich auf dieser Welt.

Mit dem Unfall war mir der Boden unter den Füßen weggebrochen, waren alle Sicherheiten verschwunden, waren alle Lichter ausgegangen, war nichts mehr, wie es einst gewesen war. Aber ich hätte nie gedacht, dass man so fallen konnte, so tief, dass man neben sich steht und sich fallen sieht, so tief, dass einem klar wird, man kommt nie mehr zurück.

Ich weiß nicht, wann ich mich entschloss umzukehren, ich glaube, ich überquerte gerade den Mariahilfplatz, war also bestimmt schon über eine halbe Stunde gegangen, als mir klar wurde, dass ich mit ihr sprechen musste. Dass ich die Nacht nicht überstehen würde, wenn ich es so enden lassen würde.

Und so stand ich plötzlich wieder vor dem Block, ich sah Licht brennen in Shanes Bude, aber der Hintereingang war versperrt. Ich klingelte, klingelte bei jedem Namensschild, aber niemand öffnete. Ich rief Marion an, aber das Handy war ausgeschaltet. Ich rief Shane an, aber Shane ging nicht ran. Ich lief zum Parkplatz, das Auto der Yuppies war verschwunden. Vielleicht war Marion mit ihnen. Vielleicht war sie noch in Shanes Wohnung. Wären nach wenigen Minuten nicht zwei junge Frauen aus dem Haus gekommen, ich hätte die verdammte Tür mit bloßen Fäusten eingeschlagen. Ich rannte hoch in den letzten Stock, stürzte in Shanes Wohnung, es roch nach Sekt und Gummi. Ich schlich ins Wohnzimmer. Da lag sie auf der Couch, zugedeckt mit der senffarbenen Decke, mit der sich Shane immer vor dem Fernseher zudeckte, das Köpflein zur Seite, die Augen geschlossen.

Sie hatte mich nicht kommen hören.

„Wie konntest du das tun, Marion?", fragte ich mit brüchiger Stimme. „Wie kannst du mich so betrügen?"

Sie rührte sich nicht. Ich musste mich überwinden, die paar Schritte zu machen, um mich neben sie auf die Couch zu setzen.

„Du hast alles kaputt gemacht", sagte ich. „Ich hab doch sonst nichts außer dir. Ohne dich habe ich doch gar nichts mehr. Wie konntest du das tun?"

Sie war nackt, sie war blass, ihr Lippenstift war verschmiert, ihr Augen-Make-up war zerronnen, sie hatte geweint. Ihre Haare waren so kurz, als gehörten sie einem Jungen. Ihr Köpfchen war so klein, als wäre es das Köpfchen eines Schulmädchens. Unschuldig. Unglücklich verliebt. Poster an der Wand. Keine Ahnung von den bösen Dingen auf dieser Welt.

Auf einmal überkam mich Panik. Sie war völlig reglos. Sie rührte sich nicht. Ich berührte ihren Arm, er war so kalt, ich legte meine Hand auf ihren Kopf, aber sie war völlig weggetreten. Ich rief ihren Namen, aber sie reagierte nicht. Ich schüttelte sie, aber sie wurde nicht wach. Ich öffnete ihre Augenlider, aber sie wurde einfach nicht wach.

Ich küsste ihren Mund, ich küsste ihre Stirn. Ich schüttelte sie, ich kniff sie, ich tat alles, um sie aufzuwecken, aber sie lag nur da. Wie tot.

Sie war tot.

Marion war tot.

„Oh nein", sagte ich. „Oh Gott, nein."

Ich fing an zu zittern und die Tränen liefen mir über die Wangen, ich riss die Decke weg, aber da war kein Blut, kein Messer im Bauch, da war nur ihr nackter Körper, aber er sah geschunden aus, er war so fremd, so weiß und kalt.

„Was haben sie mit dir gemacht, Kleine, was haben sie mit dir gemacht?"

Ich legte meinen Kopf auf ihren. Wange an Wange lagen wir da.

„Lass mich nicht alleine, Marion“, sagte ich. „Bitte ... du darfst mich nicht alleine lassen. Du kannst jetzt nicht gehen, Mädchen. Wie soll ich denn das schaffen ohne dich? Du bist doch alles, was ich habe. Ich habe doch sonst nichts. Ich hab doch sonst gar nichts mehr.“

Sie rührte sich nicht. Ihr Körper war so kalt.

„Hörst du mich? Hörst du mich denn nicht?“

Und dann überkam mich die Vorstellung, nie wieder ihre Stimme zu hören, nie wieder mit ihr zu lachen, nie wieder mit ihr zu tanzen, und dieser Gedanke war so ungeheuerlich, so unfassbar, dass ich nach Luft schnappen musste, um nicht zu ersticken. Ich rutschte von der Couch und plumpste auf den Boden. Aber da war kein Boden, ich fiel, ganz tief, ich fiel, wie in meinen Träumen fiel ich hinunter in eine finstere Schlucht, aber dieses Mal hatte ich keine Angst vor dem Aufprall, vor dem Schmerz. Hatte ich einfach keine Angst mehr. Ich wollte unten ankommen, ich wollte, dass all meine Knochen brachen, meine Lunge explodierte, meine Augen platzten.

Ich sehnte den Schmerz herbei, den letzten, größten, endgültigen Schmerz.

Und dann fand ich diese Schachtel Valium auf dem Boden, Nellys Valium, ich riss sie auf, sie war leer, auf allen vieren sprang ich wie ein tollwütiger Hund in dem Zimmer herum und suchte die verfluchten Tabletten. Aber als ich sie endlich fand, zählte ich sie nicht. Ich wollte nicht wissen, wie viel sie genommen hatte. Wollte nicht wissen, ob sie schlafen oder sterben wollte. Ich würde so oder so nie wieder mit ihr lachen. Nie wieder mit ihr tanzen.

Und so dachte ich nur mehr an mich. Nur mehr daran, von hier zu verschwinden.

Draußen, beim Kiosk, als ich nochmals rüber zum Block sah, nahm ich mein Handy und tippte mit zitternden Händen 112.

Und ich machte nen Deal mit dem lieben Gott.

„Lass sie überleben, und ich nehme keine Scheißdrogen mehr. Ich nehm nie wieder irgendwas. Ich bleib clean. Aber Scheiße. Lass sie leben.“

***

In den nächsten Tagen hatte ich immer wieder das Gefühl, verrückt zu werden. Manchmal stand ich in der U-Bahn, das Eisen unter meiner Jacke, und ich wollte das Ding herausholen und den Menschen das Grinsen aus den Gesichtern schießen. Wollte, dass sie litten, genau wie ich. Aber das wäre feige gewesen. Ich wollte doch nie mehr ein verfluchter Feigling sein. Wenn schon eine Patrone abfeuern, dann mitten in meine Fresse.

Die meiste Zeit lag ich im Bett und musste mir eingestehen: Dieses Mal packst du es nicht mehr.

Du wirst verrückt, Kai. Du verlierst den Verstand.

Ich hatte noch vier Fahrten in die Schweiz, aber ich wusste nicht, wie ich die jetzt noch schaffen sollte. Wie ich jemals wieder das Heim betreten sollte. Ja, ich hatte Angst vor dem, was jetzt kommen würde. Meine Gefühle waren so viel mächtiger als ich. Ich war ihnen ausgeliefert. Sie würden mich zerreißen.

Es war nur eine Frage der Zeit.

Egal, was ich jetzt noch tun würde. Wohin ich laufen würde. Wie sehr ich kämpfen, schreien, heulen würde. Das, was jetzt kam, würde mehr weh tun als die gebrochenen Knochen und geprellten Rippen nach dem Sturz vom Dach. Schmerzhafter sein als der kaputte Rücken oder die Tritte und Schläge der vermummten Typen.

Von der Stunde an, als ich erfahren hatte, dass Marion überlebt hatte, schmiss ich mir nichts mehr ein, ich soff nicht mehr, aß nichts mehr, trank nur mehr unzählige Espressos am Tag, schüttete Unmengen von billigem Kaffeepulver in heißes Wasser. Die ersten Tage waren hart, aber irgendwann fühlte es sich gut an. Ich war gar nicht richtig bei mir, aber es fühlte sich anders an als das Weggetretensein, wenn ich zugedröhnt war.

Ich fuhr auch in dieser Woche nicht in die Schweiz. Ich schloss mich in der Bude ein und fuhr nicht in die verdammte Schweiz. Ich saß auf der Matratze, das Eisen in meiner Hand.

Sollten sie doch kommen.

Ich wartete auf sie.

Mit dem Eisen in der Hand. Wartete ich auf sie.

Ich wollte die schimmligen Wände mit ihrem Blut bemalen.

Shane rief mich mehrmals an, und als ich schließlich abnahm, sagte er kein Wort.

„Shane?“

„…“

„Shane … Ich bin krank, Shane.“

„…“

„Scheiße, ich schwör. Ich bin krank.“

„Was du nicht sagst“, sagte er, und seine Stimme machte mir Angst. Sie klang so kalt und monoton. Wie von nem verdammten Psychokiller in nem Computerspiel.

„Ich konnte nicht fahren. Und wenn mich deine Brüder jetzt kaputt machen wollen, sollen sie kommen. Ich habe keine Angst.“

„Die Marokkaner sind verdammt sauer. Die brauchen unsere Kohle, verstehst du? Verkaufen die ihre Ware nicht, haben ihre Familien nichts zu fressen.“

„Mir geht’s dreckig, Shane.“

„Warum hast du mich nicht angerufen?“

„Ich habe Fieber, Shane. Hohes Fieber. Ich seh Englein fliegen.“

„Fuck.“

„Ich krepier, Shane, ich schwör.“

„Ich komm vorbei.“

„Nein.“

„Klar komm ich vorbei.“

„Ich möchte alleine sein und schlafen.“

„Scheiße, wie hoch ist denn das Fieber?“

„Hoch, Shane, verdammt hoch.“

„39? 40?“

„Was weiß ich? Denkst du, ich schieb mir nen Fiebermesser in’ Arsch?“

„Soll ich nicht doch vorbeikommen?“

„Von dir lass ich mir schon gar nichts in’ Arsch schieben.“

„Hast du Aspirin?“

„Ich habe Schmerztabletten, da kann sich ne ganze Armee ins Jenseits beamen.“

Ich hörte Shane atmen und schmatzen. Er sagte nichts mehr. Ich auch nicht. Wir schwiegen ne ganze Weile. Dann meinte er: „Nächste Woche ist das große Heimfest.“

„Nächste Woche fahre ich nach Innsbruck."

„Wann?"

„Donnerstag."

„Das Fest ist Mittwoch. Da brauch ich dich, Kai. Da kannst du nicht schon wieder blau machen. Außerdem wird das die Nacht der Nächte, das darfst du nicht verpassen."

„Ich werde nicht blau machen."

„Da kommen viermal so viele Leute wie sonst. Du kannst dir denken, was das heißt."

„Viermal so viel Drogen?"

„Das wird deine letzte Fahrt werden, Kai. Nur noch nächste Woche, dann hast du's geschafft."

„Scheiße", sagte ich und mein Herz schlug ganz fest bei dem Gedanken. „Das wär geil, Shane. Wenn die Kacke vorbei wär. Das wär echt geil."

Am fünften Tag schrieb Marion mir eine SMS. *warum verschwindest du immer wieder aus meinem leben? ich muss dich immer suchen. du bist doch der einzige mensch auf dieser welt, den ich lieben kann.*

Für einen Augenblick durchströmte mich ein Gefühl von absolutem Glück, ich bildete mir ein, alles wäre bloß ein Traum gewesen. Marion war nicht *Michelle*. Marion war niemals in Shanes Wohnung gewesen. Shane würde mich doch niemals so hintergehen. Marion würde mich doch niemals so betrügen.

Und für einen kurzen, unwirklichen Moment erweckte mich die SMS wieder zum Leben. Die Verzweiflung und der Schmerz, die sich so schwer auf mich gelegt hatten, waren verschwunden. Noch eine Fahrt und ich war meine Schulden los. Noch eine Fahrt. Nur noch eine einzige Fahrt. Und ich war aus dem Schneider.

***

Shane und ich verabredeten uns für den nächsten Tag. Er war aufgekratzt, ich konnte sofort an seinen Augen erkennen, dass er sich was ganz Übles eingeschmissen hatte. Er hatte ein neues Oberarmtattoo, einen riesigen Drachen, der eine Jungfrau verspeiste, und ich wusste sofort, dass er die Vorlage gezeichnet hatte, denn der Drache sah aus wie das Krokodil, das an seiner Wand hing, und die Jungfrau wie der Fisch auf seiner Klotür.

Es war unser erstes Treffen seit langer, langer Zeit. Wir saßen im Englischen Garten, irgendwo im Niemandsland der Wiesen, inmitten tausender Sonnenhungriger. In der Nähe hämmerten Afrikaner oder Brasilianer auf ihre Trommeln. Ein paar Nackte präsentierten ihre langen, dünnen Schwänze, ihre Bierbäuche und platten Hintern.

„Hör zu, Kai“, sagte er und fotografierte mit seinem Handy ein Mädchen, das sich ein paar Meter von uns entfernt auf dem Bauch liegend sonnte. „Es gibt ein Problem.“

„Ein Problem?“

„Ich habe kein gutes Gefühl. Wegen dem Heimfest, verstehst du?“

„Auf dein Gefühl scheiß ich. Das ist meine letzte Tour. Dann bin ich frei.“

Shane tippte auf seine Nase. „Ich kann die Bullen riechen, Kai. Sie schließen die Reihen enger.“

„Ich hol das Zeug aus der Schweiz. Mich erwischt keiner.“

„Ich hab was von ner Razzia gehört.“

„Razzia?“

„Die wollen das Heim hochnehmen. Rugby ist ein lieber Kerl, er vertickt jede Menge Gras, ich habe nichts gegen ihn. Aber wenn die Bullen den in die Mangel nehmen, dann plaudert der alles aus.“

„Von wem hast du das mit der Razzia?“

„Von Violetta.“

„Und Violetta ist eine seriöse Quelle?“

„Die zuverlässigste auf der ganzen Welt.“

„Hast du sie gebumst?“

„Wer hat das nicht?“

Ich strich mit meiner Hand über sein Tattoo. Die Wunde war noch ganz frisch

„Dürfen Moslems überhaupt tätowiert sein?“

„Bin ich n Moslem, Babyface?“

„Was sonst?“

„Bin ich n Moslem?“

„Ja, verdammt."

„Also ist's erlaubt."

Er reichte mir das Handy, ich sah mir das Foto an, es war nichts darauf zu erkennen.

„Damit darfst du nicht in die Sonne", sagte ich. „Mit der Tätowierung."

„Sonne ist gut für die Haut."

„In den ersten paar Wochen darfst du nicht sonnenbaden."

Ich fuhr über die schwarzen Linien, die Schattierungen.

„Finger weg, Schwuchtel", sagte Shane und schubste mich weg.

„Ich muss in die Schweiz, Shane."

„Vergiss es."

„Ich will endlich frei sein."

„Ich weiß nicht. Mir ist das nicht geheuer."

Shane schoss ein Foto nach dem anderen. Er zielte genau zwischen ihre Beine.

„Warum hast du mir das nicht gesagt?"

„Was gesagt?"

„Dass David Schulden bei deinen Brüdern hat."

„Oh Mann!", sagte Shane. „Du bumst seine Schwester, nicht ich!"

„Marion lässt sich ficken, damit ihr Bruder das Geld zurückzahlen kann."

Shane lachte, aber das Lachen klang grausam. Seine Haare hingen ihm über die buschigen Augenbrauen. Er sah jetzt aus wie der Tiger, der an der Schranktür in seinem Wohnzimmer hing.

„Und sie lässt sich in deiner Bude ficken. In deiner verdammten Bude."

Shane seufzte. „Ich hab auf sie aufgepasst, verstehst du?"

„Dafür werde ich dir ewig dankbar sein."

„Da war n Typ, der hat ihr bös eins verpasst. Der wollte sie in' Arsch ficken, aber sie hat sich gewehrt. Die Narbe auf ihrem Hintern, die stammt von ihm. Sein zweifach gebrochener Arm, der stammt von mir. Und der Schneidezahn wächst auch nicht mehr nach."

Der Tiger war gefährlich und stark, aber sein Blick war traurig, und ich wusste auch warum. Der Tiger hatte ein schlechtes Gewissen.

„Du warst immer was Besonderes, Shane. Du warst mehr als n Kumpel. Du warst so was wie n Bruder für mich."

„N Bruder?"

„Ja, Shane. Wie n Bruder. Du warst mein Bruder, verdammt."

„Ich habe Marion nicht gezwungen, Kai! Sie hat mich darum gebeten. Es war ganz allein ihre Entscheidung! Sie wollte nicht wie du Drogen schmuggeln, verstehst du? Die dachte, das wäre eine Sünde."

„Ich hasse dich."

„Verdammt, jetzt spiel nicht Dramaqueen."

„Ich hasse dich, Shane."

„So? Dann töte mich. Sei ein Mann und töte mich!"

„Ich bin kein Türke."

„Genau das ist dein Problem."

„Fuck, Shane. Wie konntest du so was tun?"

Shane boxte mich und ich boxte zurück. Er richtete sich auf und gab mir eine Kopfnuss. „Eins muss endlich in deinen Schädel, Kai: Du frisst oder du wirst gefressen. Es geht nach oben oder nach unten, es gibt kein Dazwischen. Jeder muss selber schauen, wo er bleibt. Ich habe versucht, Marion die Hurerei auszureden. Ich habe gesagt, David muss das Geld zurückzahlen, er ist verantwortlich. Aber Marion wollte seinen Arsch retten. Die wusste, dass der das nie alleine schafft. Die wusste, fressen oder gefressen werden."

„Sie hätte mich anpumpen können."

„Dich?!", Shane lachte. „DICH?!"

„Ich hätte das Geld aufgetrieben."

„Ich habe ihr erzählt, dass du fett in den Miesen bist."

„Was erzählst du ihr sonst noch so?"

„Denk an deinen Bruder", sagte Shane. „Wenn du wüsstest, man würde aus ihm machen, was man aus Max gemacht hat – würdest du nicht Schwänze lutschen, um ihn zu retten? Würdest du dich nicht in' Arsch ficken lassen, nur um zu verhindern, dass er mit gebrochenen Knochen an der Isar liegt?"

„Nein. Ich würde ne Bank überfallen."

„Dann tu's! Tu's doch! Du Schwuchtel! Du hast dich ja doch nicht geändert. Du jammerst rum. Du heulst rum. Du bemitleidest dich selbst. Du kannst einfach nicht aus deiner Haut, das ist dein Problem! Überfall doch ne verdammte Bank für dein Mädchen. Hol dir das Geld vom Meyer! Halt ihm die Knarre an die Stirn! Rette Marion! Rette sie!"

Shane legte sich wieder hin, streifte sich die Haare aus dem Gesicht. Er schoss noch ein Foto. Er hielt das Handy so auffällig, dass die Freundin der Fotografierten darauf aufmerksam wurde. Sie stupste sie an und flüsterte ihr ins Ohr. Shane lächelte und steckte das Handy ein. Die beiden glotzten böse zu uns rüber.

„Hast du jemals geliebt, Shane? So richtig geliebt?"

„Ich liebe Galatasaray."

„Was ist mit Burcak?"

„Wer ist Burcak?"

„Du warst nie dort, wo ich jetzt bin."

„Ich möchte da auch nie hin."

Er zog sein Handy wieder hervor und fotografierte weiter.

„Das ist n Kind!", sagte ich. „Die ist höchstens 14."

„Das ist kein Kind."

„Sie könnte deine Tochter sein."

„Meine Tochter würde sich nicht von nem Kanaken die Muschi fotografieren lassen. Sonst würd ich ihr den Arsch versohlen."

„Oder sie in ne Burka stecken."

„Ich klopf ihr lieber auf den nackten Po."

Die beiden Mädchen standen auf und packten ihre Sachen. Im Vorbeigehen sahen sie uns trotzig an. Shane legte sich auf den Rücken, kraulte sich den Bauch. Ich tat's ihm gleich. Die Sonne brannte vom Himmel, brannte auf meine Haut. Shane hatte Wodka dabei, und wir tranken ihn aus der Flasche, tranken ihn pur, 66 Prozent Alkohol.

Ich soff den Schmerz weg, soff die Bilder weg, soff mir die Welt schön, soff mir Marion unschuldig.

Wir gafften jeder Braut nach, die vorbeikam. Wir machten zwei Studentinnen aus Australien an, die sich neben uns legten, wir wollten uns verabreden, sie konnten nicht.

„We already have a date.“

„Come on! Those boys can't be better than us!“

„Those boys are married to us.“

„So you already have them for the rest of your fucking life. You can have us only for one night. For free!“

„You're really funny, but … sorry, guys.“

Shane und ich verabschiedeten uns, als die Sonne bereits tief stand.

Ich schleppte mich vom Englischen Garten durch die Unterführung Richtung Hofgarten. Als ich wieder ans Sonnenlicht kam, sah ich, wie mich ein Typ am Wegrand fotografierte. Er hielt voll auf mich, es war mir sofort klar, dass er mich geknipst hatte. Niemanden sonst. Nur mich. Ich tat so, als hätte ich es nicht gesehen. Aus meinen Augenwinkeln heraus beobachtete ich den Typen. Er knipste noch einmal. Ich machte kehrt und humpelte auf ihn zu.

„HEY! HEY!“, schrie ich und packte ihn am Kragen.

„Was ist denn mit dir los?“, sagte er. „Was zum Teufel ist mit dir los?“

„WER BIST DU?! WER BIST DU ARSCHLOCH?! GIB MIR DEINE KAMERA! GIB MIR DEINE VERFLUCHTE KAMERA!“

„Du bist wohl nicht ganz dicht“, keuchte der Typ, der viel größer und breiter war als ich. Er befreite sich mit einer gekonnten Bewegung aus meinem Griff. Da kam auch schon ein zweiter Fuzzi angelaufen, ein 100-Kilo-Mann mit schwarzen Locken.

Bullen.

„Gibt's ein Problem?“

Bullen.

Es gab eine kleine Schubserei.

Fuck the police.

„Bist du schwul?“, sagte ich und fuchtelte mit meinem Finger vor seiner Nase. „Bist du schwul oder was?“

Fuck the motherfucking police.

„Jetzt komm mal runter! Ich habe dich nicht fotografiert!“

„Ich mach dich platt, du blöde Sau!“

„Wir rufen die Polizei", sagte der andere und hatte sein Handy schon am Ohr. Ich riss es ihm aus der Hand und warf es in die Wiese nebenan. Als mich der Bodybuilder am Nacken packte, knallte ich ihm meinen Ellbogen mit voller Wucht in die Leber. Der Typ sackte zusammen und kam nicht mehr hoch. Zu meiner Überraschung half der andere Typ seinem Kumpel auf die Beine, anstatt sich auf mich zu stürzen. Der hätte mich platt hauen können, aber der wollte das gar nicht. Ich nahm die Einladung an und humpelte davon, lief durch den Hofgarten zum Odeonsplatz. Dort mischte ich mich unter eine italienische Touristengruppe und hielt Ausschau nach den Bullen, aber sie waren mir nicht gefolgt. Ich schwitzte und war völlig außer Atem.

Shane und ich hatten uns mitten im Englischen Garten getroffen. An einem bestimmten Baum. Er hatte sich erst eine ganze Stunde dort in den Schatten gesetzt, ehe ich gekommen war. Wir dachten, das wäre sicher. Und jetzt wurden wir doch gefickt. Die Bullen beobachteten uns. Die warteten nur darauf, dass wir einen Fehler machten. Vielleicht hatten wir schon einen gemacht.

Dass sie mich einfach so laufen ließen, machte mir größere Sorgen, als wenn sie mich festgenommen hätten. Die hatten tatsächlich was vor. Einen großen Schlag. Die wollten mich und Shane und Rugby und die Marokkaner. Die wollten uns alle.

Ich überlegte, ob ich Shane anrufen sollte, aber ich ließ es bleiben. Egal, was da lief – ich wollte es endlich hinter mich bringen. Wollte in die Schweiz. Zum letzten Mal. Dieser Albtraum musste ein Ende haben.

Ich möchte nie wieder jemandem Geld schulden. Ich lebe lieber auf der Straße und schlafe in der Bahnhofsmission, ich sitze mit nem Hut am Gehsteig und bettle, ich lutsche Schwänze, ich küsse Ärsche, ich verkaufe meine Niere, ich hungere, ich klaue, ich schieße mir die Rübe weg, aber niemals mehr möchte ich mir von irgendwem Geld pumpen, möchte ich irgendwem Geld schulden. Ich möchte frei sein, nie mehr von solchen Gedanken gequält werden. Nie mehr Schlächter im Nacken sitzen haben, die jeden Tag mehr von deinem Verstand und Leben Besitz ergreifen.

Das ist kein Leben mehr.

Noch einmal in die Schweiz, Florian. Ein letztes Mal. Drück mir die Daumen. Ich möchte, dass das endlich alles vorbei ist. Und dann komm ich Dich besuchen. Ich komme zu Dir.

***

Rugby schrieb mir eine SMS. *Wir müssen reden. Komm vorbei.* Ich stieg in die nächste U-Bahn, wechselte an der Haltestelle Sendlinger Tor in den Bus und fuhr zum Heim. Ich war nervös, musste ständig was in den Händen haben, um damit zu spielen. Musste ständig was im Mund haben, um darauf zu kauen.

Ich überquerte die vierspurige Straße, ging an der Rezeption und am Lift vorbei die Stiege hoch in den zweiten Stock, wo sich Rugby mit Gugl eine Rasierschaumschlacht lieferte. Rugby war von oben bis unten voller Schaum. Gugl trug nur noch seine Unterhose, auch ihm klebte das weiße Zeug überall am Leib. Ein Typ namens Wolfgang, der Politik studierte und von allen nur Eule genannt wurde, stand im Zimmer mit einem selbst gebastelten E-Bass und einer Kokosnuss. Der Typ hatte seinen Bassverstärker mitten in den Raum gestellt und stank so furchtbar nach Schweißfuß, dass ich froh war, als zwei Typen anfingen, Joints zu bauen. „SCHMERZEN! ICH VERSPRECHE EUCH SCHMERZEN! SCHMERZEN OHNE ENDE!“, brüllte er und hämmerte die Kokosnuss auf die Saiten, rieb sie auf den Saiten auf und ab, schlug sie sich auf seinen Kopf. Er geriet völlig in Ekstase, bis Gugl ihm eine Ladung Rasierschaum in die Augen verpasste.

Eule ging schreiend zu Boden. Gugl nahm seelenruhig die Kokosnuss und warf sie aus dem Fenster. Er steckte den Verstärker aus und stellte ihn vor die Tür. Ehe er es sich versah, knallte ihm Eule den E-Bass auf den Schädel.

„Ich muss mit dir übers Heimfest reden“, sagte Rugby und packte mich am Arm. Wir gingen hinaus auf den Gang zu dem Stocktelefon.

„Es gibt ein Problem“, sagte er, und ich war es leid, diesen Satz zu hören. „Vorgestern waren zwei Bullen im Heim.“

„Scheiße.“

„Die haben ein paar Leute ausgequetscht.“

„Über mich?“

„Über Shane.“

„Fuck.“

„Sie haben auch gefragt, wer das Zeug im Heim vertickt.“

„Fuck!“

„Meine Leute haben alle dicht gehalten, aber ich habe nicht nur Freunde im Heim.“

Fuck, fuck, fuck.

Rugby zog sich die verdreckte Kleidung aus, bis er nackt vor mir stand. Sein langer, dicker Schwanz baumelte unter seinem dichten, schwarzen Schamhaar, das Ähnlichkeiten mit Onkel Wilfrieds Toupet hatte.

„Ich sag dir, da liegt was in der Luft.“

Ich starrte auf Rugbys behaarten Bierbauch. „Finanzierst du dir mit dem Ticken das Studium?“

„Findest du das schlimm?“

Ich zuckte mit den Schultern. „Ich finanzier damit mein Überleben.“

„Ich bin kein Abzocker. Ich verkaufe das Gras zu einem fairen Preis. Aber ich habe auch nichts zu verschenken.“ Rugby legte den Arm um meine Schultern. Er roch nach Männerschweiß, Bier und rohem Fleisch. „Ich habe ein verflucht schlechtes Gefühl für das Heimfest.“

„Willst du es absagen?“

„Natürlich nicht. Sonst bleiben wir auf den Getränken hocken. Außerdem bedeutet Heimfest njaka-njaka, und das habe ich dringend nötig.“

„Njaka-njaka?“

„Wenn du beim Heimfest keine abschleppst, kannst du deine Eier gleich in die Biotonne werfen.“

„Das Fest findet also definitiv statt?“

„Es muss. Ich kann mir keinen Besuch im Puff leisten.“

„Verdammt, du hast mir nen Schrecken eingejagt.“

„Das Fest findet statt, Kai. Aber ich werde keine Drogen verkaufen."

Mein Herz machte einen Sprung.

„Es ist jeder selbst für seinen Stoff verantwortlich. Ich werde keine Drogen von Shane kaufen und keine Drogen verkaufen. Ich will njaka-njaka und saufen und sonst will ich nichts."

„Scheiße, Rugby", sagte ich und bekam ein komisches Gefühl im Bauch. Ich wusste nicht, ob ich gleich kotzen oder mir in die Hosen machen würde. „Ich brauche die Kohle! Ich brauch die verdammte Kohle."

„Ich auch, Kai. Ich brauch auch dringend ein paar Scheine, das kannst du mir glauben."

„Dann lass es uns durchziehen."

„Die Bullen werden auftauchen. Ich spür das im Urin. Die werden sich unters Partyvolk mischen und warten, bis der erste Joint brennt."

„Und? Wollen die uns alle festnehmen?" Ich legte Rugby meine Hand auf die nackte Schulter. Die verdammte Hand zitterte. Ich zog sie zurück. Ich wusste nicht, wohin damit. „Scheiße, Rugby! Ich dachte, das sei die Nacht der Nächte!"

„Ist es auch, Kai", sagte Rugby und grinste, kniff die Äuglein zusammen, bis nur mehr Schlitze waren. Er griff sich an seinen Schritt und kratzte sich genussvoll. „Vergiss diese abgefuckten Küchenfeste. Das Heimfest ist das krasseste, was es zwischen Himmel und Hölle gibt. So was hast du noch nie erlebt. Sowas vergisst du nie mehr!"

Er zog sich das Schafsfell über den nackten Oberkörper und lächelte.

„Scheiße, Rugby, ich brauch die verdammte Kohle."

Rugby umfasste seinen Bauch und ließ ihn auf und ab schwabbeln. „Sag bloß, du hast auch Schulden bei Shanes Brüdern?"

„..."

„Haben viele, Kai. Haben viele, kein Grund, sich zu schämen. Aber versuch mich zu verstehen. Wenn wir auffliegen, ist alles vorbei. Mein geregeltes Einkommen, mein Studium, mein schönes Leben hier im Heim, alles aus und vorbei."

„Fuck! Ich weiß, Rugby. Ich will doch auch nicht geschnappt werden."

„Da braut sich aber was Übles zusammen. Lass uns einen Monat aussetzen, das können wir doch beide überleben."

„Nein. Ich nicht. Ich muss nach Innsbruck."

„Innsbruck?"

„Bitte, Rugby, lass es uns durchziehen. Für mich hängt so viel davon ab."

„Was willst du in Innsbruck?"

„Muss da was klären", sagte ich. Rugbys Augen formten sich zu Schlitzen, in seinem Hirn arbeitete es. „Ne uralte Geschiche."

„Ich verstehe", sagte Rugby und klopfte mir auf die Schultern. „Jeder Mann hat seine Leichen im Keller."

„Ich hab nur eine", sagte ich. „Aber die stinkt für zehn."

„Dann vergrab sie tief."

„Das kann ich nur, wenn ich dir das Zeug bringen darf."

Rugby zögerte. Dann sagte er: „Okay. Ich gebe Shane Bescheid. Ich tu das dir zuliebe. Ich hoffe, mein Bauch täuscht mich und die verdammten Bullen bleiben in ihren Löchern."

Gedankenversunken ging ich zur Eingangstür raus, als sie mir entgegenkam. Hätte sie nicht im letzten Moment aufgeschaut, wir wären zusammengestoßen.

„Hallo", sagte sie und versuchte zu lächeln. Ich wollte weitergehen, sie ignorieren, aber ich schaffte es nicht. „Warum meldest du dich nicht mehr? Ich habe dich so oft angerufen."

Ich wusste nicht, was ich sagen sollte. Was gab es noch zu sagen? Es würde ja doch nur zur Katastrophe führen. Unsere Liebe war verloren. Niemand konnte sie retten. Sie nicht. Ich nicht.

„Was ist denn los?", fragte sie, und ihre Stimme … so ne Stimme haben nur Engel, ich schwör, so ne Stimme haben keine Schlampen.

Ich stand bloß da, brachte kein Wort heraus.

„Du willst mit mir Schluss machen", sagte sie traurig.

Ich drehte mich um und ging davon. Sie rief mir hinterher: „Was habe ich getan?" Aber ich ging einfach weiter.

Sie folgte mir. Ich hörte ihre Schuhe auf dem Asphalt. Sie holte mich ein und packte meine Hand. Wir spazierten die Straße entlang, einfach drauflos. Es wurde bereits dämmrig, aber es war immer noch warm. Wir landeten auf dem Spielplatz hinter dem Supermarkt. Wir schwiegen und setzten uns auf die Schaukel. Ein beleuchteter Kran ragte über die Häuserblocks. Ich zuckte zusammen, als ich für nen Augenblick glaubte, jemanden im Führerhaus zu sehen. Nen Bullen mit Feldstecher.

„Du machst mir Angst", sagte sie. „Wenn du so bist, machst du mir Angst."

Ich wollte ihr alles erzählen. Dass ich in Shanes Wohnung gewesen war. Dass ich sie gehört hatte. Alles wollte ich ihr erzählen. Aber dann hätte ich geheult, und ich wollte nicht heulen.

„Was ist los, Kai?"

„Bist du meine Freundin?"

„Warum fragst du?"

„Bist du meine Freundin?"

„Was soll die Frage?"

„Liebst du mich?"

„Was ist los?"

„Liebst du mich?"

„Ja."

„Ja?"

„Ich liebe dich!"

„Du liebst mich?"

„Ich liebe dich, Kai."

Das hatte sie noch nie gesagt. Nie.

„EINEN DRECK TUST DU!", brüllte ich sie an. „WARUM BELÜGST DU MICH?! WARUM?!"

„Was schreist du so? Spinnst du? Wenn du mit mir Schluss machen willst, dann sag's. Erspar uns das Theater."

„Okay", sagte ich und nickte. „Ich will Schluss machen."

„Das ist nicht dein Ernst."

„Es ist aus, Marion."

Sie biss sich auf die Unterlippe. „Und warum?"

„Wenn du das nicht selber weißt, kann ich dir auch nicht helfen."

„Hat Shane was erzählt?"

„Es ist aus, Marion."

„Was hat er dir erzählt? Lass mich wenigstens verteidigen."

„Ich liebe dich nicht, Marion. Und jetzt ist es vorbei mit uns."

„Ich hab's geahnt", sagte sie leise. „Ich hatte all die letzten Tage so ein furchtbares Gefühl, ich war all die Tage so unruhig, mir war ständig schlecht ..."

„Du kannst dir doch wohl denken, warum."

Sie sprach so leise, dass ich sie kaum mehr verstand. „Aber wenn du mich jetzt verlässt, dann ..."

„Dann?"

„Ich werde nie wieder einen Mann finden, mit dem ich so viel lachen kann."

Nie habe ich Marion zerbrechlicher erlebt als in diesem Moment. Nie hat sie mir ihre Liebe so offensiv gestanden. Ich war überrumpelt, ich hatte mir unser letztes Treffen anders vorgestellt.

Ich zog das Eisen aus meinem Gürtel. Ich hielt es mir an die Schläfe.

„Maria und Josef", sagte Marion. „Du schaust zu viel fern."

„Ich hab gar keinen Fernseher."

„Bitte sag, dass die nicht echt ist."

„Was geschieht mit uns, wenn wir sterben?"

„Das ist doch eine Schreckschusspistole, oder?"

„Hast du Angst vor dem Tod?"

„Oh Gott! Ist die echt? Ist die geladen?"

„Hast du Angst zu sterben?"

„Ich habe Angst vor dir. Warum machst du mir solche Angst? Sag doch endlich, was los ist! Sag es mir! Red mit mir!"

„Ist es nicht lächerlich, wie wichtig wir uns nehmen, wenn wir nicht wissen, was unser Leben wert ist?"

„Was redest du für wirres Zeug, Kai?"

Ich nahm das Eisen und zielte damit auf Marion.

„Naja", sagte ich. „Gibt es einen Gott, der uns liebt, dann ist unser Leben unendlich viel wert, und wir müssen keine

Angst vor dem Tod haben. Vielleicht aber leben wir in einer Matrix und sind nur Spielfiguren für zwei abgefuckte, besoffene, fiese Wesen, die uns geschaffen haben, weil ihnen langweilig war. Kapierst du? Wir sind nur Figuren in einem Computerspiel. Dann sind wir ein Nichts. Zwischen dem Alles und dem Nichts liegt eine Unendlichkeit. Zwischen Himmel und Hölle ist alles möglich."

Ich steckte das Eisen wieder ein. Sie hatte aufgehört zu schaukeln, sie saß da, zusammengesunken, sie tat mir leid. Ich wollte sie hassen, aber sie tat mir nur leid. „Hast du schon mal überlegt, dass wir dem, der uns gemacht hat, völlig ausgeliefert sind? Dass er mit uns machen kann, was er will? *Das* macht mir Angst. Er kann alles, ich kann nichts. Ich muss existieren. Ich kann nicht verschwinden. Ich muss sein, Marion, der Tod wird mich nicht auslöschen. Ich muss sein. Aber wenn ich nicht sein will? Wenn ich einfach nicht mehr sein will? Wer löscht mich dann aus? Wer nimmt mich weg? Wenn ich nicht mehr den Schmerz spüren will, wenn ich nie mehr Angst haben will, nie mehr! Wenn ich mich wegwünsche, wer radiert mich aus? Ich habe Schiss zu sterben, weil ich fürchte, dass es nach dem Tod einfach weitergeht. Dass es nie aufhört. Ich will, dass es aufhört."

„Ich will, dass es weitergeht. Ich habe Angst, dass nach dem Tod nichts ist. Ein großes, schwarzes, leeres Nichts. Dass da einfach irgendwer den Lichtschalter ausknipst. Dann sehe ich Mama nie wieder. David nie wieder. Nelly nie wieder. Und dich auch nicht."

„Was ist mit deinem Vater?"

„Den will ich gar nicht wiedersehen."

„Was ist mit ihm?"

„Hat uns sitzen lassen."

Ich sprang von der Schaukel. „Als ich vom Dach gefallen war, da sah ich auf dem Dach ne dunkle Gestalt, die sprang in die Tiefe, landete neben mir und flüsterte mir ins Ohr, dass es Zeit wäre abzutreten, aber ich wollte nicht. Ich habe mich gewehrt. Ich wollte nicht mit dem Sensenmann gehen. Und weißt du, warum? Weil ich wusste, dass da noch was fehlte in meinem Leben.“ Ich wollte sie küssen, aber ich konnte nicht. Nutten küsste man nicht. „Du hast gefehlt, Marion. Nur du. Du warst das Schönste in meinem ganzen verfickten Leben.“

„*Warst?* Warum *warst*?“

„Dreh dich um.“

„Was hat Shane erzählt?“

„Dreh dich um!“

„Ich muss mich doch verteidigen können.“

„Ich möchte, dass du fühlst, was ich fühle.“

„Du machst mir Angst! Hör auf, mir Angst zu machen.“

Sie drehte sich um. Sie trug ihren braunen Rock, den ich so heiß fand, ich griff darunter und zog ihre Unterhose runter.

„Nicht hier“, wehrte sie sich. „Nicht jetzt! Ich will jetzt nicht!“

„Du musst doch wissen, warum ich dich verlasse.“

„Oh Gott“, sagte sie. „Was ist nur mit dir passiert? Du weißt es! Du weißt alles! Du weißt alles, hör auf! Lass mich! Tu mir nicht weh!“

Ich steckte den Mittelfinger meiner rechten Hand in den Mund. Ich griff an ihren Arsch und suchte das Loch. Ich steckte den feuchten Finger in ihren Hintern, sie schrie auf vor Schmerz. Sie wollte einen Schritt nach vor machen, aber ich hielt sie mit meinem linken Arm fest.

„Tu mir nicht weh, bitte! Tu mir nicht weh!“

Ich bohrte den Finger in ihren Arsch. „So fühle ich mich, Marion. Genau so! Als würde mich irgendwer in den Arsch ficken.“

„Oh mein Gott ... mein Gott ...“

„Du bist *Michelle_20*“, sagte ich, holte meine Geldtasche heraus und stopfte ihr meinen letzten Fünfer in den Mund. „Ist das genug Geld für einmal Finger in’ Arsch?“

Marion spuckte das Geld aus. Sie schluchzte und fing an zu zittern, unkontrolliert zu zittern und zu zucken. Ihr Gesicht zerfiel, es war, als würde alles an ihr kaputt gehen, und sie tat mir leid, unendlich leid, aber ich ließ sie liegen, als sie zu Boden fiel, als sie da auf allen vieren lag. Ich ließ sie einfach liegen.

„Glaubst du, ich tu das alles zum Spaß?“, heulte sie. „Hast du eine Ahnung, durch welche Hölle ich gehe?“

„Das, was ich gehört habe, klang aber fast so, als hättest du jede Menge Spaß.“

„Ich tu das alles für meinen Bruder. Nur für ihn. Die bringen ihn doch um! Die schlagen den zum Krüppel! Ich hab doch keine Wahl, Kai. Ich hab keine Wahl ...“

„Du betrügst mich für ihn. Du belügst mich für ihn.“

„ES TUT MIR LEID! WAS HÄTTE ICH TUN SOLLEN? WAS?“

„Vielleicht hast du dir ja Aids oder Syphilis bei den Typen geholt. Vielleicht hast du mich längst angesteckt, du Nutte.“

Sie hörte mir gar nicht zu. Sie schluchzte. „Ich habe gehofft, du würdest nie davon erfahren. Shane hat mir geschworen, dir nichts zu sagen.“

„Ich war in Shanes Wohnung, als du es mit zwei Yuppies getrieben hast. Ich saß im Bad und ...“

„...“

„... ich habe alles mitangehört. So geschrien hast du bei mir nie.“

Marion schien in Sekunden um Jahre zu altern. Sie war nicht mehr das junge Ding, das sexy Ding, das unschuldige Mädel aus den Bergen mit den Sommersprossen. Sie war Jahrhunderte alt. Sie kam aus dem dreckigsten Teil der dreckigsten Stadt der Welt.

„Ich habe dich betrogen, ja. Ich erwarte nicht, dass du mir verzeihst. Aber ich hätte das Geld nicht anders verdienen können.“

„Du hättest dir das Geld leihen können. Von deinen Eltern, Großeltern, Onkeln, Tanten ...“

„Ich habe alles versucht. Ich habe alle angepumpt, alle. Ich war auf der Bank, habe um einen Kredit gebettelt. Ich habe alles versucht, Kai.“

„Ach, es war sowieso alles mein Fehler, verdammt. Ich hätte es von Anfang an wissen müssen. Die Gerüchte im Heim, die Kontaktanzeige, als du so aufgedonnert zu deiner Freundin bist. Alle wussten, dass du ne Hure bist. Nur ich wusste nichts.“

„Ich bin keine Hure. Ich bin nur verzweifelt."

Ich wollte mir das Gejammer und die Ausreden nicht länger anhören und ging davon. Ich wusste nicht, wohin, ich wollte nur weg, weg von dem Mädchen im Dreck.

Da schrie sie mir hinterher: „Damit du es weißt, du Scheißkerl. Ich hab mich nur von dir ficken lassen, weil Shane mich dafür bezahlt hat. Nur deshalb. Er meinte, du hättest eine Freundin nötig. Ich will doch gar nichts von dir. Glaubst du, ich will was von einem Typen, der jeden Tag dieselben zerrissenen Jeans trägt und 5-Euro-T-Shirts, die vier Nummern zu groß sind?"

Ich drehte mich zu ihr um.

„Du lügst …", sagte ich leise.

„Deine Jeans sehen aus wie aus dem Altkleidersack und deine Unterhemden haben Mottenlöcher! Du trägst grüne Unterhosen! Welcher Mann auf dieser Welt trägt grüne Unterhosen? Hast du die auch aus dem Container gefischt? Und wie du humpelst! An dem Tag, als du mich verfolgt hast, da dachte ich, Klaus Kinski wäre aus dem Grab gehüpft! Du glaubst doch nicht ernsthaft, dass ich so einen Mann jemals geliebt habe!"

„…"

„Ich kann jeden Mann im Heim, nein, jeden Mann in der ganzen Stadt haben. Jeden. Ich brauche keinen Loser wie dich."

„Marion …"

„Jetzt bring mich doch um! Worauf wartest du? Du musst dich doch rächen an der bösen, bösen Welt! An den Männern, die mich gefickt haben! Es mit denen aufzunehmen, dafür fehlt dir doch der Mut. Aber so einer Schlampe wie mir wirst du es wohl noch werden, oder? Also! Worauf wartest du? Bring mich um!"

Ich flüchtete vor Marion, aber sie folgte mir, sie beschimpfte mich, sie fluchte, nie zuvor hatte ich sie so erlebt, sie rastete völlig aus. Sie war schön in ihrer Wut, leidenschaftlich in ihrem Zorn, ihre blauen Augen glühten, sie brüllte durch die Nacht, als wäre sie eine Straßennutte, die einen Freier verfluchte, der sie nicht bezahlt hatte.

Sie ließ nicht von mir ab, auch nicht, als sie einen Schuh verlor, ich wollte, dass sie abhaute, aber sie verkrallte ihre Hand in meiner Bomberjacke. Und auf einmal verstummte sie, schrie nicht mehr, stampfte nicht mehr mit ihren Stiefeln Löcher in den Asphalt, sondern riss mit aller Macht an der Jacke, sodass ich gezwungen war stehenzubleiben.

„Töte mich", sagte sie leise. „Bitte. Töte mich. Ich will nicht mehr."

Ihre Hand löste sich, sie plumpste auf den Boden, plumpste auf ihren Arsch.

„Töte mich", sagte sie. „So will ich nicht mehr leben." Sie verbarg ihr Gesicht mit ihren Händen.

Ich wollte mich neben sie setzen, wollte sie umarmen, wollte alles ungeschehen machen. Alles auslöschen.

„Shane hat dir Geld gegeben?"

Sie nickte.

„Damit du was mit mir anfängst?"

„Töte mich. Bitte, töte mich."

Und in dem Moment hatte ich das Gefühl, ich hätte all das schon einmal erlebt, ich wäre hier schon einmal gewesen, genau hier, genau mit ihr, und ich wusste, ich würde ihr jetzt die Pistole geben, würde davongehen und nach wenigen Metern würde ich den Schuss hören, mich umdrehen. Und sie da liegen sehen. Meine Marion. Einfach da liegen sehen. Und weil ich es wusste, weil es unvermeidlich war, humpelte ich davon, humpelte ich einfach davon.

7

Als ich in den Zug Richtung Süden stieg, wusste ich, dass das Kamikaze war. Dass es völlig krank war, eine solche Menge Drogen zu schmuggeln, wenn die Bullen einem so dicht auf den Fersen waren.

Egal.

Ich musste meine Schulden jetzt tilgen.

Ich wollte frei sein.

Jetzt, jetzt, jetzt.

Ich wusste, dass ich diese letzte Fahrt hinter mich bringen musste. Wenn ich heute nicht fahren würde, wären weitere vier Fahrten fällig. Vier weitere Fahrten hätte ich nicht mehr durchgestanden. Mit jeder Fahrt war die Furcht vor dem Erwischtwerden gestiegen, obwohl mit der Zeit so was wie Routine entstanden war. Obwohl ich mich scheißcool gab, wenn die Bullen durch den Zug schlichen, um Verdächtige zu filzen. Anfangs war ich mir ja sicher gewesen, dass sie mich schnappen würden, irgendwann. Ich dachte mir, scheiß drauf!, Augen zu und durch. Aber mit der Zeit war ich selbstsicherer geworden und ich ertappte mich immer öfters, wie ich mir ausmalte, wie es wäre, wenn ich damit durchkäme. Wenn ich es schaffen würde, die Schulden auf diese Weise loszuwerden. Und damit wurde der Druck, der auf mir lastete, mit jeder Fahrt größer. Ich hatte wieder etwas zu verlieren.

Dieses Mal – zum ersten Mal – nahm ich mein Eisen mit. Sollten die Bullen mich erwischen, würde ich mir das Ding in den Mund stecken und abdrücken.

Ich war fest entschlossen, das zu tun.

Ich dachte, meine Beine würden nachgeben, wenn ich in den Zug steige, aber ich stieg ein und spürte meine Beine, meinen Körper nicht mehr. Ich war nur mehr ein Wille. Ohne Körper, ohne Gestalt.

Ein Mann, ein Wille.

Ich war eine Kugel, die aus einer Waffe gefeuert wurde. Bereit, mein Ziel zu treffen.

Ein Mann, ein Wille.

Ohne Rücksicht auf Verluste.

Heute Nacht würde ich auf dem Heimfest trinken und tanzen und irgendne Braut abschleppen. Marion sollte sehen, wie ich die Tussi auf der Tanzfläche küsste, wie ich mit ihr in einem der Zimmer verschwand. Heute Nacht wollte ich die Welt in Flammen setzen und verbrennen. Ich musste nur über die Grenze mit dem Zeug wie all die Wochen zuvor. Ich durfte mich nur nicht erwischen lassen.

Ich setzte meine Kopfhörer auf und hörte meine Musik. Ich bezahlte einen Kaffee, den ich nicht trank, weil ich ihn verschüttete. Ich sah ein Flugzeug am Himmel. Ich war noch nie geflogen. Ich kannte nichts von der Welt. Ich kannte nur fucking Giesing. Scheißegal. Ich schloss die Augen. Ich schwor Gott, nie mehr in meinem verdammten Leben Drogen zu schmuggeln. Nie mehr. Nur noch heute. Heute das allerletzte Mal. Danach würde ich ein neues Leben anfangen.

Erst lief alles glatt. In St. Gallen traf ich Ahmud, einen der vier Dealer, mit denen ich bisher zu tun gehabt hatte. Ahmud trug immer gefälschte Fußballtrikots von italienischen Vereinen. Nicht selten waren die Spielernamen falsch geschrieben oder die Farben nicht ganz korrekt. Er sprach nie ein überflüssiges Wort. Er mochte mich nicht. Ich ihn auch nicht. Aber dieses Mal bot er mir eine Zigarette an.

„Ich rauche nicht. Danke."

„Ich fliege heute nach Hause", sagte er und zündete sich eine an. „Zu meiner Familie."

„Deine Familie lebt in Marokko?"

„Wien."

„Du bist in Wien zuhause?"

„Wo meine Familie wohnt, bin ich zuhause", sagte er und nickte.

„Ich fahr morgen zu meiner Stiefmutter."

„Wer ist Stiefmutter?"

„Wenn deine echte Mutter tot oder weg ist und dein Vater heiratet ne neue Braut. Das ist die Stiefmutter."

„Deine Mutter ist tot?"

„Ich hoffe nicht."

„Ich verstehe nicht."

„Scheiß drauf. Ist doch egal."

„Wo lebt deine Stiefmutter?"

„In Innsbruck."

„Dann bring deine Tasche sicher nach München, damit wir beide eine schöne Reise nach Österreich haben", sagte er.

„Werde ich machen", sagte ich. „Keine Angst."

Ahmud bezahlte den Kaffee und mein kleines Bier, stand auf und reichte mir die Hand.

„Auf Wiedersehen", sagte ich.

Er schüttelte den Kopf. „Kein Wiedersehen. Das war das letzte Mal."

„War auch mein letztes Mal", sagte ich.

Er lächelte und klopfte mir auf die Schultern. Irgendwas war da in seinem Lächeln, das mich für einen Moment stutzen ließ, aber ich kümmerte mich nicht weiter, wollte nur zurück zum Bahnsteig, wollte in den verfluchten Zug steigen, ich war viel zu müde, um zu denken.

Die österreichischen Beamten im Zug wollten nichts von mir, die beiden Witzfiguren kontrollierten keinen einzigen Ausweis, erzählten lieber lautstark Blondinenwitze. Ich lachte mit ihnen, sie merkten nicht, dass ich über Dick und Doof lachte. Alles schien glatt zu laufen. Ich hatte beinahe schon den Münchner Ostbahnhof erreicht, ich sah gerade auf mein Handy, als die Schiebetür aufging und zwei Männer das Abteil betraten. Der eine zückte einen Ausweis. Der andere setzte sich mir gegenüber.

„Sie wollen meinen Pass?", fragte ich und steckte mein Handy ein.

„Bitte."

Wir hatten bereits München erreicht. Die Schaffnerin kündigte über Lautsprecher den Halt am Ostbahnhof an. Ich reichte dem Bullen meinen Reisepass. Der gab ihn seinem Kollegen, der aus dem Abteil trat, die Tür schloss und sein Handy zückte. Ich spürte seinen Blick auf mir, während er telefonierte. Dann riss er die Tür auf und grinste mich an.

„Nun, Herr Samweber ...“

Und dann erkannte ich den Kerl. Ich erkannte den verfluchten Kerl und fuhr zusammen, als hätte er mir nen Elektroschock verpasst.

„Man sieht sich immer zweimal im Leben“, sagte er. „Der Spruch ist uralt, aber immer noch gut.“

Fuck.

Ich gab mich cool, kaute mit offenem Mund meinen Kaugummi und zwinkerte ihm zu, dabei hatte ich Mühe, meinen Schließmuskel unter Kontrolle zu halten. „Mein Ellbogencheck im Englischen Garten war fein, was? Der war doch richtig gut, das müssen Sie zugeben!“

„Was haben Sie in der Tasche?“, fragte der andere Beamte, ein durchtrainierter Bodybuilder.

„...“

„Ist das Ihre Tasche?!“

„...“

„Ob das Ihre Tasche ist!“

„...“

„HALLO!“ Er machte mit seiner Hand den Scheibenwischer vor meinem Gesicht.

„Ja“, sagte ich und starrte aus dem Fenster. „Das ist meine Tasche.“

Der Zug drosselte seine Geschwindigkeit und fuhr im Schritttempo in den Bahnhof ein.

Mein Körper war nicht mehr fest, mein Körper war nur mehr ein schwabbeliges Ding, ich war Pudding. Ich hatte mit einem Moment keine Kraft mehr, keinen Willen mehr, alles verpuffte in dem Moment, als mir klar wurde, dass ich mit einem Bein im Knast stand. Dass ich dieses Mal nicht mehr flüchten würde können. Und dann überkam es mich wieder, dieses Gefühl von unendlicher Einsamkeit. Ich nahm gar nicht mehr wahr, was da um mich ablief. Ich fiel in ein schwarzes Loch, auf einmal wurde mir klar – dass nur ich existierte und sonst niemand, niemand außer mir, nur ich, *ihr nicht!*, und mir wurde bewusst, dass ich dieses ganze wunderbare und schreckliche Universum, diesen ganzen verdammten Zirkus nur erfunden hatte, um meine Einsamkeit zu vergessen, aber jetzt holte sie mich ein, jetzt zwang sie mich in die Knie, jetzt konfrontierte sie mich mit der schlimmsten Wahrheit: Die Sehnsucht nach einem zweiten Wesen in dieser grenzenlosen Einsamkeit würde niemals Erfüllung finden. Es gab kein einziges Wesen in dieser absoluten Unendlichkeit.

Da war niemand.

Da war nichts.

Der zweite Polizist packte mich am Arm, schüttelte mich und brachte mich wieder zur Besinnung. „Was ist los mit Ihnen? Was haben Sie genommen?"

Ich glotzte ihn nur an, ich muss wie ein Irrer geglotzt haben, mit meinen blutunterlaufenen Augen und den schwarzen Rändern darunter. Ich hatte in der Nacht zuvor keine einzige Minute geschlafen, war ziellos durch München gestolpert.

„Öffnen Sie die Tasche. Wir wollen den Laptop sehen."

Ich schluckte. „Der Meyer hat mich zum Krüppel gemacht und dann auf nem Berg Schulden sitzen lassen."

„Öffnen Sie die Tasche."

„Den zieht keiner zur Rechenschaft."

„Wen zieht keiner zur Rechenschaft?"

„Den Meyer."

„Wer ist Meyer?"

„Dieser Hurensohn."

„Was reden Sie da?"

„Shane hat nen Cousin, der hat n T-Shirt geklaut, da war er 17 und dafür ist er in' Jugendknast. Für n T-Shirt. Für n gottverdammtes T-Shirt."

„Für ein T-Shirt geht keiner in den Knast."

„Shanes Cousin ist für n T-Shirt in' Knast. Meyer läuft frei rum und grinst aus den Zeitungen."

Der Typ griff nach der Tasche, die zu meinen Füßen stand, aber ich wehrte seine Hand ab mit einem Reflex, den er nicht erwartet hatte.

„Öffnen Sie jetzt die Tasche. Sofort!"

Ich legte die Laptoptasche auf meinen Schoß und öffnete den Reißverschluss.

Ich öffnete den Reißverschluss links.

Ich öffnete den Reißverschluss rechts.

„Wenn Sie mich jetzt hochgehen lassen", sagte ich, und mein Hals war so trocken, dass ich kaum mehr einen Ton herausbrachte. Ich versuchte aufzustehen, aber meine Knie gaben nach und ich sank halb auf den Sitz, halb auf den Boden. „Das ist doch nicht fair … das ist doch meine letzte Fahrt! Mir fehlen doch nur noch fünf Minuten. Fünf verdammte Minuten!"

Der Bulle vom Englischen Garten legte kumpelhaft eine Hand auf meine rechte Schulter. „Herr Samweber, wir wissen, dass Sie nur ein Kurier sind. Kein kleiner Kurier. Aber auch kein großer. Wir wollen von Ihnen wissen, in wessen Auftrag Sie handeln. Und wer das Zeug in der Schweiz übergibt. Das könnte Ihnen helfen, dass die Sache vor Gericht nicht zu unangenehm wird."

Ich dachte sofort an den Marokkaner mit dem Fußballdress. An seine letzte Tour. An seine Familie. An Rugby. An Shane. An Öcal und Ugi. Wen würde ich verraten, um meinen Arsch zu retten? Der Gedanke, dass ich den Bullen Öcal und Ugi ans Messer liefern würde, hatte etwas so Aberwitziges, dass ich hysterisch zu lachen begann. Ich würde wie Max Schmeling enden. In einem Rollstuhl mit nem Schlauch im Mund.

Die beiden lachten mit mir. Ich lachte laut, sie lachten leise.

„Wir können Sie heute Nacht schon einsperren lassen", sagte der Bulle und lachte weiter, als wäre das hier ein Wettbewerb, wer länger könnte. „Dann bleiben Sie bis zum Gerichtsverfahren in Untersuchungshaft. Das heißt, in den nächsten Monaten, vielleicht sogar Jahren, wachen Sie jeden Morgen in einer Zelle auf."

„Wie wär's mit einem Deal?", sagte ich. „Sie lassen mich heute gehen und ich komme nächste Woche zu Ihnen und gestehe alles. Alles, was Sie wollen. Aber lassen Sie mich die Schulden loswerden. Wenn diese Tasche nicht ankommt, dann verfolgen die mich bis in den Knast."

„Zeigen Sie erst mal, was Sie Schönes in der Tasche haben."
„Ich muss meine Schulden loswerden. Sie können mich nicht aufhalten."
„…"
„Nicht einmal Gott kann mich aufhalten."
„Sie unterschätzen Gott."
„Sie unterschätzen mich."
„Wenn Sie nicht mit uns kooperieren, kommen Sie erst mal für ein paar Tage nach Stadelheim."
Ich griff nach dem Eisen in meiner Jackentasche.
„Ich geh nicht in' Knast."
Ich musste es in den Mund stecken.
„Ich geh niemals in' Knast."
Und sofort abdrücken, abdrücken, ehe sie es mir entreißen konnten.
„Ich will nur überleben, kapieren Sie das denn nicht? Ich habe Schulden. Wenn ich die nicht abbezahle, dann machen die mich fertig."
„Wer *die*?"
„Die kennen da nichts, die machen mich platt. So wie Max. Den Max haben die in' Rollstuhl gebracht."
„Wer ist Max?"
Warum zum Teufel zögerte ich?
„Ich will nur wieder auf Null kommen, ich will doch die Kohle nicht für nen Ipod, nen Flachbildfernseher oder ne scheiß Karre. Ich will wieder auf Null, alles auf Null, verstehen Sie nicht? Alles auf Null! Und dann wieder arbeiten! Wieder leben! Endlich wieder leben, Herrgottnochmal! Nix Hartz IV, nix Stempeln, kein geschenktes Geld, keine Albträume! Ich will wieder arbeiten, ich will am Abend nach Hause kommen und mein Bier trinken, Fußball schauen und dann so müde ins Bett fallen, dass ich nicht einmal mehr das Gegröle der gottverdammten Nazis höre. Ich will anständige Kleidung und anständiges Essen, ich will …"
„Jetzt beruhigen Sie sich! Mensch! Was ist mit Ihnen los?"
Jetzt, jetzt, jetzt.

„Ich reiß mir den Arsch auf, ich schwör! Ich tu alles dafür! Ich will wieder auf Null. Alles auf Null. Ich will doch nur mein altes Leben zurück.“

Peng, peng, peng!

„Sie liefern uns Ihren Kumpel Senol. Den wollen wir. Wo steckt er?“

„Shane?“

„Senol Aydin. Ihr türkischer Freund, den Sie im Englischen Garten getroffen haben. Er ist doch Ihr Auftraggeber, oder? Wo steckt er? Unsere Kollegen haben ihm heute Nacht schon einen Besuch abgestattet. Aber er war nicht zu Hause. Hat er eine Freundin? Wo könnte er stecken?“

Es hatte keinen Sinn, ihnen was vorzuspielen. Die wussten, dass Shane nicht sauber war.

„Hören Sie zu“, sagte ich und bewegte das Eisen ein wenig. „Shane dreht ein paar krumme Dinger. Shane kifft, Shane nimmt mal was mit, was ihm nicht gehört, und wenn Shane n bisschen Gras übrig hat, lässt er mich mitrauchen. Aber Drogen verticken, das tut er nicht.“

Die beiden sahen sich an und lächelten.

Sie beobachteten meine rechte Hand, warum glotzten die ständig auf meine Hand?

Fuck.

Die warteten nur auf eine falsche Bewegung. Sobald ich das Eisen rauszog, würden die sich auf mich stürzen.

„Dann klären wir das mit ihm persönlich. Wo steckt er?“

„Woher soll ich das wissen?“

Niemand würde meinen Arsch jetzt noch retten können. Nicht einmal das Eisen war noch zu gebrauchen.

Run, asshole, run.

Ich sprang auf und riss die Tür auf, der Bulle wollte mich festhalten, aber ich war stärker, keiner konnte mich festhalten, ich war so knapp vorm Ziel, so knapp davor, frei zu sein.

So knapp.

Ich lief durch den Waggon, schaffte es bis in den nächsten, schaffte es auch, das Eisen in ein leeres Abteil zu schleudern, aber schließlich holte mich der Bulle ein. Er erwischte mich an meiner Jacke und riss mich um. Der Schmerz schoss wie ein Blitz durch meine Wirbelsäule und lähmte mich. Ich jaulte auf, legte meinen rechten Arm auf den Rücken, als könnte das den Schmerz lindern, ich ging auf die Knie, legte mich rücklings auf den Boden, der Bulle fixierte mich, kniete sich auf meine Brust.

„Nicht", stöhnte ich und japste nach Luft. „Ich ... ich hatte einen Unfall ... nicht! ... fuck ..."

Der Typ sah nicht nur aus wie einer von Shanes Elefanten, er wog auch so viel wie ein Elefant. Ich bekam Panik, ich hatte Todesangst. Ich hatte Angst zu ersticken.

Fuck.

Ich schlug auf den Bullen ein, aber der drückte meinen Kopf zur Seite und wehrte meine Schläge ab.

Ich erstickte.

Fuck.

Ich erstickte.

Ich wollte mich tot stellen, aber ich hatte solche Angst, deshalb wehrte ich mich.

Ich wollte nicht ersticken.

„Na gut", sagte der Bulle, drehte mich und fesselte meine Hände. „Wenn du uns so kommst – wir können auch anders. Jetzt kriegst du erst mal ein feines Zimmerchen, in dem du viel Zeit hast nachzudenken. Und ein paar nette Kollegen hast du dort bestimmt auch."

„Leck mich am Arsch, Bulle."

„Du dreckiger Drogendealer", sagte er und bohrte mit seinem Daumen tief in meine Rippen, bis ich aufschrie. „Wenn's nach mir ginge, dann würdest du lebenslänglich kriegen. Jeder von euch. Lebenslänglich."

„Scheißbulle!"

„Terroristen, Dealer, Kinderschänder, ihr seid alles ein Pack."

„Drecksau!"

„Ein und dieselbe Brut!"

„Hanns Martin Schleyer war bei der SS, wussten Sie das?", keuchte ich. „Wussten Sie das?! Schleyer trat bereits 1933 der SS bei. Das war kein Mitläufer. Das war n richtig strammer Nazi."

„Du redest nur irres Zeug, verdammter Junkie."
„Denk mal drüber nach, Bulle. Denk mal nach! Wer Verbrecher ist und wer nicht."
„Das wird der Richter entscheiden, Freundchen."
„Der hat nichts in der Tasche", sagte da der zweite Bulle.
„...?"
„Da ist nichts!"
„Was?!"
„Schau mal in seiner Jacke nach."
„Da ist nichts in der Laptoptasche?"
„Nur das hier."
Ich verbog mir den Hals, um zu sehen, was der Bulle in Händen hielt.
Was zum Teufel?
...
Fuck!
Der Bulle durchsuchte die Taschen meiner Bomberjacke, tastete mich am ganzen Körper ab, er suchte und suchte und fand nichts.
Ein Schafsfell.
Ich wollte lachen, wollte die Affen auslachen, aber ich konnte nicht mal lächeln. Ich spürte, wie mir die Pisse in die Shorts schoss.
„Damit kommst du nicht durch", sagte der Bulle. „Wir haben genug gegen dich in der Hand. Du kommst nicht einfach so davon."

***

Wie in Trance stieg ich am Hauptbahnhof aus dem Zug, nachdem ich unbemerkt von den Bullen, die vor mir ausstiegen und einer alten Frau den Pudel und das Gepäck raustrugen, das Eisen aus dem Abteil geholt und mit zitternden Händen in die Jeans gesteckt hatte. Ich fuhr mit der U-Bahn zum Sendlinger Tor, irrte umher, wollte nicht zu Rugby. Das Zeug war futsch. Ne Menge Kohle war verloren. Ich war derjenige gewesen, der allen Warnungen zum Trotz in die Schweiz fahren wollte – jetzt war ich der Arsch, der alles vermasselt hatte.

Ich kam erst ins Heim, als die Party bereits lief und die ganze Bande blau oder zugekifft war, manchen hing der Schnee aus der Nase. Das ganze Studentenheim war ein einziges lärmendes Tollhaus. Alle tanzten, lachten, sangen, flirteten, grapschten. Rugby saß in seinem Schafsfell auf der Bühne auf seiner Lambretta und bearbeitete Nelly, die seine Hände immer wieder abwehren musste. Seine Haare standen wirr in alle Richtungen, seine Wangen waren rot und der Schweiß stand ihm auf der Stirn. Ich sah, dass die Hand, in der er die Zigarette hielt, völlig unkontrolliert zitterte. Und wie ich da so stand, völlig nüchtern, völlig am Arsch, fand ich es gespenstisch. Früher hatte ich es immer lustig gefunden, Rugby im Delirium zu erleben. War doch alles nur Spaß! War doch nicht für immer.

Dass Rugby böse abstürzen würde, das habe ich an jenem Abend zum ersten Mal geahnt. Dass er bereits schwere Depressionen hatte, Halluzinationen, die ihn Tag und Nacht verfolgten, wusste ich nicht. Dass er für ein paar Tage in einer Geschlossenen auf Entzug gewesen war, weil er mehrere Selbstmordversuche unternommen hatte, das erzählte mir in jener Nacht Gugl. Nein, ich hatte nichts geahnt! War doch unser Idol, der Rugby, der das ganze Heim erzittern ließ, wenn er lachte, und immer das letzte Wort haben musste. Wir liebten diesen durchgeknallten Sixties-Freak, unseren Mod mit der Lambretta, die jede Nacht in seinem Zimmer übernachtete, weil er fürchtete, man könnte ihr draußen was antun. Er war der einzige waschechte Münchner im Heim, der während des Oktoberfestes eine Lederhose anziehen hätte können, ohne dass es lächerlich ausgesehen hätte. Der einzige, der in dieser Stadt noch den alten Dialekt zu sprechen schien und nicht dieses blutleere Schriftdeutsch der Zugezogenen und Angepassten.

Ja, alle liebten Rugby. Rugby war Kult, sein Schafsfell, seine Frisur, seine Exzesse, man lachte über ihn, wie man über Harald Juhnke früher gelacht hat. Keiner wollte die Tragik dahinter sehen.

Rugby zeigte auf mich und winkte mich zu sich. Er sprang mit einem Satz von der Lambretta, hüpfte von der Bühne und rannte dabei zwei Tanzende über den Haufen. „Kai! Wo zum Teufel hast du gesteckt?“

„Wo zum Teufel steckt Marion?“

„Die hat ihre Koffer gepackt und ist zu ihrer Tante nach Kärnten.“ Rugby starrte mich an, mit Augen aus Glas. „Wo hast du deinen Laptop?“

„Steht in deinem Zimmer.“

„Oh Mann! Das Zeug kannst du doch nicht einfach so stehen lassen!“

„Heute schon.“

„Gerade heute nicht! Da sind viel zu viele Externe hier.“

„Fuck, Rugby. Mahmud hat uns gefickt.“

„Mahmud?“

„In der Tasche war kein Gras. Nicht einmal Koks für Violetta. Nichts. Nur ein Schafsfell.“

„Von was redest du da?“

„Die Laptoptasche, die ich in der Schweiz geholt habe ... da war nur ein Schafsfell drin.“

„Schafsfell?“

„Und n Zettel: *Für Rugby.*“

„Für Rugby?“

„Da will dich jemand neu einkleiden.“

„Du verarschst mich, was?“

„Ich bin der, der verarscht worden ist“, sagte ich. „Verbrenn dein altes Schaf und zieh das neue an. Sonst gibt’s kein njakanjaka heute Nacht.“

„Da war ein Schafsfell in der Tasche?“

„Kein Gramm Gras.“

„Ich verstehe nicht.“

„Die Tasche war leer.“

„Du willst doch nicht etwa sagen, dass du keinen Blick reingeworfen hast, als du dem Typen das Geld gegeben hast?“

Ich schüttelte den Kopf. Rugby pustete seine Bäckchen auf. „Ach du Scheiße.“

„Der hat mich verarscht, Rugby. Dieser Mahmud hat mich gelinkt.“

„Scheiße, scheiße. Klär das mit Shane. Ich zahle nicht für etwas, das ich nicht bekommen habe."

Ich zog meinen Kapuzenpulli aus, ich zog ihn aus und wieder an, ich wusste nicht, was tun. „Ich habe die Tasche nie kontrolliert. Ich habe denen immer vertraut, Rugby."

„Klär das mit Shane. Bitte lass mich da raus. Gib mir das Fell und klär das mit Shane."

„Ich bin quitt jetzt. Ich fahr nicht noch mal."

„Das ist ne Riesenscheiße, Kai! Weißt du, was das Zeug wert ist? Oh Mann, ruf Shane an, ich misch mich da nicht ein."

„Ich fahr nie wieder, ich schwör."

Rugby starrte mich an. „Du siehst irr aus. Du bist so blass ... und ... fuck, dein Auge!"

„Was ist mit meinem Auge?"

„Dein rechtes Auge!"

„Was ist mit meinem rechten Auge?"

„Knallrot. Da ist Blut in der Pupille. Scheiße, das sieht echt krank aus."

Er lächelte, und seine Schweinsäuglein verschwanden völlig in seinem Kopf. „Brauchst du etwas Medizin?"

„..."

„Willst du dich heute Nacht weghauen?"

„Nicht mit Drogen."

„Ich habe Koks, Hasch, Pilze, ein paar Pillen."

Ich schüttelte den Kopf. „Ich hab's Gott geschworen. Ich bin weg von dem Zeug. Heute Nacht will ich nur tanzen."

„Ey, Kai, ich hab neue Pilze, Import aus Tadschikistan, da erlebst du nen Trip, den du nie mehr vergessen wirst."

„Nein, Rugby, keine Pilze mehr."

Wir standen genau unter den Verstärkerboxen, deshalb konnten wir uns halbwegs unterhalten, im Rest des Raumes war die Musik fast unerträglich laut.

„Ich will's dir ja nicht aufschwatzen, Kai. Ist schon okay. Ich hätte es dir sowieso geschenkt."

Ich klopfte ihm auf die Schulter. Ein Gitarrensolo erfüllte den Veranstaltungssaal im Erdgeschoß des Heims, dem Saal, in dem sonst die Senioren ihre Heimatabende veranstalteten und ihre letzten Geburtstage feierten.

Rugby entdeckte irgendeinen Spezi im Getümmel und ließ mich stehen.

Ich verließ das Heim durch ein Fenster und rief Shane an.

„Das war meine letzte Lieferung“, sagte ich.

„Ich weiß.“

„Ich bin quitt mit deinen Brüdern.“

„Ich habe Blut geschwitzt, Babyface.“

„Scheiße, Shane. Ich hab’s geschafft, Shane.“

„Ja, du hast es geschafft.“

Zwei betrunkene Studentinnen kamen an mir vorbei, sie schickten mir Handküsse, ich drehte ihnen den Rücken zu.

„Wie viel Geld schuldet David deinen Brüdern noch?“

„Ne Menge.“

„Wie viel?“

„So viel, wie du ihnen insgesamt schuldig warst.“

„Machen wir nen Deal?“

„Jederzeit.“

„Ich starte wieder bei Null.“

„…“

„Ich möchte, dass meine Fahrten in die Schweiz David angerechnet werden.“

„HÄ?!“

„David ist frei.“

„Oh nein!“, sagte Shane. „Vergiss es.“

„David ist frei.“

„Das geht nicht.“

„Natürlich geht das.“

„Ausgeschlossen.“

„David ist seine Schulden los, und ich zahle deinen Brüdern das Geld, das er ihnen jetzt noch schuldig ist. Jeden Cent arbeite ich ab.“

„Wer hat dir ins Hirn geschissen?“

„David ist raus. Marion ist raus. Es ist nur mehr eine Sache zwischen mir und deinen Brüdern. Ruf sie an und sag ihnen, dass David keine Schulden mehr hat. Sag ihnen, ich starte wieder bei Null."

„Komm hoch", sagte Shane und seine Stimme hatte einen eigentümlichen, fremden Klang. „Ich bin bei Violetta im vierten Stock."

Ich sah den Betonklotz hoch, Shane saß auf dem Fensterbrett, das Handy am Ohr, nen fetten Joint im Mund. Er rührte sich nicht. Er verzog keine Miene. So ernst hatte ich ihn selten gesehen.

Ich war nie zuvor im vierten Stock gewesen. Hier fanden niemals Stockpartys statt. Auch, weil der Gang nur halb so groß war wie die anderen. Im hinteren Teil befand sich die Wohnung des Heimleiters. Angeblich war seine Kür zum Bürgermeisterkandidaten der CSU gescheitert, weil er das Heim nicht in den Griff bekommen und ein Lokalsender über die Heimexzesse berichtet hatte.

Als ich an Tür 404 klopfen wollte, hörte ich auch schon das Geschrei von unten. Ich dachte erst, es wäre bloß eine Schlägerei, wie sie hin und wieder vorkam. Dann sah ich durch das Fenster die Mauer der Jugendherberge in blaues Licht gehüllt.

Draußen war eine Bullenarmee angerückt.

Razzia!

Razzia im Studentenheim.

8

Shane saß mit offenem Mund und geschlossenen Augen neben mir. Ich hielt ihm die Nase zu, er schreckte hoch. „Was?! Was?!“

„Willst du den Start verpassen?“

Shane glotzte mich an. Seine Pupillen waren so riesig, dass ich für einen Moment fürchtete, sie könnten mich verschlingen. „Scheiße!“

„…“

„SCHEISSE!“

„Hey! Bleib cool.“

„Wo bin ich?“

„Im Flieger.“

„In was für nem Flieger?“ Shane beugte sich über mich und sah aus dem Fenster. „Aber warum?“

„Was zum Teufel hast du dir gestern eingeschmissen? Du bist selber in die Maschine eingestiegen.“

Shane glotzte mich an. „Bin ich?“

„Fuck, Shane.“

„Wo fliegen wir hin?“

„Du hast Rugbys Pilze gefressen, du Idiot.“

„Wohin?“

„Innsbruck.“

„Ich darf nicht in die Schweiz!“

„Ich hab da was zu erledigen.“

„Ich darf nicht in die Schweiz, Kai!“

„Innsbruck ist nicht Schweiz.“

„Was soll ich in Liechtenstein?“

„Du kannst ja aussteigen.“

Shane stand auf und ging Richtung Ausgang, als er bemerkte, dass er sich in einem Zug und nicht in einem Flugzeug befand, verlangsamte er seinen Schritt. Ich rief ihm hinterher: „Vergiss nicht, um elf bei der Polizeidirektion auf der Matte zu stehen. Die haben uns vorgeladen. Dich, mich, Rugby, Violetta …“

„Oh Mann.“ Shane kam zurück und setzte sich wieder. „Auf Bullen hab ich heut wirklich null Bock. Mein Schädel brummt höllisch.“

„Dann auf nach Innsbruck. Erste Klasse, so soll es sein!“

„Fuck, ich wollte heute in den Tierpark!“

„Tierpark?“

„Ich muss nen Wolf zeichnen.“

„Du kannst nicht zeichnen.“

„Besser als deine verdammte Mutter, ich schwör.“

Shane strich sich über den Bart. „Scheiß Bullen. Haben uns die geilste Nacht des Jahres versaut. Hoffentlich haben sie sich blutige Nasen geholt.“

„Haben sie. Die ganze Treppe war rot. Die war rot, Shane, von oben bis unten.“

„Ich liebe Bullenblut.“

„Ich sah nen Typen, dem fehlte n verdammtes Ohr.“

„Erzähl doch keinen Scheiß.“

„Die Jungs haben sich gewehrt.“

„Während die Mädels das Zeug das Klo runterspülten.“

Shane band sich seine Haare mit einer Schnur zurück.

Der Zug schloss die Türen. Ich sah zum Fenster raus. „Warum war die Tasche leer, Shane?“

„Wo sollen wir pennen?“, sagte Shane, während er aus seiner Jacke ein Pornomagazin hervorzog.

„Bei Angela.“

„Ich penn nicht bei deiner Mutter!“

„Angela ist nicht meine Mutter.“

„Ich bin gespannt auf deinen Bruder.“

„Mein Bruder ist tot.“

„Scheiße, das ging aber schnell.“

„Schon seit zehn Jahren.“

„Jetzt weiß ich, warum er nie zurückgeschrieben hat.“

„Die haben ihn aus dem Fluss gezogen, da hat er noch gelebt. Aber nicht mehr lange. Der ist nicht mehr aufgewacht.“

Shane musterte mich von der Seite.

„Jetzt mal ohne Scheiß“, sagte er. „Dein Bruder ist doch nicht wirklich tot?“

„Mausetot.“

„Du hast all die Zeit nem Toten Briefe geschrieben?“

„Ich habe mir selber Briefe geschrieben. Sonst wäre ich verrückt geworden.“

Der Zug fuhr aus dem Bahnhof und beschleunigte langsam. Ich hatte ein flaues Gefühl im Magen. „Warum war die Tasche leer, Shane?“

„Dein Bruder ist wirklich tot?“

„Warum war die Tasche leer?“

„Schwör mir, dass dein Bruder tot ist.“

Ich legte meine rechte Hand auf die Stelle, unter der mein Herz schlug, und hob die linke Hand mit drei Fingern zum Schwur.

„Ich check das alles nicht mehr, Kai.“

„Warum war die Tasche leer? Hat Mahmud uns gefickt?“

„Mahmud?“, lachte er. „Mahmud ist ne treue Seele. Mahmud zu verlieren ist eine Katastrophe.“

„Wo ist das Zeug?“

„Ich habe Mahmud angerufen und gesagt: Vertick das Zeug in der Schweiz und behalt die Kohle.“

„Du hättest das Gesicht des Bullen sehen sollen, als er das Fell herausgezogen hat!“

„Rugbys altes Schaf stinkt und hat Flöhe. Die Kunden ekeln sich.“

„Und wenn Rugby das Zeug ausscheißen würde, würden es die Leute kaufen. Die können doch alle nicht leben ohne Rausch.“

„Jedenfalls wissen meine Brüder nichts davon. Sie kriegen ihr Geld und der Rest hat sie nicht zu interessieren.“

„Du spinnst, Shane“, sagte ich. „Der Stoff war doch bestimmt ... scheiße, wie viel Kohle war der wert?“

„Scheiß drauf. Ich hab meine Karre verkauft.“

„Hast du nicht.“

„Ich bin doch eh nie nüchtern. Ist besser, wenn ich keine mehr habe.“

Der Zug raste vorbei an Häuserblöcken, Mauern, Sträuchern und Hochspannungsmasten.

„Ich werd nicht schlau aus dir, Shane."

„Ich wusste sowieso, dass das schiefgehen würde, Kai. Die Bullen waren überall. Sie waren sogar bei Burcak. Ich hab nen Verlust gemacht, okay, aber besser, als wenn die Bullen dich erwischt hätten."

„Du hast mir also wieder mal den Arsch gerettet."

„Nein, ich habe meinen Arsch gerettet. Du hättest doch geplaudert."

„Nein. Ich hätte mein Maul gehalten."

„Die Bullen hätten dich weichgeklopft, Babyface. Die haben ihre Tricks. Denen bist du nicht gewachsen."

„Glaubst du, ich will so enden wie Max?"

„Max war ein Unfall. Verräter sind das Letzte. Man kann nicht von einem Verbrechen profitieren, um dann andere in die Scheiße zu reiten, wenn es schiefgeht."

Ich hatte das Gefühl, der Zug würde viel zu schnell fahren. Mir war, als würden wir jeden Moment abheben, die Erdumlaufbahn verlassen und hinaus ins Weltall fliegen.

„Glaubst du, dass es andere Welten gibt, Shane? Andere Dimensionen?"

Shane stieß einen Grunzer aus. „Ich bin jeden zweiten Tag jenseits von dieser Welt. Scheiße, ich war gestern so zugedröhnt, dass ich vor der verdammten Klotür in Violettas Zimmer stand und nicht wusste, wie man sie öffnet. Ich hatte keine Ahnung von Türklinken. Ich hämmerte dagegen, ich stemmte mich dagegen, ich wusste einfach nicht, wie man das scheiß Ding aufkriegt. Da hab ich vor Violetta die Hose runtergelassen und an die Wand gepinkelt."

„Ich bin mir sicher, dass mein Bruder nicht im Nichts verschwunden ist."

„Ich wünschte mir, meine Brüder würden im Nichts verschwinden."

Ich klebte am Fenster. Sah hoch zum blauen Himmel mit den mächtigen, weißen Wolken.

„Wo ist dein Bruder gestorben?"

„In Innsbruck."

„Ich habe zwei Theorien“, sagte Shane, richtete sich auf, fixierte sein Haarband und sagte: „Du willst zu deiner Ex-Mutter und mit ihr um die Wette flennen. Oder aber die gute Frau hat Kohle ohne Ende.“

„Angela hat nie Geld.“

„Eine Mutter hat immer Geld für ihr Kind.“

„Angela ist meine Stiefmutter.“

„Du bist also nicht böse, wenn ich sie bumse?“

Ich packte Shanes Kopf und drückte ihn nach vorne, riss ihn dann wieder ruckartig an den Haaren hoch. Ich drückte ihn wieder nach vorne und riss ihn wieder hoch.

„HILFE! HILFE!“, brüllte Shane und ruderte mit den Armen, als könnte er sich nicht wehren. Die Schaffnerin, ein Model mit schwarzen Locken, kam sofort angewackelt, und ich ließ Shane los. „Was gibt es, meine Herren?“

„Könnten Sie den Herrn bitte des Zuges verweisen?“

„Aber warum denn?“

„Der Kerl trägt keine Unterwäsche.“

„Bitte?“

„Wir haben nen Psycho an Bord!“

„Ich verstehe nicht. Was ist das Problem?“

„*Er* ist das Problem, Señorita.“

„Señorita?“

„Sind Sie nicht Mexikanerin?“

„Nein.“

„Kolumbianerin?“

„Nein.“

„Aber doch Brasilianerin!“

„Ich bin aus Greifswald“, sagte die Schaffnerin, warf einen Blick auf das Pornomagazin und ging davon.

„Auch nicht schlecht.“ Shane strich seine Haare aus dem Gesicht und sah mich an. „Ist doch auch nicht schlecht!“ Dann kicherte er wie irr. „Greifswald ...“

Ich schloss die Augen und versuchte zu schlafen, aber ich konnte nicht. Ich wusste, dass er auf mich warten würde. Dass ich ihm nicht entkommen könnte.

***

Mein Vater hat früher jeden Sommer mit uns drei Wochen Urlaub in Tirol verbracht. Ich habe bei meiner Mutter in Rosenheim gelebt, aber in den Sommerferien durfte ich mit meinem Alten, Angela und Florian nach Tirol. Diese drei Wochen waren die schönsten des ganzen Jahres, auch wenn ich meine Mutter höllisch vermisste. Ich hatte mir immer gewünscht, sie würde mitkommen, habe sie angefleht, uns doch zu begleiten, ich konnte nicht verstehen, dass die Idee absurd war.

Und da saßen Shane und ich nun also in der Innsbrucker Altstadt und tranken seelenruhig im Freien Bier, während die Bullen auf der Polizeiwache in Giesing auf unser Erscheinen warteten.

Shane hatte intensiven Blickkontakt mit zwei englischsprechenden Frauen. Sie waren beeindruckt von seinen Schultern. Er war beeindruckt von ihren Titten.

„Sprich du sie für mich an", bat er mich.

Ich stand auf, ging zu den beiden, zeigte auf Shane und sagte: *„Beware! This man does not wear any underwear."*

„We don't wear any underwear either", sagte die hübschere von beiden.

Sie waren Austauschstudentinnen aus New Orleans, nur im Sommer für ein paar Kurse an der Universität eingeschrieben und auf der Suche nach Bergen und Abenteuern. Shane bestellte eine Runde nach der anderen, bis die beiden auf die Toilette ins Haus gingen und nicht mehr zu unserem Tisch zurückkamen.

„Wann gehen wir zu Angela?"

„Ich habe Schiss."

Shane bestellte ein Bier und zündete sich eine Zigarette an. Wir hatten unsere Handys ausgeschaltet, weil Shane von der Idee besessen war, die Bullen würden uns auf diese Weise orten können und festnehmen.

Um halb sieben standen wir vor Angelas Tür.

Als sie öffnete, war Shane erst mal baff. Der bekam seinen Mund nicht mehr zu.

„Hallo", sagte Angela. „Moment! Nur einen Moment. Die Katze!"

Sie schloss die Tür. Wir hörten ein langgezogenes, herzzerreißendes Miauen.

„Ne Negerin", sagte Shane. „Das gibt's doch nicht! Deine Mutter ist ne Negerin."

„Na und?"

„Scheiße! Dein Bruder war schwarz?!"

„Braun."

„Ich glaub's nicht. Das gibt's doch gar nicht!"

„Was ist so großartig daran?"

„Dann bist du ja auch n halber Neger."

„Klar. Ich hab nen Riesenschwanz."

„Oh Mann, das ist vielleicht ne geile Sau, deine Mutter."

Angela kam zurück.

„Hallo Kai", sagte sie und streckte mir die Hand entgegen.

„Mein Kumpel Shane", sagte ich. Angela gab Shane die Hand. Der glotzte sie gierig an und wollte ihre Hand gar nicht mehr loslassen. Den Porno, der in seinem Kopf ablief, wollte ich mir gar nicht vorstellen.

Angela lebte alleine mit ihrer Katze in einer kleinen, abgefuckten Wohnung ganz im Osten der Stadt. Aber so schäbig das Loch in dem furchtbaren Hochhaus auch war, es war schön eingerichtet. Es war eine Wohnung wie aus einem anderen Jahrhundert. So viele alte Bücher, Bilder, Figuren, dunkle Möbel – es war sehr finster in der Wohnung, weil die Fenster klein waren, und trotzdem war sie freundlich und warm.

Wir setzten uns auf den Balkon, unten rauschten auf einer vierspurigen Straße die Autos vorbei. Der Balkon war zu klein für drei Stühle, also teilten Shane und ich uns einen Klappsessel.

Angela kochte uns Spaghetti und servierte Rot- und Weißwein.

„Wir haben uns lange nicht mehr gesehen", sagte sie.

„Zehn Jahre."

„Zehn Jahre", wiederholte sie ungläubig. „Und? Wie geht es dir? Was machst du? Wie geht es deinem Vater?"

„Ich hoffe schlecht."

Sie hatte sich kaum verändert. Sie war immer noch eine Frau, der man auf der Straße hinterherschaute. Ihre Haare waren kürzer und da waren ein paar Fältchen unter ihren Augen. Das war alles, was sich verändert hatte.

Shane hatte Recht. Wäre es nicht meine Mutter gewesen, ich hätte sie auch geile Sau genannt.

„Ihr habt keinen Kontakt mehr?"

„Einmal im Jahr."

Shane saß da, versteckt hinter seiner Sonnenbrille.

„Was arbeiten Sie?", fragte er Angela.

„Ich bin Altenpflegerin."

„Sie sollten es als Fotomodell versuchen."

Sie lachte.

„Im Ernst. Sie sehen fantastisch aus."

Sie schüttelte verlegen den Kopf.

„Dürfen wir heute bei dir übernachten?", fragte ich, ehe Shane weitersülzen konnte.

Angela zögerte für einen Augenblick. Dann sagte sie: „Selbstverständlich."

„Vielleicht gibt es eine Jugendherberge in der Stadt."

„Gibt es. Aber ihr könnt bleiben. Kein Problem. Ich muss nur um halb sieben raus."

Ich nahm das Glas, hob es, Shane und Angela taten dasselbe, wir prosteten uns zu, ich trank meines ex.

„Mann", sagte Shane und sah mich an. „Der Kerl hat ne Mutter, die hätten andere gerne als Liebhaberin."

Shane war völlig überdreht. Ich hatte ihn selten zuvor so erlebt, und wenn, dann nur, wenn er sich was Heftiges eingeschmissen hatte. Aber Shane blühte richtig auf, obwohl er sich den ganzen Tag über seine Kopfschmerzen beklagt hatte. Er riss ein paar Witze, die Angela und mich zum Lachen brachten. Irgendwann verschwand er aufs Klo und ich wusste nicht was reden. Er war der Entertainer heute.

Angela lächelte. „Willst du mir nichts von dir erzählen, Kai?"

„Was soll ich erzählen?"

„Alles."

Ich zuckte mit den Schultern.

„Was machst du? Was arbeitest du?"

„Ich bin Dachdecker."

„Schön."

„Er ist leider vom Dach gefallen", rief Shane aus dem WC, dessen Tür er nur angelehnt hatte. „Sechsmeterzwanzig!"

„Ist das wahr?"

Shane kam zurück aus dem Klo und stellte sich hinter mich. „Sehen Sie, wie der auf dem Stuhl sitzt? So sitzt kein normaler Mensch. Das wird nie wieder gut, sagen die Ärzte. Das bleibt so. Und dann haben sie ihm nicht mal den Lohn ausbezahlt. Die arme Sau hat vier Monate gratis gearbeitet, ist vom Dach gefallen, und jetzt ist er pleite. Der Mensch braucht dringend Kohle."

„Fuck, Shane", sagte ich.

„Die Dinge müssen auf den Tisch. Warum lügen? Warum um den heißen Brei reden?"

Angela nahm einen Schluck.

„Wir kommen nicht wegen Geld", sagte ich.

„Oh doch", sagte Shane. „Wir kommen nur wegen Geld. Wir stecken nämlich in der Scheiße. Das heißt ... er hier steckt in der Scheiße."

Angela atmete tief ein und aus. Sie wusste nicht wohin mit ihren Händen, also hob sie die Gabel und das Messer und legte sie dann wieder zurück an ihren Platz. „Habt ihr was ausgefressen?"

„Wir wollen nur überleben", sagte Shane und zuckte mit den Schultern.

„Angela, vergiss, was der quatscht. Der ist immer noch zugedröhnt."

„Ich habe kein Geld", sagte sie. „Ich verdiene grade mal so viel, dass ich mir das Leben hier leisten kann."

„Ich will auch kein Geld", sagte ich.

„Könnten Sie nicht um einen Kredit von der Bank bitten?"

Angela schüttelte den Kopf. „Ich habe auf meinem Girokonto einen Überziehungsrahmen von 200 Euro. Und ich bin mit 600 oder 700 im Plus. Das reicht für die nächste Miete, für den Strom, für das Katzenfutter ..."

„Vergiss es, Angela", sagte ich und stieß Shane heftig mit dem Ellbogen. „Ich würde niemals Geld von dir nehmen. Wie komme ich dazu?"

Shane zuckte mit den Schultern und hob entschuldigend die Arme. „Ich sag ja schon nichts mehr“, sagte er und zündete sich eine Zigarette an.

Shane und Angela tranken in einem Tempo, dem ich nicht folgen konnte. Ich versuchte in Angelas Gesicht die letzten zehn Jahre zu lesen. So gut sie aussah, so gut sie sich gehalten hatte – irgendwas fehlte. Irgendwas war verloren gegangen in all den Jahren. Und auf einmal wurde mir klar, was es war. Diese Frau hatte Gott verloren. Diese Frau weinte immer noch in der Nacht um ihren toten Sohn, ihr einziges Kind, die Albträume jagten sie immer noch aus dem Schlaf, sie lag stundenlang wach in endloser, quälender Stille, sie konnte zwar wieder lachen, aber es war nicht mehr dasselbe Lachen wie früher, denn es gab keinen Gott mehr, es war eine Welt ohne Glück. Das Leben – ein Flug durch ein dunkles, stummes Weltall, unendlich groß, unendlich weit, und niemand, niemand war da, nichts und niemand, nur sie, niemand sonst, keiner mehr da, sie konnte nicht leben, konnte nicht sterben, die Einsamkeit war für immer, die Einsamkeit endete nie, die Einsamkeit war das ewige Fegefeuer, aus dem es kein Entrinnen gab.

Wie oft hat sie Gott angeschrien, angefleht, verflucht, aber da war kein Gott.

„Ist alles okay, Kai?“

„Ja“, sagte ich.

„Ist es das erste Mal, dass du wieder in Innsbruck bist ... ich meine, seit damals?“

„Das erste Mal.“

„Ich gehe bald zurück in die Staaten“, sagte sie, „und wollte dich davor unbedingt noch einmal sehen.“

„Du gehst zurück?“

Sie nickte. „Im Sommer.“

„Du kommst nicht wieder?“

„Ich glaube nicht.“

Wie von Geisterhand legten sich in wenigen Minuten dunkle Wolken auf die Berge. Ich liebte die Vorstellung, in den Wolken da oben verloren zu gehen. Im Nichts zu verschwinden. Nie existiert zu haben.

Frei zu sein.

Von allem.

Nicht zu sein.

Mein Leben war ja doch nur eine Geschichte voller Lärm und Wut. Alles war scheißegal. Verletzen, leiden, verbrennen, weinen, lachen, tanzen. Alles war so sinnlos.

Die beiden lachten und tranken und flirteten, mir war das alles zu viel, das Lachen zu laut. Angela gab mir eine verstaubte Luftmatratze, die ich mit einem feuchten Lappen putzte und mit einem Blasebalg aufpumpte, und ich legte mich in eine kleine Abstellkammer. Mirra, die Katze, legte sich zu mir. Ich war müde, beschwipst, aber ich konnte nicht einschlafen. Mirra fand keine Ruhe, leckte ihre Pfoten und schnurrte, ich vermisste Marion. Die alte Marion. Die Marion, ehe ich rausfand, dass sie eine Nutte war.

Shane glaubte mich zu wecken, dabei hatte ich noch gar nicht geschlafen. Er kniete sich neben mich. „Hey! Hey, Kai! Hey!"

„..."

„Darf ich sie ficken?"

„..."

„Ich hatte noch nie ne Negerin! Noch nie. Sag, dass ich sie ficken darf!"

Er war besoffen, er kicherte, ich presste meine Augen zu, als würde ich schlafen, als könnte ich ihn gar nicht hören, aber er öffnete mein linkes Auge mit dem Daumen.

„Du hast mich auch nicht gefragt, als du Marion gefickt hast", sagte ich.

Er schloss mein Auge wieder. „Ehrenwort, ich hab die nicht angerührt."

„Du lügst."

„Ich schwör bei Allah!"

„Du glaubst gar nicht an Allah."

„Dann sag deinem Gott, er soll mich töten, wenn ich lüge."

„Mein Gott tötet nicht."

„Er tötet alle. Früher oder später. Keiner überlebt."

„Feiern alle Wiederauferstehung."

„Was ist jetzt? Gibst du mir deinen Segen?"
„Oh Mann, Shane ..."
„Darf ich oder darf ich nicht?"
„Fick dich, Shane", sagte ich leise. „Lass mich schlafen."
„Nur wenn du nichts dagegen hast! Sonst tu ich's nicht, verstehst du? Ey, ich tu's nicht, wenn du was dagegen hast. Ist ja deine Mutter." Shane flüsterte in mein rechtes Ohr: „Sie hätte seit fünf Jahren nicht mehr, hat sie gesagt, kannst du das glauben? Fünf Jahre, verdammt! Ich mache sie glücklich, ich verspreche es dir. Ich mach deine Mutter zum ersten Mal in ihrem Leben glücklich."
Ich drehte mich zur Seite. Ich fror. Ich fror die ganze Nacht.

Ich habe das Gefühl, ganz nah bei Dir zu sein. Ich spüre Deinen Atem in meinem Nacken, ich spüre Deine Blicke auf mir. Ich höre Deine Schritte. Du folgst mir. Du bist hier. Hier in dieser Stadt. Du bist niemals von hier weg. Deine Leiche mag irgendwo im Allgäu auf einem Friedhof unter der Erde liegen, aber Du, Du bist immer noch hier. Hier, hier, hier. Du kannst mich fressen, friss mich, bitte friss mich. Ich wehre mich nicht. Es wäre mir sogar Recht. Es wäre mein größter Wunsch. Du bist hier. Du bist ganz nah. Ich spüre es. Stürz Dich auf mich. Zerreiß mich, sei gnadenlos. Sei das wilde Tier, das Du niemals warst.

***

Als ich aufwachte, war Angela weg und Shane schnarchte bäuchlings splitternackt in ihrem Schlafzimmer. Ich glotzte durch den Türspalt und fand Bestätigung für etwas, das ich längst vermutet hatte – Shane hatte ne Menge Haare auf'm Arsch. Ich lachte vor mich hin, überlegte, ob ich einen Ladyshave suchen sollte, ließ es dann aber bleiben, weil das Gerät danach zum Fortschmeißen gewesen wäre. Ich beobachtete lieber die Katze beim Fressen und Putzen und sah mich dann in der Wohnung um. An den Wänden hingen Aquarelle, düster und verschwommen, ich war überzeugt davon, dass sie von Angela stammten.

In einer Vitrine fand ich drei Fotos. Zwei von Florian, und eins, auf dem wir alle drauf waren. Florian, ich, mein Vater und Angela.

Wäre Florian leibhaftig vor mir aufgetaucht, hätte mein Herz nicht weniger gehämmert. Ich stand da und starrte auf die Fotos. Minutenlang. Ich hatte meinen Bruder so lange nicht mehr gesehen. Als ich nach München gezogen war, hatte ich kein einziges Foto von zuhause mitgenommen.

Kein Tag. Kein einziger Tag seit zehn Jahren, an dem ich nicht daran gedacht hätte. Der Augenblick, als Florian ins Wasser stürzte, gehörte zu mir wie meine Hände, meine Arme, meine Beine – er war immer immer da. Aber Florian hatte mit den Jahren sein Gesicht verloren. Und jetzt war es zurück.

Shane stand plötzlich vor mir in Shorts, er hatte nen echten Sixpack, unglaubliche Muskeln und kräftige, trainierte Beine. Burcak hatte Recht. Shane hatte nen Körper wie n Zehnkämpfer.

„Das muss doch Folter sein. So ne geile Negerin als Mutter zuhause zu haben", sagte er und legte seinen Arm um meine Schultern. „Ich mein ... wenn man weiß, dass sie nicht mal blutsverwandt ist. Dass man sie ficken könnte ... und nicht darf."

„Ist deine Mutter so hässlich, Shane?"

„So hässlich, dass ich deine ficken muss."

Ich schloss die Glastür der Vitrine.

„Oh Mann", sagte er und rülpste. „Mein Kopf, der tut weh wie die Hölle, und mein Magen, der schreit nach Futter."

„Ich muss dir was sagen, Shane."

„Ich muss was essen, Kai."

„Es ist wichtig."

„Du klingst schon wieder nach Dramaqueen. Bitte, halt mir jetzt bloß keinen Vortrag. Ich weiß, ich bin ein verfluchter Bastard. Ich weiß, ich bin das Letzte. Meine Seele ist so schmutzig, dass sie nicht mal der Teufel will."

Ich hielt Shane Florians Foto vor die Nase. „Ich hab den umgebracht."

„Ich hab Hunger."

„Ich hab den umgebracht."
„Das Negerkind?"
„Ich hab ihn ins Wasser geschubst."
Shane zog die Augenbrauen hoch.
„Es war ein Blackout. Ich wollte nicht, dass er stirbt. Ich schwör bei Gott, das wollte ich nicht."
„Du meinst das jetzt nicht ernst, oder?"
„Ich habe meinen Bruder ermordet, Shane."
Shane sperrte seinen Mund so weit auf, dass eine ganze Ameisenarmee einmarschieren hätte können.
„Die haben den nur verarscht an der Schule. Der Bimbo war er, für alle nur der Bimbo. Ich hatte ne Wut auf den Bimbo. Er zog mich mit runter, ich schwör. Er hat sich an mich gekettet, er hat auch mich zum Bimbo gemacht. Ich wollte kein Bimbo sein."
„Fuck, du hast ihn wirklich ins Wasser geworfen?"
„Es war nur n kleiner Schubs. Er tat mir doch so leid! Er tat mir so leid, aber er hat sich nie gewehrt. Er hat alle Schläge ertragen. Ich hatte solches Mitleid mit ihm. Er tat mir so Leid."
„Und deshalb wirfst du ihn ins Wasser?"
„Ich hab das nicht mehr ausgehalten. Warum hat der Arsch sich nie gewehrt? Warum hat er keine Knarre genommen und sie alle übern Haufen geschossen?"
„Warum hast du das nicht getan? Das war dein Bruder, verdammt! Du wirfst deinen eigenen Bruder ins Wasser?"
„Ich wollte kein Bimbo sein, Shane. Ich wollte stark sein. Weißt du, wie das ist, wenn man jeden Tag gehänselt wird?"
„Und keiner hat gesehen, wie du ihn geschubst hast?"
„Keiner."
„Dein Gott hat es gesehen."
„Wahrscheinlich."
„Dein Gott wird wütend sein. Ich sollte Abstand von dir halten."
„Du nimmst mich nicht ernst."
„Ich nehme meinen Magen ernst. Und der rebelliert. Wenn ich nichts zu futtern kriege, fresse ich die Katze."

Was soll ich tun, damit Du mir verzeihst? Was soll ich machen? Ich kann doch gar nichts tun. Ich kann mich selber hassen, mich selber töten, aber das bringt Dich nicht zurück in dieses Leben. Das ändert doch gar nichts. Was soll ich nur machen? Ich habe Dich verraten, ich habe Dich im Stich gelassen und schließlich getötet. Warum kann mir keiner sagen, was ich tun soll?

„Hör zu, Kai“, sagte Shane, nachdem er sich einen Pulverkaffee gemacht und eine Packung Kekse verdrückt hatte. „Ich glaube, du bildest dir da was ein. Du hast n Trauma und jetzt interpretierst du irgendnen Scheiß rein, aber hör mir jetzt zu, ja? Erzähl Angela nichts davon. Lass sie mit dem alten Scheiß in Frieden. Behalt es für dich, okay? Mach hier nicht die gute Stimmung kaputt.“

Shane streichelte Mirra, hob sie hoch und marschierte Richtung Bad.

„Was hast du mit der Katze vor?“

„Wir gehen duschen.“

Mirra – als hätte sie die Worte verstanden – sprang mit einem langgezogenen Miau aus Shanes Armen und rannte davon.

„Hast du Marion Geld gegeben, damit sie mit mir rummacht?“, fragte ich.

Ohne sich umzudrehen sagte Shane: „Hat sie das behauptet?“

„Hast du oder hast du nicht?“

„Nein“, sagte er und öffnete die Badezimmertür. „Ich habe ihr kein Geld gegeben.“

„Aber du hast ihr einen Teil der Schulden erlassen.“

„Und wenn? Was ist schon dabei?“

„Du bist ne Drecksau.“

„Ey, Kai. Ne Muschi ist immer noch das Beste auf der Welt, egal, wie tief man in der Scheiße steckt. Die Muschi ist das großartigste Meisterwerk aller Zeiten. Scheiß auf Mozart, scheiß auf Goethe, scheiß auf Picasso, ist doch alles nur n Witz gegen ne Muschi, ne feuchte Muschi von ner geilen Tussi. Und ob sie feucht ist, weil das Geld stimmt, oder ob sie feucht ist, weil sie verliebt ist, das spielt keine Rolle. Du spritzt so oder so ab.“

Ich riss eines der Aquarelle von der Wand, warf es Richtung Shane und traf ihn am Schädel. Es machte ihm nichts aus.

Er ging ins Bad, knallte die Tür zu und duschte seelenruhig. Ich hob das Bild und die Scherben auf, warf die Scherben in den Mülleimer und legte das Bild auf den Küchentisch. Ich ging auf den Balkon, spuckte auf die Autos, die vorbeifuhren, und fühlte mich so beschissen, dass ich kaum mehr die Augen offen halten konnte.

Shane tauchte erst eine Stunde später wieder auf. „Du willst mich nicht abstechen?"

„Leck mich", sagte ich heiser.

„Hast du keine Wut auf mich?"

„Leck mich."

„N kleines Negerkind ins Wasser schubsen, das kannst du. Aber an nen ausgewachsenen Türken traust du dich nicht ran."

„Fick dich, Shane."

„Ich vögle deine Mutter in' Arsch, ich lass deine Freundin in meiner Bude von fremden Kerlen durchficken, scheiße, was muss man tun, damit du wen windelweich schlägst?"

Ich wusste nicht, was ich sagen sollte. Er hatte ja Recht. Der ganze Müll in mir, diese Wut, dieser Zorn, der loderte immer auf großer Flamme, aber ich lebte ihn nie aus. Ich zog immer die Notbremse, ich flippte nie aus.

„Hodenkrebs", sagte Shane und griff sich an die Eier. „Wenn man alles in sich reinfrisst, kriegt man Hodenkrebs."

„Lebenslänglich", sagte ich und kreuzte meine Handgelenke. „Wenn ich das tun würde, was ich gerne tun möchte, würde ich lebenslänglich kriegen.

Shane schüttelte den Kopf. „Oh je, oh je. Aus dir mach ich keinen Türken mehr, Babyface."

***

Shane rief von einem Münztelefon am Eingang der Universität Burcak an. Sie war außer sich. Weil wir nicht auf der Wache aufgetaucht waren, wäre die Polizei zu ihr in die Kanzlei gekommen. Und Rensing würde sie nach Ablauf der Probefrist rausschmeißen.

Ich rief im Heim an und verlangte Marion.

„Zimmer 113."

„Moment."

Ich hörte Trampeln. Klopfen. Wieder Trampeln.

„Nicht da."

„Nelly? Ist Nelly da?"

„Welches Zimmer?"

„Auch 113."

„Ne, auf 113 macht keiner auf."

„Und in der Küche? Würdest du bitte in der Küche nachsehen oder mich in den zweiten Stock verbinden?"

Da hatte der Idiot auch schon aufgelegt.

Als ich das zweite und dritte Mal anrief, war die Leitung besetzt.

Shane sah mit einem Mal müde aus. Müde und alt.

„Lass uns nach Hause fahren", sagte ich.

„Lass uns bleiben", sagte er. „Die nächsten Wochen verbring ich mit deiner Mama im Bett. Ich will nicht zu den Bullen. Ich liebe Tirol. Ich liebe dieses verfluchte Österreich! Es wimmelt von Kanaken. Ich bleibe hier. Ich liebe die Berge."

„Vergiss es."

„Ich will nie wieder ne Junge. Diese Schlampen haben keinen Stil, kein Hirn, die haben gar nix. Deine Mama ist ne Göttin. Aus ihren Titten kommt Milch und ihre Muschi schmeckt besser als jede Muschi, die ich je geleckt habe. Und sie labert mich nicht mit Blödsinn voll."

Ich spuckte auf den Boden, wir standen vor der Uni, es wimmelte von amerikanischen Studenten aus New Orleans, aber man sah niemals auch nur einen Schwarzen. Entweder waren die alle in der Flut ertrunken oder sie durften nicht studieren.

„Wie groß bist du eigentlich, Shane?"

„1,82."

„Das weiß ich. Wie groß bist du im Biz?"

„Groß genug, um davon leben zu können."

„Du musst dir jetzt was Neues suchen, Shane. Die Bullen werden dich auf Schritt und Tritt verfolgen, sobald du zurück in München bist."

„Pah. Glaubst du, ich geh stempeln?"

„Geh arbeiten!“

„Ich krieg nur Arschjobs, Kai. Ich will was vom Leben haben. Ich verschenke keinen Tag. Ich hab Hodenkrebs, Mann!“

„Du hast keinen Hodenkrebs.“

„Irgendwann hat jeder Krebs. Dann ist’s vorbei. Chemo, Schmerzen, Tränen, aus. Wenn du dann nicht fett Kohle hast, dann verrottest du in nem Hinterzimmer. Dann kümmert sich keine Sau um deine Eier und dich.“

„Du suchst dir nen Job, so wie das alle tun.“

„Du verstehst das nicht.“

„Das versteht keiner.“

„Mein Vater, mein Onkel, meine Cousins, sie haben alle scheiß Jobs. Sie hassen ihre Jobs. Sie arbeiten wie die Blöden, bis sie sterben, verstehst du, Mann? Die rackern sich ab für nichts und wieder nichts.“

„Nein, nicht für nichts. Sie tun es für ihre Familie.“

„Spar dir solche dämlichen Sprüche. Ich werde nie eine Familie haben. Ich will keine Familie. Ich ... verdammt, ich bau doch nur Scheiße! Ich kann nicht für Frau und Kinder sorgen!“

„Du musst jetzt nen Schlussstrich ziehen. Jetzt. Lass deine verdammten Brüder alleine im Dreck versinken. Du fängst n neues Leben an.“

„Ich liebe mein altes Leben. *Get rich or die tryin*“, sagte Shane. „Darum geht’s doch! Ein Leben in der Scheiße ist kein Leben. Soll ich so werden wie du? Soll ich in Fetzen rumrennen? Wann waren wir das letzte Mal beim Fußball? Du kannst dir nicht mal die 5-Euro-Stehplatzkarte im 60er-Stadion leisten! Wir waren seit über einem Jahr nicht mehr beim Fußball.“

„Ich hatte Pech, Shane. Ich hatte verdammtes Pech. Der Unfall, die Firma, ich hatte einfach Pech.“

„Und ich will Glück haben, ich will das Glück zwingen. Mit meinen Händen, verstehst du! Ich werde nicht untergehen! Alle gehen sie unter! Alle! Alle ersticken sie in Schulden und Dreck! Ich nicht! Ich niemals!“

„Du kannst auch ohne Drogengeschäfte überleben. Millionen tun das.“

„Was redest du?“, sagte Shane. „Ausgerechnet du! Du würdest wie n Penner auf der Straße leben und Pfandflaschen aus Mülleimern klauben, hätte ich dir nicht den Kredit besorgt.“

„Das wäre auch besser gewesen.“

„Auf der Straße wäre Babyface kaputtgegangen. Die Straße ist tausendmal härter als du. Du bist doch nur ne Schwuchtel.“

Wir gingen den Fluss entlang Richtung Altstadt. Shane zündete sich eine Zigarette an. Wir trafen die beiden Studentinnen wieder. Wir gingen was trinken, und da Shane kein Englisch sprach, musste ich wieder für ihn übersetzen.

Shane soff sich nieder, bis er nur mehr lachte und ständig: „Oh Mann!“ oder „Noch vier Bier!“ rief.

Ich war die ganze Zeit unruhig, nervös, ich war nicht bei mir. Irgendwie war alles zu viel, alles zu schnell, meine Gefühle kamen da nicht mehr mit. Ich lachte und trank und trank und lachte, aber in mir tobte ein Krieg.

Shane verschwand mit den beiden, seine Versuche, mich zu überreden mitzukommen, waren vergeblich. Ich fuhr mit dem Bus ins Olympische Dorf, setzte mich vor Angelas Haustür und wartete. Shane hatte erzählt, dass Angela nen alten Knacker pflegte, der ständig über Ausländer fluchte, aber froh war, dass die Negerin ihm zum Diskontpreis den Arsch sauberwischte.

Erst jetzt sah ich, in welcher trostlosen Gegend Angela lebte. Von dem Gebäude bröckelte der Verputz, die Büsche um den Parkplatz vor dem Block dienten als Mülleimer und Toilette, die Autos rasten auf der Straße vorbei, als wollten sie so schnell wie möglich weg aus dieser scheiß Gegend. Ein heftiger Wind fegte durch die Straße. Es stank so erbärmlich nach Abgasen und Hundekot, dass es in der Nase schmerzte.

„Hallo Kai“, sagte sie, als sie nach etwa zwei Stunden auftauchte. „Ich hätte euch einen Schlüssel geben sollen. Das war dumm von mir.“ Sie gab mir die Hand, sie sah verstört aus, lief mit mir zum Eingang, zum Lift, wir fuhren in den dritten Stock, gingen einen Gang entlang, es roch nach Essig und Desinfektionsmittel, die Wände und Decken waren strahlend weiß, frisch gestrichen, viel zu weiß, sie blendeten mich, mein Kopf tat weh.

„Wo ist dein Freund?"

„Noch unterwegs."

Mein Gott, sie schämte sich. Sie schämte sich so sehr, dass es mir selber peinlich war.

„Das Leben in dieser Stadt kann einsam sein", sagte sie, als wollte sie sich entschuldigen. „Und den Alkohol bin ich auch nicht mehr gewohnt."

Wir gingen in die Küche, sie machte Kaffee.

„Lass uns auf den Balkon gehen", sagte sie. „Ich ersticke hier drinnen."

Wir setzten uns auf den Balkon. Unten rauschten die Autos vorbei.

„Ich muss dir was sagen."

„Egal, was es ist, Kai. Ich will es nicht wissen. Ich möchte, dass ihr geht." Sie hatte Tränen in den Augen. „Versteh mich nicht falsch! Aber du bringst die alten Geister zurück."

„Und ich kann nicht länger mit ihnen leben."

„Ich hätte dich nicht herholen sollen."

„Ich will, dass du mir verzeihst."

„Ich soll dir verzeihen? Was soll ich dir verzeihen? Ich habe über Nacht deinen Vater verlassen und mich nie mehr bei dir gemeldet."

„Ich hätte an deiner Stelle den Scheißkerl auch verlassen."

„Ich habe mit deinem besten Freund geschlafen."

„Scheiß drauf. Ich glaube, er hat sogar mit meiner Freundin geschlafen. Eigentlich ist es ein Wunder, dass er noch nicht mit mir geschlafen hat."

Sie zündete sich eine Zigarette an. Ihre Hände zitterten. Sie stand auf, ging in die Wohnung und kam mit einem Schuhkarton zurück. Sie stellte ihn auf den Tisch und setzte sich wieder. Sie griff hinein, der Karton war voller Kuverts, sie warf ein paar in die Luft, sie fielen auf den Tisch, auf den Boden. „Was sollen all die Briefe?"

„Du hast sie aufgehoben?"

„Ich habe sie gelesen."

„Dazu hattest du kein Recht."

„Sie sind schön. Traurig und schön. Ich hätte dir längst antworten sollen. Aber ich hatte nicht die Kraft dazu."

Sie zog an der Zigarette, als würde von jedem Zug ihr Leben abhängen. Als hinge ihre Existenz an einem seidenen Faden.

„Ich wollte das nicht", sagte ich. „Das mit Florian."

„Es war ein Unfall."

„Es war kein Unfall."

„Ich will nichts davon hören."

„Doch, du musst."

„Er ist ins Wasser gefallen, ich hätte euch niemals alleine an die Sill lassen dürfen."

„Es war kein Unfall."

„HÖR AUF!", schrie sie und zeigte mit ihrem Zeigefinger auf mich, als wäre er eine Waffe. „GODDAMN!"

„Lass mich ausreden, okay?"

„NEIN! ICH WEISS, DASS DU IHN GESCHUBST HAST! ICH WEISS DAS DOCH!"

Ich schluckte. „Du weißt es?"

„Ich habe es gesehen."

„Du hast es gesehen?"

Die Tränen schossen nur so aus ihren Augen. Ich habe noch nie einen Menschen so weinen gesehen. Ihr hysterischer Auftritt verstörte mich.

„Ich war mir nicht sicher. Ich dachte, ich hätte es mir nur eingebildet. Aber irgendwann war mir klar, dass du es mit Absicht getan hast."

„Deshalb hast du meinen Vater verlassen."

„Quatsch", sagte sie. „Dein Vater hat mich geschlagen. Nachdem Florian tot war, wurde es immer schlimmer."

„Du hast es gesehen und hast nie was gesagt?"

„Mein Gott! Es war ein Unfall. Eine Rangelei unter Kindern."

„Das war keine Rangelei. Mit Florian konnte man nicht rangeln."

„Du Wahnsinniger bist ihm ja nachgesprungen! Dass du überlebt hast, dafür kannst du Gott jeden Tag dankbar sein."

„Weißt du, dass man sich eine Strafe herbeisehnt, wenn man was ganz Schlimmes getan hat und man ein schlechtes Gewissen hat und keiner einen bestraft?"

„Mit der Sache musst du ganz alleine klarkommen. Du bist alt genug."

„Ich möchte aber, dass du mich anschreist, Angela. Dass du n Messer holst und mich abstichst. Ich kann so nicht leben mit der Schuld. Ich schaff das nicht mehr!"

„Bitte geh. Geh! Ich gebe euch Geld für die Jugendherberge. Ich gebe euch Geld für ein Hotel. Aber bitte verschwindet. Es war ein Fehler, dich einzuladen. Es war ein Fehler, tut mir leid. Bitte geht."

Ich stand auf. Ich hätte sie gerne umarmt, aber sie blieb sitzen. Ich wollte ihr die Hand geben, aber sie nahm sie nicht.

Ich ging ins Haus, wollte zur Wohnungstür, da stand sie doch noch auf. Ich hatte die Klinke schon in der Hand, da sagte sie: „Du kannst Florian nicht wieder lebendig machen, Kai. Du kannst weder mich noch sonst wen um Verzeihung bitten. Aber ich frage mich, ob deine Reue aufrichtig ist. Wenn du glaubst, du hast was Böses getan, und du bereust es, dann ist diese Reue verlogen, wenn du heute genauso handelst wie damals."

„…?"

„Ich glaube, du hast dich überhaupt nicht geändert. Du hasst deine Freundin, weil sie sich prostituiert. Du hasst sie, weil sie schwach ist, weil sie gedemütigt wird, genau wie Florian damals. Du hasst die Schwachen, du willst alles, nur niemals zu den Schwachen gehören. Tief in dir schlägt dein Herz nur für sie. Liebst du sie. Wärst du gerne Robin Hood. Aber dir fehlt der Mut. Für sie zu kämpfen, den Mut hast du nicht! Deiner Freundin das Geld zu schenken, das bringst du übers Herz, aber zu mehr bist du nicht fähig."

„Zu mehr? Was *mehr*?"

„Nicht sie ist dreckig. Nicht sie ist zu verachten. Was sie tat, tat sie aus Liebe. Sie tat es für ihren Bruder. Was tust du für sie? Was tust du aus Liebe?"

„Ich habe der Nutte das Geld geschenkt, was soll ich denn noch tun?"

Angela zögerte für einen Augenblick, als erwartete sie, ich käme von selber drauf. Dann sagte sie: „Ihr verzeihen."

***

Dann stand ich am Ufer der Sill und ließ mich vom fließenden Wasser hypnotisieren. Es war nicht tief, es schien fast so, als ob man den Fluss mit hohen Stiefeln durchqueren hätte können. Kein Vergleich zu dem reißenden Monster von damals, das meinen Bruder verschlungen hatte.

Vieles hatte sich hier verändert. Das Ufer war verbaut worden, wahrscheinlich um die angrenzenden Häuser vor Überschwemmungen zu schützen. Die Büsche und Sträucher waren auf dem diesseitigen Ufer verschwunden und einer hohen Steinmauer gewichen. Auf der anderen Seite befand sich nun eine Art Treppe mit hohen, steilen Stufen, deren Beton nur hie und da von ein paar frisch gepflanzten Bäumen durchbrochen wurde.

Ich hatte das Gefühl, die ganze Welt würde mich anstarren. Alle Augen waren auf mich gerichtet. Das ganze Universum verfolgte, was ich jetzt tun oder sagen würde.

Ich stand vor Gericht.

Aber ich hatte keine Worte. Worte sind Dreck. Ich wusste nicht, was ich tun sollte. Auf keinen Fall wollte ich auf die Knie fallen und heulen, aber da war auch schon Wasser in meinen Augen. Der Föhn wütete und raubte mir mit jedem heftigen Windstoß den Atem. Blies die Tränen aus meinem Gesicht und verursachte neue. Die Bäume verneigten sich, Zweige knisterten und brachen, ich sah, wie die Wolken über die Berge fegten.

All die Jahre hatte ich mir vorgestellt, wie es sein würde, wieder hierherzukommen. Hatte gedacht, dass ich Halluzinationen erleben würde. Ja, ich war mir sicher gewesen, Florian würde aus dem Wasser auftauchen und mich mit hinunterziehen oder wie Jesus übers Wasser wandeln und mit dem Finger auf mich zeigen. Aber nichts dergleichen geschah. Ich war mir nicht einmal sicher, ob ich die richtige Stelle gefunden hatte.

Florian hatte aus seinem Leben und Leiden nicht ausbrechen können. Er hatte sich gefügt. Vielleicht war er einfach auch zu jung gewesen. Und ich hatte nicht die Eier gehabt, den Kampf an seiner Stelle zu führen. Ich hatte genauso wenig aus meiner Rolle ausbrechen können. Wir waren Schauspieler, die genau das sagten, was im Skript stand. Die taten, was sie tun mussten. Menschen in Ketten, das waren wir.

Ich nahm den Brief, den ich bereits in München geschrieben hatte, aus dem Kuvert und las ihn laut: „Ich weiß nicht, warum ich bin, wie ich bin. Ich weiß nicht, warum ich ich bin. Aber ich weiß, dass ich Dich geliebt habe, Florian. Es klingt verrückt und bescheuert, aber ich habe Dich geschubst, weil ich Dich geliebt habe. Ich habe Dich geliebt wie einen Bruder, und ich habe Dich gehasst wie meinen größten Feind, weil Du Dich nie gewehrt hast. Weil Du all das ertragen hast. Ich wollte, dass das ein Ende hat. Ich konnte nicht länger mitansehen, wie sie den Bimbo herumschubsten. Ich hab das nicht mehr ausgehalten. Und so habe ich den Bimbo getötet." Ich holte tief Luft und sprach mit lauter Stimme weiter: „Nie mehr – und das schwör ich Dir! Nie wieder. Werde ich mein Herz vergewaltigen. Hier begrabe ich mein altes Ich. Hier begrabe ich alle Fesseln und Knebel. Ich weiß, das schulde ich Dir, auch wenn es Dich nicht mehr zurückbringt. Ich werde nie wieder Angst haben. Vor niemandem. Nicht vor den Gelben, nicht vor denen, die Dich gequält haben, nicht vor Shanes Brüdern, nein, ich bin nicht länger Sklave meiner Angst."

Zwei Radfahrer fuhren vorbei, ein älteres Pärchen, das mich misstrauisch beglotzte. Als sie von den Rädern stiegen, um sich auf eine Parkbank wenige Meter von mir entfernt zu setzen, sprang ich von der Mauer auf eine trockene Stelle am Rand des Flusses. Ich landete hart mit einem stechenden Schmerz im linken Fußballen. Ich las den Brief weiter: „Florian – ich bin kein besserer Mensch als damals. Aber ein anderer. Und das ist alles, was ich Dir zu bieten habe. Es ist mir mein Leben lang schwergefallen, meine Gefühle zu zeigen. Ich habe Dich kein einziges Mal umarmt. Kein einziges Mal gesagt, dass ich meinen kleinen Bruder liebe. Ich schwör bei Gott, ich würde mir das Herz rausreißen, wenn ich so den Beweis liefern könnte, dass ich Dich damals geliebt habe. Und immer noch liebe."

Ich steckte das Papier wieder in das Kuvert.

„Keine Angst. Das war mein letzter Brief an dich. Jetzt hast du deine Ruhe vor mir."

Ich warf das Papier ins Wasser und salutierte, wie Florian immer salutiert hatte, wenn er Soldat spielte. Mit Holzgewehr, Feldflasche und Fernglas. Die Finger an der Stirn weit gespreizt, was natürlich furchtbar dämlich aussah, aber es war seine Art zu salutieren, die er sich von niemandem hat ausreden lassen.

Bye, bye, kleiner Bruder.

Ich ging am Rand der Sill weiter flussabwärts und musste mehrere Meter durch nicht allzu tiefes Wasser waten, bis ich zu einer Stiege kam. Meine Füße und die Jeans waren nass, ich stapfte die Stufen hoch, zog die Schuhe aus und setzte mich in die Sonne, bis es Abend wurde. Ich stellte mir vor, was Marion jetzt machte, und sang 100-mal vor mich hin: *„Oh, wie sehr ich dich vermisse, und Nacht für Nacht am Ufer sitze für ein Zeichen deiner Welt, doch da ist kein Stern, der fällt …“*

***

Danach bin ich durch die Stadt gezogen. Habe mich betrunken. Ich hatte kaum mehr Geld, also musste ich überall die Zeche prellen. Ein Lokalbesitzer verpasste mir einen Faustschlag, aber ich lachte ihm ins Gesicht. Das Blut spritzte mir aus der Nase, aber ich lachte. Das machte den noch wütender, aber irgendwelche Kerle hielten ihn zurück und jagten mich davon.

Ich fand heraus, wo das Homo-In-Lokal der Stadt war. Ich ging aufs Klo, wusch mir das Gesicht, setzte mich an die Theke und bestellte ein Bier. Es war lauter und verrauchter als in Shanes Bude, alles lag in einem dichten Nebel und die Musik dröhnte ohne Erbarmen, ich nickte im Takt der Musik, und als Billy Idol „Dancing with myself“ sang, sprang ich auf und tanzte und sang lauthals mit, und da kamen die Schwuchteln auch schon aus ihren Löchern gekrochen und umarmten mich und sangen und tanzten mit mir. Die ersten paar wies ich ab, sie waren billig und sahen beschissen aus, aber dann kam ein recht hübscher Kerl. Wir quatschten ein bisschen, er schien ganz okay. Als er mich einladen wollte, sagte ich: „150 Euro und ich lutsch dir den Schwanz.“

Er glotzte mich an, drehte sich um und verschwand.

Ich konnte meine Augen kaum offen halten, so blau war ich. Ich hätte gerne etwas geraucht jetzt, ich hätte gerne ein paar Pillen eingeworfen, vielleicht sogar Rugbys Pilze, aber ich hatte ja geschworen, keine Drogen mehr zu nehmen, also versuchte ich erst gar nicht, an welche ranzukommen.

Zehn Minuten später legte jemand eine Hand auf meine Schulter. Ich sah mich nicht um. Der Jemand flüsterte in mein Ohr: „150 Euro für nen Blowjob? Bist du so unverschämt oder so gut?“

„Find’s heraus.“

„Hm“, sagte der Typ. „Model bist du keins.“

„Aber auch nicht schlecht.“

„Schlecht nicht.“

„150.“

Der Typ war älter als ich. Er sah aus wie ein Nazioffizier in einem Hollywoodspielfilm. Eine kleine Nase, stechende Augen, harte, markante Züge, ein paar tiefe Falten und eine kleine Narbe auf der Wange. Er trug nen schicken Anzug und hielt in seiner Rechten ein halbvolles Bierglas, das ich ihm abnahm und in einem Zug kippte.

„Kein Mensch auf der Welt zahlt 150 für n bisschen Blasen.“

„Ich wette, du tust es.“

„Warum bist du dir so sicher?“

Ich biss mir auf die Unterlippe, genau wie es Marion immer getan hatte, wenn sie einen auf unschuldige Verführerin machte. „Weil du heute Nacht keinen Besseren mehr kriegst. Und du Kohle ohne Ende hast.“

Der Typ sah mich an. Sein Blick war liebevoll. Der kannte mich gar nicht, aber der sah mich an, als wollte er mich morgen heiraten.

„Du bist aus Deutschland?“

„Hm.“

„Bayern?“

„München.“

„Ich bin oft in München.“

„Bestimmt nicht dort, wo ich bin.“

„Ich bin gern im P1.“

„…“

Er musterte mich lächelnd. „Für 150 nehme ich dich aber mit nach Hause.“

„Von mir aus.“

Er nickte und ging Richtung Ausgang. Ich lief ihm hinterher. „Das Bier“, sagte ich und packte ihn am Arm. „Zahl mein Bier!“

Er ging zurück zum Tresen und bezahlte mein Bier. Der Parkplatz lag in einer dunklen Gasse, er spielte lässig mit seinem Autoschlüssel. Wir stiegen in seinen Van. Er drehte das Radio auf. Wir sprachen nichts. Mir wurde schlecht, als die Karre im Zickzack den Berg hinauffuhr.

Als wir in einer Tiefgarage ausstiegen, steckte der Typ seine Hand in meine linke Hosentasche. Er grapschte nach meinem Arsch. Ich wehrte mich nicht. Ich war bloß ne Nutte. Wie Marion. Ich hatte keine Wahl. Ich stellte mir vor, ich tat es für den Menschen, den ich liebte.

„Wie alt bist du?“, fragte er.

„Wie alt bist du?“, fragte ich.

„58.“

„58?!“

Er nickte. „Ich sehe jünger aus, was?“

„58?“

„Viel Sport, kein Alk, kein Nikotin.“

„Kein Sport, viel Alk, viel Weed. Aber du wirst sterben wie ich.“

„Sicher. Aber vielleicht anders.“

Als er seine Wohnung aufsperrte, war ich mir nicht mehr sicher, ob ich das wollte, was jetzt kommen würde, aber es war zu spät. Ich hatte keinen Willen und keine Kraft mehr umzukehren. Der Typ sagte: „Falls du irgendwelchen Blödsinn vorhast – ich sag's dir gleich: Du bist in der Tiefgarage von Überwachungskameras gefilmt worden.“

„Danke für das Vertrauen.“

„Die Polizei hätte dich in wenigen Tagen ausgeforscht.“

Ich zuckte mit den Schultern. „Ich brauche Geld, das ist alles. Ich bin nicht mal ne Schwuchtel.“

„Schwuchtel?“

„Tunte?“

„Tunte?“

„Wie soll ich dich nennen?“

„Komm mir bloß nicht blöd, du“, sagte er, aber er meinte es nicht böse. „Wenn du nicht schwul bist, warum machst du das denn?“

„Ich will wissen, wie's ist.“

„N bisschen bi also?“

„Nein. Ich will wissen, wie es ist, zu ficken ohne zu lieben. Ficken und dafür bezahlt werden. Ficken, weil man anders das Geld nicht verdienen kann.“

Er öffnete seine Hose und holte seinen Schwanz heraus. „Dann leg los, Süßer. Zeig mir, ob du das Geld wert bist.“

„Wasch ihn zuerst“, sagte ich.

„Ich soll mich waschen?“, lachte er und riss sich ein wenig zu heftig die Krawatte vom Hals. „Du stinkst nach Alk und Rauch und trägst verdreckte Kleider und willst, dass ich mich wasche?“

„Wasch ihn oder ich hau wieder ab.“

„Schon gut“, sagte er. „Wollte sowieso noch duschen. Setz dich ins Wohnzimmer.“

Er verschwand hinter einer Tür, stieß sie dann aber nochmals auf. „Das mit der Überwachungskamera stimmt.“

„Dass ich nicht schwul bin auch.“

Während der Typ duschte, soff ich im Wohnzimmer seinen Cognac. Ich hatte Schiss, nüchtern zu werden. Ich wusste, das Schlimmste würde sein, wenn er mir dabei zusah. Wenn seine Augen auf mich gerichtet waren. Auf mich. Nicht auf dich. Nicht auf ihn. Nicht auf sie. Nein! Auf mich. Er würde sehen, wie ich seinen Schwanz lutschte. Er würde nen kleinen, billigen Stricher sehen.

Er kam zurück, ein Handtuch um die Hüften gebunden. Er stellte sich vor mich, ich lag auf der Couch. Er hatte einen Ständer, der am liebsten ein Loch durch den Stoff gebohrt hätte, so scharf war er auf meinen Mund. Ich war froh, dass ich keine Erektion bekam. Ich war keine Schwuchtel. Ich war nicht mal bi. Aber im Grunde war es doch scheißegal, was ich war. Ich wollte nur Marion sein. Wollte fühlen, was sie gefühlt hatte. All die Wochen. Ich wollte Marion verstehen, verdammt! Wollte genauso gedemütigt werden.

Ich löste das Handtuch, sein Scheißding klatschte mir ins Gesicht. Ich machte es, wie Marion es bei mir gemacht hatte. Ich küsste ihn erst, dann leckte ich ihn von oben bis unten, lutschte ihn, spielte mit den Eiern, und am Ende wichste ich ihn hart und schnell vor offenem Mund. Ich war bereit, das Zeug zu schlucken, denn ich war viel zu betrunken, um irgendwas zu schmecken. Das viele Bier, der Wodka und der Cognac hatten meinen Mund betäubt.

„Hey, hey", sagte er, knapp vor dem Abspritzen. „Ich möchte deinen Schwanz lutschen, bevor ich komme."

„Vergiss es."

„Ich leg noch was drauf, hörst du? Ich leg noch was drauf. Ich leg nochmals 100 drauf!"

„Nein."

„150!"

Ich zuckte mit den Schultern, ich zog mich aus, legte mich auf den Tisch, winkelte die Beine an, ich schloss die Augen, damit ich sein Gesicht nicht sehen musst, er machte den Schwanz hart und lutschte ihn, küsste meine Eier, er hechelte wie ein Hund und wichste sich, er spritzte mich voll, es war mir egal. Ich wollte nur, dass es schnell vorbeiging.

In der Nacht träumte ich, dass ich in Shanes Wohnung wäre, ich saß in seinem Sessel, übersät von Brandflecken, und Shane lag auf der Couch. Wir sahen in die Glotze, auf einmal sprang Shane auf, stellte den Ton leiser und sagte: „Fuck. Jetzt ist es aus." Mir fiel der Joint aus der Hand und ich fragte, was denn los sei, aber er meinte nur, dass wir jetzt alle sterben müssten. „Hörst du nicht die Schreie draußen? Hörst du die Menschen nicht schreien?" Ich fragte warum und wieso, ich bekam Panik, aber Shane antwortete nicht. Er war auf die Couch zurückgesunken. Da hörte ich die Schreie auch, und ich packte Shane am Arm, da löste sich der Arm von Shanes Körper und ich hielt den blutigen Stumpf in der Hand. Ich rief noch seinen Namen, aber er konnte mich nicht mehr hören. Er war schon tot.

***

Als ich am Morgen auf der Wohnzimmercouch aufwachte, hatte ich das Gefühl, die ganze Welt würde über mir einstürzen. Die Wände, die Decke, der Himmel, alles krachte auf mich. Ich wollte aufstehen, aber der Schmerz in meinem Schädel ließ mich zusammenfahren. Ich war nackt, splitternackt unter der Decke, fremdes Sperma klebte auf meiner Haut, und es war totenstill in der Wohnung. Auf dem Tisch lagen drei grüne Scheine, eine Packung Schmerztabletten und ein Zettel. *Bitte leg das Bettzeug ins Schlafzimmer, kipp das Fenster und vergiss nicht die Haustür zu schließen. Zu Fuß gehst du 20 Minuten in die Stadt, mit dem Bus (Linie J) fährst du 5 Minuten.*

Ich saß im Eurocity, der in der Mittagssonne Richtung München fuhr, und hatte das Gefühl, alle Passagiere wüssten, was ich getan hatte. Ich hatte das Gefühl, sie tuschelten über mich, lachten über mich. Verachteten mich.

„Ist hier noch frei?“

„Nein“, sagte ich, und Shane setzte sich neben mich.

„Was für n Zufall“, sagte er und öffnete ein Dosenbier. Er nahm ein paar Schlucke und reichte mir die Dose. „Du siehst so beschissen aus, als hättest du heute Nacht jede Menge Schwänze gelutscht.“

„Ich hab deiner Mutter ne Faust in die Möse gesteckt.“

„Meine Mutter ist eng wie ne Jungfrau.“

„Wieso? Hat sie dich bei der Geburt ausgeschissen?“

Shane rülpste und entschuldigte sich dafür bei einer älteren Dame zwei Reihen weiter. Wir saßen im offenen Abteil und die ganze Welt konnte unsere Unterhaltung verfolgen.

Wir lachten. Uns war schon lange nichts mehr peinlich.

„Hast du das mit deinen Brüdern geklärt? Dass David raus ist? Dass ich die Kohle auftreibe?“

„Ja, meine Brüder sind einverstanden“, sagte Shane. „Du treibst das Geld auf, das David ihnen schuldet. Plus 500 Euro Zinsen.“

„Zinsen?“

„500 Euro. Du hast einen Monat Zeit. Wie du es anstellst, ist ihnen egal. Sie sagen, es sei zu gefährlich, dich weiter als Kurier zu beschäftigen. Also – du beschaffst das Geld und die Sache ist erledigt, okay?“

„Lässt sich über die Zinsen nicht noch verhandeln?“

„Wenn dich die Bullen kassieren, oder wenn du dich umbringst, ehe der Job erledigt ist, dann wird Marion das Geld abstottern müssen. Verstanden?“

„Was ist mit den Zinsen?“

„Hast du verstanden, Babyface?“

Ich seufzte und nickte. Was hätte ich auch anderes tun sollen?

„Ich konnte sie nicht weiter runterhandeln“, sagte Shane und sah mich an. „Du siehst wie der Tod aus.“

„Ich glaube, ich kann nicht leben ohne Marion. Ich krepier, Shane.“

Shane spielte mit seinem Feuerzeug, schnippte den Deckel auf und zu. „Das mit Marion, Kai, das tut mir leid. Wenn ich das gewusst hätte ... wenn ich all das vorher gewusst hätte ...“

„Alles nur Show. Ihr Lächeln. Ihre Küsse. Es war alles nur Show.“

„Aber doch nur am Anfang!“

„Das will nicht in meinen Kopf. Dass alles gespielt war!“

„Das war’s doch nur am Anfang!“, sagte Shane und balancierte das Feuerzeug auf seiner Nase. „Ich habe ihr zwei Wochen was von den Schulden gutgeschrieben, danach hat sie alles freiwillig getan – dich getroffen, dich geküsst ...“

„Aber sie sagte doch ...“

„Glaubst du, ich liebe dich so sehr, dass ich dir wochenlang ne Nutte zahle?“

„Aber sie sagte doch ...“

„Scheißegal, was sie sagte. Sie war verknallt in dich. Sie wollte dich. Du hast’s vermasselt.“

Zu Hause überwältigte mich die Müdigkeit. Draußen dröhnte ein Presslufthammer. Der Boiler im Klo war runtergefallen, hatte die Schüssel zertrümmert und die Wohnung unter mir unter Wasser gesetzt. Der Typ im unteren Stock, ein über zwei Meter großer Basketballspieler aus Schottland, hatte die Hausverwaltung verständigt. Ich hatte nun kein Wasser und keinen Strom mehr.

Jesus hing seelenruhig an der Wand. Er schien trauriger als jemals zuvor. Er hatte seinen Kopf so tief gesenkt, dass ich ihm gar nicht mehr in die Augen schauen konnte.

„Jetzt mach keinen Aufstand“, sagte ich. „Warum bist du wütend? Ich hab dir nur versprochen, nie mehr Drogen zu nehmen. Von Alk war nie die Rede. Warum siehst du mich so an? Weil ich nen Schwanz gelutscht habe? Weil ich Shane nicht gesagt habe, dass Angela HIV-positiv ist?“

Ich nahm das Kreuz und drehte es nach allen Seiten, um ihm in die Augen schauen zu können, aber er verweigerte sich mir.

„Weißt du, was meine Lieblingsstelle in der Bibel ist? Wie du da am Kreuz hängst, rechts von dir n Verbrecher, links von dir n Verbrecher, der eine verhöhnt dich, aber der andere sagt, er soll sein Maul halten, weil du unschuldig bist, während sie beide die Strafe verdient hätten. Und dann sagst du ...“ Ich glaube, ich musste mir ne verdammte Träne aus den Augen wischen, so rührte mich das. „Du sagst: Heute noch wirst du mit mir im Paradies sein!“ Ich zog den Rotz hoch und bekam einen Hustenanfall. „Ich mein, der Kerl ist ein Verbrecher, viellleicht n richtig übler Schweinehund, aber er bereut, was er getan hat, und deshalb verzeihst du ihm, verzeihst ihm in einem einzigen Moment alles, was er in seinem Leben verbrochen hat. Er muss nicht mal ins Fegefeuer. Er muss nicht warten. Er kommt direkt in’ Himmel. Scheiße, das ist die beste Stelle im ganzen Buch.“ Ich schloss die Augen und küsste ihm die Füße. Und ich kam mir dabei nicht einmal dämlich vor.

Die Nazis über mir feierten wieder mal ne Party. *Wir sind arisch, wir sind die Herrenrasse* dröhnte es aus den Boxen ihrer Höllenanlage. Und sie grölten alle mit. Und sie stampften mit ihren schweren Schuhen auf den Boden. Ich verdunkelte das Zimmer mit einem Karton. Trotzdem blieb es hell.

Ich legte mich auf meine Matratze, die fürchterlich stank, weil sie noch feucht war. Ich legte ein paar Kleidungsstücke drauf, aber die waren genauso wenig trocken.

Ich musste Jesus nicht sagen, dass das mit Angela und HIV nur ein Witz gewesen war. Der wusste doch eh alles. Der wusste von Florian, der wusste von den Drogen, der wusste von den Haaren auf Shanes Arsch, der wusste von jeder Schweinerei, dem konnte ich nichts vormachen.

Wir sind arisch, wir sind die Herrenrasse.

9

Ich schrieb den Bullen eine E-Mail. Ich fragte, ob sie an einem Deal interessiert wären. Zwei Tage später erhielt ich eine Antwort: Ich sei seit fünf Tagen überfällig. Ich solle mich unverzüglich in der Polizeidirektion einfinden, Uhrzeit egal.

Ich wusste, ich würde die Bullen nicht nüchtern ertragen, also trank ich ein bisschen Wodka und zog mir auf dem Weg dorthin 50 Cent rein.

Any motherfucker touch me, I'll murder dem, I'll murder dem, you don't believe me wait and see, I'll murder dem, you see I told you I'd murder dem.

Und dann saß ich in einem Büro einem Typen gegenüber, der aussah wie Onkel Wilfried, nur ohne Toupet.

„Sie wollen Selbstanzeige erstatten?"

„Selbstanzeige?"

„Was wollen Sie mir denn erzählen, Herr Samweber?"

„Ich weiß nicht."

Der Bulle zog die Augenbrauen hoch.

„Okay", sagte ich und küsste das Kreuz meiner Halskette. „Ich kann Ihnen sagen, wer jede Menge Gras in ein Studentenheim nach München bringen ließ."

„Das wissen wir selbst. Das waren Sie."

„Ich war nur der Laufbursche. Ich kann Ihnen die Namen der Hintermänner nennen."

„Klingt gut", sagte er, stand auf und kippte das Fenster. „Und was versprechen Sie sich davon?"

„Was haben Sie zu bieten?"

„Einen Kaffee erst mal."

Ich trank die Brühe sofort, obwohl sie viel zu heiß war und verbrannt schmeckte, und dann legte ich los, als wäre ich in einem Beichstuhl und könnte alle Sünden ablegen. Ich erzählte von meinem Unfall, meinen Schulden, erzählte von Öcal und Ugi und dass ich für die beiden Drogen von der Schweiz über Österreich nach Deutschland geschmuggelt hatte. Shane erwähnte ich nur am Rand, nannte ihn ein kleines Rädchen, einen Mann ohne Macht und böse Absichten. Als ich dem Typen sagte, um welche Menge es sich pro Fahrt gehandelt hatte, kippte der beinahe vom Stuhl. „Wissen Sie, was Sie da behaupten?"

„Ich bin immer volles Risiko gegangen."

„Und Sie wurden kein einziges Mal kontrolliert?"

„Nur das letzte Mal."

„Wie oft sind Sie gefahren?"

„Vierzehnmal."

Er überlegte, er rechnete sich wohl aus, wie viel Gras ich nach München gebracht hatte.

„Ich will nicht in' Knast", sagte ich, ehe er die Summe beisammen hatte.

„Mit einem Fuß stehen Sie schon drin."

„Gibt's nicht so was wie ne Kronzeugenregelung?"

„Mensch, Samweber", sagte der Bulle und beugte sich nach vorne, so weit, dass ich dachte, er würde mich gleich am Kragen packen und über den Tisch ziehen. „Sie haben kiloweise Drogen ins Land gebracht. Für einen Bruchteil davon würden Sie in anderen Ländern gehenkt werden."

„Ohne mich kommen Sie niemals an die Hintermänner ran."

Der Bulle rutschte auf seinem Stuhl hin und her. Er kratzte sich an der Nase, er glotzte auf den Bildschirm des Computers auf seinem Schreibtisch. „Daran wären wir aber interessiert, Samweber. Ich will nicht leugnen, dass wir erleichtert wären, diese Akte zu schließen, wir ermitteln schon viel zu lange, binden unnötig Kräfte, die wir anderswo gebrauchen könnten."

„Ich helfe Ihnen, die Kerle zu kriegen."

Der Bulle strich sich mit der Hand über den Mund.

„Ich kann ein gutes Wort für Sie einlegen", sagte er und musterte mich. „Aber dann will ich etwas Handfestes. Kein Junkie-Bla-Bla." Er schlug mit der flachen Hand auf den Tisch. „Also. Was haben Sie zu bieten?"

„Max Schmeling."

„Max Schmeling?"

„Mein Vorgänger. Die haben den vor ein Auto geschmissen. Alle dachten, das wäre ein Unfall mit Fahrerflucht gewesen. Aber das war kein Unfall.“

„So?“, sagte der Bulle und lehnte sich zurück. Er tat so, als ginge ihm das am Arsch vorbei, aber ich merkte, dass ihn die Meldung interessierte. Der wollte nur nicht zeigen, dass meine Aussagen was wert waren. „Kein Unfall?“

Ich glotzte aus dem vergitterten Fenster, ein Lindenbaum blühte draußen, ein Vogel zwitscherte, ein Rasenmäher röhrte, ich wollte raus, raus in den Frühling, ich wollte mich mit Marion im Englischen Garten treffen, ich wollte die Zeit zurückdrehen. Alles anders machen. Alles besser machen.

„Nein, das war kein Unfall“, wiederholte ich.

„Die Aydins haben den Klausrath also vor ein Auto geschubst?“

„Klausrath?“

„Na, diesen Max Schmeling.“

„Ja“, sagte ich und zog meine Bomberjacke aus. Der Bulle staunte nicht schlecht, als er meinen frisch tätowierten Arm sah. Ich wollte dem zeigen, dass ich kein Weichei war. „Jeder verdammte Dealer in Giesing weiß, dass das die beiden waren.“

Der Bulle tippte auf seinem Computer. Er suchte etwas und fand es scheinbar auch. Er strich sich über die Glatze und kratzte sich am Ohr.

„Und wie sollen wir das den drei Aydins beweisen? Klausrath wird uns selbst bei einem optimalen Genesungsverlauf nie mehr Fragen beantworten können.“

Ich saß da und glotzte auf meine Hände.

„Senol war nicht dabei. Er hat nichts damit zu tun.“

„Sie müssen Ihren Kumpel nicht in Schutz nehmen“, sagte der Bulle. „Im Gegenteil. Sie können ihn ohne schlechtes Gewissen verpfeifen.“

„Er hat nichts damit zu tun.“

„Senol Aydin war einer der Männer, die Sie verprügelt haben.“

„Klar.“

„Damals am Wettersteinplatz, da wurden drei junge Männer kurze Zeit später auf einer Überwachungskamera an einem Geldautomaten aufgenommen. Wollen Sie das Bild sehen?"

Er drehte den Bildschirm zu mir. Da waren drei lachende Typen in Schwarz, und einer von den dreien war Shane.

Fuck.

Irgendwo in einem Raum nebenan sang Paul McCartney *Yesterday all my troubles seemed so far away*. Yesterday war so lange her. Eine ferne Zeit, ferne Welt.

„Wenn Sie wissen, wer mich vermöbelt hat – warum haben Sie die drei dann nie verhaftet?"

„Hätten wir können, wollten wir aber nicht. Dann hätte es Ärger zwischen Ihnen und Senol gegeben, aber wir wollten doch die ganze Bande bekommen, verstehen Sie?"

Ich stand auf. Mir war schwindlig. Ich setzte mich wieder. Ich spürte den Schmerz tief in meinem Rücken. Ich hatte das Gefühl, nie wieder aufstehen zu können.

Ich kramte in meiner Jackentasche. Ich zog den Handschuh hervor und warf ihn auf den Tisch.

„Fordern Sie mich zum Duell?"

„Lassen Sie ihn im Labor untersuchen."

„Und dann werde ich was finden?"

„DNA-Spuren von Schmeling."

„...?"

„Der Handschuh gehört Öcal oder Ugi, ich habe ihn gefunden, nachdem sie mich verprügelt hatten. Ich bin mir sicher, sie haben ihn auch in der Nacht getragen, als sie nach dem Unfall diesen Max an die Isar schleppten."

Der Bulle rümpfte die Nase.

„Überprüfen Sie ihn", sagte ich. „Dann haben Sie die Typen am Arsch."

Der Bulle öffnete eine Schublade, aus der er eine große Pinzette und einen durchsichtigen Nylonsack holte. Er griff mit der Pinzette nach dem Handschuh und warf ihn in die Tüte.

„Sie schauen zu viel CSI."

„Ich habe keinen Fernseher."

„Sie haben keinen Fernseher?"

„Ich höre die Kisten meiner Nachbarn, das reicht mir."

Der Bulle warf die Tüte in eine Ablage auf dem Schreibtisch.

„Was tut man denn so den ganzen Tag, wenn man arbeitslos ist? Wie verbringt man da seine Zeit? Verstehen Sie mich nicht falsch, das soll keine Provokation sein. Ich möchte es wirklich wissen. Was macht man mit der Zeit, wenn man keinen Job und kein Geld hat?"

„Auf ein Wunder hoffen. Oder verzweifeln. Je nachdem. Es gibt gute Tage und es gibt schlechte Tage. Manchmal hilft es, wenn man sich wegbeamt."

„Und irgenwann kommt man auf die Idee, Drogen zu schmuggeln."

„Ich hatte keine Wahl."

„Das sagten die Deutschen nach dem Zweiten Weltkrieg auch."

Der Typ fing an, in einem Karton zu kramen.

Ich war mir sicher, die Bullen würden auf dem Handschuh Blut finden. Ich war mir sicher, sie würden Öcal und Ugi wegen versuchten Mordes drankriegen, ich wusste es einfach, weil ich es so wollte. Ich wusste auch, dass mein Leben nun nichts mehr wert war. Ich war erledigt. Und es war mir scheißegal. Es war mir alles scheißegal.

Ich sah wieder auf den Bildschirm, sah Shane, Shane mit seinen Brüdern. War Öcal der Zwerg oder der Große? War Shane erst später zu ihnen gestoßen, als ich bereits auf dem Asphalt Blut spuckte?

Quatsch.

Er war dabei gewesen. Er hatte mich zu Boden gerungen.

Fuck, Shane.

„Wir wollen die drei Aydins. Wir wollen die Marokkaner. Wir wollen Sie."

„..."

„Wir wollen das ganze Paket."

„Ich habe Ihnen den Handschuh gegeben!"

„Und? Ich habe Ihnen einen Kaffee gegeben."

Der Bulle legte einen Laptop auf seinen Schreibtisch, den er aus dem Karton geholt hatte.

„Schöne Bilder haben Sie auf Ihrem Gerät", sagte er.

Ich schluckte. Das war mein Laptop, den der verdammte Hurensohn da vor sich hatte. So ein abgefucktes Gerät gab es kein zweites Mal.

„Sie wissen doch bestimmt, dass es verboten ist, Pornofotos von Jugendlichen zu speichern?"

„Wie kommen Sie an meinen Laptop?"

Meine Hände fingen an zu zittern. Ich hielt mit der rechten Hand meine linke fest, aber es war nicht zu übersehen, dass ich die Beherrschung verlor. Ich bekam einen Schweißausbruch.

„Diese Mädchen sind keine 18."

„Die sind alle über 18."

„Es reicht, wenn sie aussehen, als wären sie jünger als 18. Und ich versichere Ihnen, einige dieser Mädchen sehen jünger aus als 18."

„Und wer bestimmt das? Wer bestimmt, ob sie jünger aussehen?"

„Ich habe das Gesetz nicht gemacht."

„Diese Mädchen wurden nicht vergewaltigt, die haben sich nicht prostituiert, die hatten Spaß am Sex."

„Das ist egal. Die sind zu jung."

„Ich darf ne 17-Jährige bumsen. Ich darf ne 16-Jährige bumsen. Aber nackt sehen darf ich sie nicht?"

„Ins Gefängnis zu kommen wegen Kinderpornos, das ist kein Spaß."

„Das sind keine Kinderpornos!"

„Da bist du das Letzte im Knast."

„Das sind keine Kinderpornos, verdammt noch mal!"

„Das ist heutzutage dasselbe. Illegale Pornos sind das, und das klingt nach perversem Kinderficker. Drogendealer, Kinderficker, möchten Sie nicht auch noch ein Neonazi sein? Ein Islamist? Ein Linksradikaler?"

„Ich hasse dich, Bulle."

„Ich kann dich auch nicht leiden. Aber das spielt keine Rolle. Du tanzt jetzt nach unserer Pfeife, wenn du den Laptop zurückhaben willst. Ich stelle die Fragen und du wirst mir antworten."

Ich bekam keine Luft mehr in dem Raum, ich rappelte mich auf, stürmte aus dem Zimmer trotz der Schmerzen, lief den Gang entlang, wie in Trance rannte ich umher, riss Türen auf, suchte einen Ausgang, suchte die Freiheit und den Frühling, fand schließlich eine Treppe, stolperte hinunter, rempelte zwei Bullen an, landete im Keller, rannte wieder hoch, Bullen sahen mir nach, riefen mir nach, ich rannte hinaus, rannte davon, es war doch alles nur ein seltsamer Traum voller Wut und Lärm und ohne Sinn.

***

Ich stand vor dem Heim auf der anderen Straßenseite. Setzte mich auf die Bank der Bushaltestelle. Ich sah hoch zu Zimmer 113. Ich konnte niemanden erkennen. Im Fensterglas spiegelte sich die Sonne. Es war Samstagmittag, kurz nach eins. In der Stadt war der Teufel los, zu viele Menschen, zu viel Kaufwut, aber hier war es ruhig.

Marion hatte ihre Handynummer geändert, ich konnte sie nicht mehr erreichen.

Ich saß vor dem Heim und trank Wodka aus der Flasche, ich trank ihn pur und warf die halbleere Flasche auf den Sitz eines Cabriolets mit Düsseldorfer Kennzeichen.

Ich musste mich an dem Geländer festhalten, als ich die Stiegen hoch in den ersten Stock ging. Ich öffnete die Tür zum Stock und sah mich in dem mannshohen Spiegel, der dort an der Wand hing. Ich sah nen Stricher. In den wenigen Monaten war ich völlig abgestürzt.

Ich war n gottverdammter Stricher.

Ich ging den Gang entlang, streifte mit meiner linken Hand die Wand, aus der Gemeinschaftsküche hörte man nicht wie üblich Stimmen, kein übersteuertes Fernsehgerät und auch kein Geschirrklimpern.

Es war unheimlich still.

Zimmer 113.

So viel Lachen und Blödeln und Lieben steckten hinter dieser Tür.

Zimmer 113.

So viel Leben, so viel Glück. Mein Herz pochte, es hämmerte, als wollte es selber an die verdammte Tür klopfen. Da ging sie aber auch schon auf, und eine Putzfrau stand vor mir. Ich sah über ihre Schultern, sah, dass das Zimmer leer war. Da waren nur noch die beiden Betten, die beiden Schreibtische und zwei Stühle.

Wo waren all ihre Sachen? Ihre Kleider, ihr Föhn, ihre Zahnbürste, ihre Kosmetika, ihre Bücher, ihre Schuhe, ihr Laptop ... warum war der Raum leer?

„Marion ...?"

Ich drängte mich an der kleinen, dicken Putzfrau vorbei in das Zimmer. Da war nichts mehr, das an Marion erinnert hätte. Nicht einmal ein Reißnagel mit dem Fetzen eines Posters an der Wand oder ein zurückgelassenes Magazin. Kein vergessener Schlüsselanhänger auf dem Fensterbrett.

Die Putzfrau schnaufte missmutig und klimperte mit dem Schlüssel, den sie schließlich in das Türschloss steckte. Sie wartete kurz, dann sagte sie: „Zusperren jetzt!", aber ich schüttelte den Kopf. Als sie merkte, dass sie mich nicht aus dem Zimmer bekommen würde, zog sie den Schlüssel ab und verschwand.

Ich klappte das Bett hoch, aber auch der hölzerne Hohlraum darunter war leer. Ich öffnete die Schublade ihres Schreibtisches und hoffte, irgendwas von ihr zu finden. Ich war so verrückt zu denken, sie hätte eine Botschaft für mich zurückgelassen. Irgendein Zeichen.

„Wen suchst du?"

„Wo ist Marion?"

Nelly lehnte an der Wand im Gang in kurzen Hosen und einem knappen Oberteil, eine Dose Red Bull in der Hand, eine Zigarette in der anderen.

„Nelly, wo ist sie?"

„Ausgezogen."

„Ausgezogen?"

„Ich wohn jetzt auf 101. Ist weiter weg vom Lärm in der Küche."

Ich setzte mich auf Marions Bett – oder das, was ihr Bett gewesen war.

„Und Marion? Wo wohnt Marion jetzt?"
„Das werde ich dir nicht verraten."
„Nelly, bitte!"
„Niemals."
„Gib mir ihre Telefonnummer."
„Auf keinen Fall."
„Verdammt, Nelly!"
„Da musst du mir schon eine Pistole an den Kopf setzen."
„Okay ..."
„..."
„..."
„EY?!"
„..."
„Steck das Ding weg! Oh Mann! Du bist krank! Du bist sowas von krank."

Ich steckte das Eisen wieder weg. Nelly starrte mich mit großen Augen an. „Was hast du mit ihr gemacht? Was hast du mit Marion gemacht?"

„Was hat sie mit mir gemacht?"

„Sie ist ein Wrack. Sie hat sich in den Schlaf geweint, ihre Augen waren so geschwollen, dass sie nur mehr mit Sonnenbrille an der Uni rumlaufen konnte. Was hast du mit ihr gemacht, du Scheißkerl?!"

Ich stand auf und ging zum Fenster, als würde ich sie da draußen irgendwo noch sehen können, wie sie ihr Zeug in ein Auto lädt. Der Föhn wirbelte den Staub auf. Im zweiten Stock ging eine Scheibe zu Bruch. Zwei Verkehrsschilder vor der Baustelle krachten um. Vom Dach der Tennishalle gegenüber wehte es eine Plane herunter.

„Geh!", sagte sie, und sie sagte es ernst und bestimmt. „Ich weiß nicht, was geschehen ist, aber ich weiß, dass ihr keine Zukunft habt."

Ich öffnete das linke Fenster. Der Wind schlug die Zimmertür zu und ich war alleine. Der Wind heulte auf wie ein Tier im Todeskampf. Die Pappeln auf der anderen Straßenseite bogen die Spitzen, verneigten sich vor mir.

Ich dachte, dass Gott nur ein Wort sprechen müsste, und die ganze Welt ginge unter. Himmel und Hölle – nur ein Wort. Nur ein Wort, und ich war raus aus der Scheiße und glücklich mit Marion.

Nur ein Wort.

Ein verfluchtes Wort.

Und alles war vorbei oder alles war gut.

Ich stützte mich an dem Zwischenbalken des Fensters ab. Meine Augen brannten von dem Staub und der Trockenheit.

Ich spuckte hinaus. Die Spucke landete in meiner Fresse. Ich wischte sie mir nicht ab.

Nur ein Wort.
Ein einziges
verfluchtes
Wort.
Das Paradies ist immer nur ein Wort entfernt.

Und schließlich fand ich doch noch etwas. Ein Zettel steckte zusammengeknüllt zwischen Heizung und Wand. Ich nahm ihn, verließ das Heim und setzte mich an die Bushaltestelle, aber ich stieg nicht in den Bus, der kam, auch nicht in den nächsten und auch nicht in einen von denen, die dem nächsten folgten.

Ich saß stundenlang da und wartete und wurde langsam wieder nüchtern.

Ich las, was auf dem Zettel stand.

Nur zwei Zeilen eines Gedichtes von Marion. Der Rest der Tinte war zerronnen. Der Rest war nicht mehr zu entziffern.

Verloren hab ich
all mein Sehnen

Der letzte Linienbus kam kurz vor 23 Uhr. Die Türen gingen auf, ein betrunkener Mann und drei junge Frauen stiegen aus.

Drei Mädchen.

Eins davon war Marion.

Sie stolperte aus dem Bus, als sie mich sah. Ich fing sie auf, aber sie schubste mich weg.

„Nicht“, sagte sie, riss sich von mir los und lief davon. Sie drehte sich um. „NICHT!“

Ich lief ihr hinterher, sie konnte nicht über die Straße, weil zu viele Autos fuhren. Sie rannte Richtung Supermarkt. Sie wusste, dass ich nicht laufen konnte. Ich hetzte, ich hinkte ihr hinterher. „MARION!“

Sie drehte sich um und zeigte mir den Mittelfinger. Für einen Moment zögerte sie, dann lief sie weiter.

Der Schmerz machte mir nichts aus. Der Schmerz konnte mich nicht aufhalten. Ich kam ihr immer näher. Sie hatte nicht gerade das beste Schuhwerk, um einen Sprint hinzulegen.

„MARION!“

„HAU AB!“

„MARION!“

Ich hatte sie fast, da kam mir dieser Skater auf seinem Board entgegen. Ich wollte rechts an ihm vorbei, aber er hatte sich für dieselbe Richtung entschieden, ich musste vom Gehsteig springen, um nicht mit ihm zusammenzustoßen. Ich rutschte aus und knallte auf den Asphalt. Der Schmerz schoss in meinen Rücken. Er lähmte meinen ganzen Körper.

Ich blieb liegen. Der kleine Junge fuhr weiter. Die Autos rauschten vorbei. Ich musste lachen.

Fuck.

Ich versuchte, meinen Oberkörper aufzurichten. Was für ein verfluchter Schmerz.

Ich war n Krüppel.

„Mein Gott, was ist mit deinem Arm?“

Ich sah hoch, sie stand vor mir, in einem kurzen Kleid.

„Was ist mit deinem Arm?“

Ich hob ihn hoch.

„Du hast dir den ganzen Arm tätowieren lassen?“

„Himmel, Fegefeuer und Hölle.“

„Ist das echt?“

„Das geht nie mehr ab.“

„Du spinnst.“

„Ich weiß.“

„Darf ich mal angreifen?“

Ich versuchte aufzustehen, aber irgendwas hielt mich am Boden. Als wäre da ein tonnenschweres Gewicht am Ende meines Rückgrats. Ich streckte ihr meinen Arm entgegen.

„Du hast einen Knall“, sagte Marion und strich über den Arm. „Du hast einen totalen Knall.“

„Du auch, Marion.“ Sie half mir auf die Beine. Sie sah mich mit fremden Augen an. Das machte mir Angst. Dieser Blick machte mir Angst. „Du gehst für deinen Bruder aufn Strich. Das tut doch kein normales Mädchen.“

„Ich bin kein normales Mädchen.“

„Wir hätten das doch anders ...“

„Bei uns zuhause ist alles schiefgelaufen, Kai. Da war nichts normal.“

„Du hättest nur mit mir reden müssen. Wir hätten das hinbekommen. Ich hätte die Kohle besorgt, ich schwör. Ich hätte das alles geregelt.“

Ihr Haar war kürzer denn je. Sie war eine Mischung aus Bursche und Mädchen. Aber sie sah nicht wie eine Lesbe aus, die kurzen Haare waren sexy und warm. Ich wollte sie anfassen, aber sie erlaubte es nicht.

„Du hast mich mehr gedemütigt als all die Kerle“, sagte sie. „Was du auf dem Spielplatz getan hast, war schlimmer als all das andere. Ich verstehe, wenn du mich hasst, wirklich, Kai, ich verstehe das. Aber auch wenn du es nicht glaubst – selbst in der Zeit, als ich fremde Männer traf, habe ich dich geliebt. Ich habe das nur durchgestanden, weil ich dich geliebt habe. Ich habe an dich gedacht und an die Zeit danach. Wenn ich das Geld beisammen hätte. Ja, ich habe dich geliebt, auch wenn du mir nicht glaubst. Aber jetzt ist sowieso alles kaputt.“

„Kaputt?“

„Shane hat mir gesagt, ich soll mich um dich kümmern, und ich habe mich um dich gekümmert. Aber irgendwann war mir das Geld egal, Kai. Irgendwann habe ich mich in dich verliebt. Ich wollte es dir so oft sagen, das mit Shane, aber ich hatte nicht den Mut.“

„Du hast mich geliebt? Mich, die Witzfigur? Den Proll in der Bomberjacke? Hast du meine grünen Unterhosen schon vergessen, die Unterhemden mit den Mottenlöchern?“

„Du könntest rosa Unterhosen tragen und rumlaufen wie Mr. Bean und ich würde dich trotzdem sexy finden und dich trotzdem lieben. Mich haben Typen gefickt, die jeden Tag Stunden im Fitnesscenter verbrachten, aber du bist trotzdem 1000-mal so sexy. Du bist 1000-mal so schön!“

Wir gingen die Strecke zurück bis zur Bushaltestelle und überquerten dann die Straße. Wir blieben vor der Eingangstür stehen. Eine Gruppe Schüler, Gäste der Jugendherberge, saßen lärmend auf den Stufen.

Ich umarmte Marion, sie wehrte sich nicht. „Ich liebe dich immer noch, Marion. Egal, was geschehen ist. Ich liebe dich.“

„Du hast Davids Schulden bezahlt?“

Ich hielt sie, hielt sie so fest, aber ich wusste, dass es aus war. Dass es vorbei war. Irgendwas war kaputtgegangen zwischen uns. Irgendwas war zerstört, was sich nicht mehr reparieren ließ.

„Ich kann das niemals annehmen“, sagte sie.

„Du musst dich nicht mehr verkaufen.“

„So verkauf ich mich an dich.“

„Du schuldest mir nichts. Keinen Fick, keinen Kuss, alles aus und alles vorbei.“

Sie stülpte das T-Shirt am rechten Ärmel ein wenig hoch, um das Tattoo genauer zu betrachten. „Was ist dein Himmel?“

„Ein Mädchen.“

Sie lächelte. *„Natürlich!* Kai und die Liebe.“

„Ein Baum, viele Wolken.“

„Die Natur“, sagte sie.

„Und die Musik.“

„Musik?“

„Der Engel mit der Trompete.“

„Oh!“

„Das Mädchen bist du“, sagte ich.

Sie schüttelte den Kopf, sah mich an und lachte. „Oh Gott!“

„Was?!“

„Das bin wirklich ich.“

„Na klar.“

„Das kriegst du nie mehr weg!“

„Soll auch bleiben!“

„Hat’s wehgetan?“

„Keine Sekunde.“

„Glaube ich nicht.“

„Es hat nicht wehgetan, weil ich die ganze Zeit an dich gedacht habe.“

„*Weil ich die ganze Zeit an dich gedacht habe*“, sagte Marion und lachte, sie lachte zu viel, sie lachte zu laut. „Hör auf, wir sind nicht in einem Schlagerfilm aus den 50ern!“

„Ich schwör, ich habe die ganzen sechs Stunden an dich gedacht, Marion. Ich bin doch verloren ohne dich.“

Sie ging zwei Stufen hoch, ich wollte sie noch einmal halten, noch einmal küssen, aber sie wollte nicht gehalten werden. Sie war so fremd. So kalt. So anders.

Ich hatte sie verloren.

Ich würde sie nie wieder haben.

Die Schiebetür öffnete sich.

„Das, was wir erlebt haben, das kann uns keiner mehr nehmen, Kai. Das ist für die Ewigkeit.“

Es ist vorbei.

„Es gibt keine Chance mehr?“

Alles vorbei.

Marion schüttelte den Kopf und blickte mir fest in die Augen.

„Aber warum? Warum Marion? Es tut mir doch leid.“

„Ich habe Angst vor dir.“

„Du musst keine Angst haben.“

„Aber ich habe Angst.“

„Du musst doch keine Angst haben!“

Ich ging ihr einen Schritt entgegen, aber sie wehrte mich mit ausgestrecktem Arm ab.

„Keiner kann uns das nehmen“, sagte sie. „Das Schöne. Das gehört nur dir und mir. Für alle Ewigkeit. Und den Rest vergessen wir.“

Es ist vorbei.

„Lass uns den Rest vergessen, ja?"

Ich nickte und sah ihr ein letztes Mal in die Augen. Ihr Blick war voller Schmerz. Der Blick tat mir weh. Sie verschwand durch die Tür.

Es war vorbei.

Verloren.

All das Sehnen.

Vorbei.

***

Am Ende angekommen, am Ende von allen Enden. Da, wo nichts mehr ist, wo nur noch du bist. Am Ende aller Welten, aller Zeiten. Am Ende des Seins.

Es geht nicht mehr weiter.

Ich könnte mit ein paar Monaten Knast leben, ich könnte mir ein ganzes Leben ohne Auto, ohne Computer, ohne Handy vorstellen – aber niemals ohne Marion. Ein Leben im Ghetto, in meinem Dreckloch, ein Leben ohne Job und Zukunft – alles möglich. Aber nur mit Marion.

Ein Leben ohne mein Mädchen – nein.

Ich bin keine 17 mehr, ich glaube nicht mehr an die große, ewige Liebe, ich weiß, es würden nach Marion noch andere Frauen kommen. Aber keine würde ich lieben so wie sie. So liebt man nur einmal. So liebt man niemals wieder.

Marion verlässt mich zu einem Zeitpunkt, da ich es nicht überleben kann. Marion lässt mich in einem schwarzen Loch zurück, das alles verschlingt und vernichtet.

Ich nehme keine Drogen mehr, wie ich es geschworen habe. Ich trinke auch keinen Alk mehr. Ich höre nur noch Musik. Ich liege auf der Matratze und bete. Ja, verdammt! Ich bete zu dem Herrgott am Kreuz. Ich kann noch all die Sprüche, die uns Angela beigebracht hat. Ich frage mich, woher sie, die sie am Anfang kaum ein Wort Deutsch sprechen konnte, diese alten Kirchengebete kannte. Ich kann sie alle noch auswendig. Da hing so ein Bild im Schlafzimmer über dem Doppelbett –

ein riesiges Bild vom Fegefeuer. Das Bild jagte mir immer nen Schauer über den Rücken. Die unendlich vielen Menschenkörper, zusammengepfercht, mit schmerzverzerrten Gesichtern, diese zum Himmel gereckten Arme, ich glaubte immer, das Stöhnen und Schreien und Weinen der Menschen zu hören, glaubte, ihre Sünden zu kennen, jede einzelne. Angela sagte immer, mit jedem Mal, wenn wir dieses eine Gebet sprechen, wird eine dieser verlorenen Seelen in den Himmel aufgenommen.

Lieber Heiland, sei so gut, lasse doch das teure Blut in das Fegefeuer gießen, wo die armen Seelen büßen, ach, sie leiden große Pein, woll' es ihnen gnädig sein, höre das Gebet der deinen, die sich ganz mit dir vereinen, nimm die armen Seelen doch heute in den Himmel noch.

Ich leiere dieses Gebet wie in Trance. Immer und immer wieder. Angela sagte, wenn keiner mehr betet, dann sind die Menschen im Fegefeuer für immer verloren. Dann bleiben sie dort für alle Ewigkeit.

Die Darmgrippe überfällt mich in der Nacht, ich wache auf, gehe aufs Klo und übergebe mich. Ich kotze die folgenden zwei Tage und Nächte. Ich liege in meiner Bude und will gesund werden und sterben zugleich. Der Überlebenswille meines Körpers kämpft gegen die Todessehnsucht meines Herzens. Ich spreche mit mir selbst. Ich stelle mir vor, die Nazibrut über mir auszurotten, aber ich brauche meine Munition noch. Die Kugeln sind für andere bestimmt.

Mit Filzstift schreibe ich an die Wand: *Wir träumen von Barrikaden. Vom Aufstand. Wir träumen vom Krieg in den Straßen. Von Lärm und Rauch und dem Adrenalinkick, nach dem wir so süchtig sind. Kein Kreuzchen auf dem Wahlzettel kann jetzt noch die Wut ausdrücken, die wir empfinden. Ihr lasst uns ausbluten und hört unser Schreien nicht, ihr bescheißt und belügt uns, in der Hoffnung, wir wären zu dumm und unsolidarisch, um uns gemeinsam zu erheben, aber die Zeit wird kommen, da wir Schulter an Schulter in einer Front stehen, da wir aufbegehren. Oh ja, es bräuchte wieder eine RAF, es bräuchte wieder jemanden, vor dem ihr Politiker und Bonzen wirklich Angst habt, denn alles, was ihr hier und heute fürchtet, ist eure Macht und euer Geld zu verlieren.*

Verdammt noch mal, kapiert ihr nicht da oben?! Das ist nicht nur eure Welt, das ist auch unsere Welt. Und wir wollen nicht länger im Dreck leben.

Als ich die Glastür zu Rensings Büro öffne, kommt Burcak den Gang entlanggelaufen.

„Das ist kindisch", sagt sie. „Wenn ich das gewusst hätte ..."

Ich lächle, zwinkere Burcak zu und schiebe Rensings Vespa an ihr vorbei durch das Vorzimmer. Ich öffne die Tür zu Rensings Reich.

„Burcak, das ist jetzt ganz schlecht", sagt Rensing, der mit dem Rücken zu mir sitzt, ohne sich umzusehen. „Ganz schlecht", wiederholt er.

Es befinden sich zwei Männer in dem Raum: Rensing und Meyer. Ich habe gewusst, dass ich sie hier antreffen würde. Burcak hat versprochen mich anzurufen, wenn Meyer im Büro auftaucht.

Und jetzt ist er da.

Und jetzt ist er mein.

Ich setze mich auf die Lambretta, starte die Lady und drücke im Leerlauf aufs Gas. Ich bin cooler als Meat Loaf in der Rocky Horror Picture Show. Ich bin meine eigene Horrorshow.

Rensing springt auf und verschüttet den Kaffee auf seiner Hose. Da fahr ich auch schon auf ihn zu, sodass er seine weißen Schuhe nur mit einem Sprung zur Seite retten kann und ich in dem Riesenregal mit Ordnern lande, die mir nur so um die Ohren fliegen. Ich schalte die Vespa ab und schiebe sie seelenruhig zurück. Keiner wagt es, mich anzufassen.

„Herr Doktor Rensing", sage ich. „Besprechen Sie mit Herrn Meyer meinen Fall?"

„Was soll das? Was fällt Ihnen ein?"

„Geht es hier um meinen Fall, Herr Doktor? Ich möchte auf dem Laufenden gehalten werden, das ist alles."

Rensing geht zu seinem Schreibtisch, greift nach dem Telefonhörer und tippt auf die Tasten.

„Schön, dich zu sehen, Meyer“, sage ich und lächle. Meyer ist noch fetter und noch größer, als ich ihn in Erinnerung habe, und sein buschiger Oberlippenbart sieht furchterregend aus. Er trägt so was wie ne Tracht, kein Wunder, er ist Mitglied eines Giesinger Blasmusikvereins und Obmann einer Giesinger Schützenkompanie, n echter Bayer eben. „Als du dich nach der Pleite verkrümelt hast, habe ich mir dein Haus in Harlaching angesehen. Kannst du dir vorstellen, was ich für ne Wut bekam, als ich vor dem Ding stand?“

„Ja ja, der Neid ist ein Hund.“

„Neid? Ich hasse dich nicht, weil du reich bist, Meyer. Ich hasse dich, weil dein Herz arm ist. Ich bin ein Krüppel wegen dir! Ich bin pleite wegen dir! Ich habe alles verloren, alles! Und als ich da vor dem riesigen Haus stand, wurde mir endgültig klar, dass du mich beschissen hast. Dass du ein Betrüger bist, ein Gauner. Und ich bin über den Zaun in den Garten und habe gebrüllt wie am Spieß: Meyer, du Schwein!, hab ich geschrien. Meyer, du Drecksau! Meyer, du Betrüger! Ich will mein Geld, Meyer! Gib mir mein Geld, du Hurensohn! Ich wollte, dass die ganze Nachbarschaft es hört. Ich habe gebrüllt und gebrüllt, aber keiner hat die Bullen geholt. Da kam nur ein alter Mann vorbei und sagte, du wärst in Ibiza. Ich kniete da auf deinem verfluchten Dreimillimeter-Rasen und schrie mir die Seele aus dem Leib, während du am Strand gelegen bist.“

„Ich hoffe, du hast keinen Haufen auf meinen schönen Rasen gesetzt.“

„Weißt du, warum keiner aus der Straße die Bullen holte? Weil die wussten, dass ich die Wahrheit sage. Weil die sich freuten, dass endlich mal einer das Maul aufreißt. Die Nachbarn standen hinter den Vorhängen und lachten. Endlich zeigt es jemand dem Arschloch Meyer.“

„Jetzt komm mal auf den Punkt und erzähl uns, was du mit dem Auftritt hier bezwecken willst.“

„Ich habe auch dein Auto unten auf dem Parkplatz gesehen. Das ist kein Auto, das ist n Panzer. Das ist n richtiger Panzer.“

„Was geht dich das an?! Was geht dich das an, Samweber?!“

„Bei meiner Ehre, Meyer. Bei meiner Ehre hast du gesagt!“

Rensing rotiert, er hechelt in den Hörer: „Kommen Sie bitte sofort hoch! Hier rastet einer aus."

Meyer reagiert weniger hysterisch. Er nimmt den Kampf auf: „Was ist los, Samweber? Zu hoher Blutdruck?"

„Ich wollte nur mein Geld."

Er hob entschuldigend die Arme. „Du hattest Pech! Du hattest einfach nur Pech. Ich habe nichts Illegales getan."

„Ich hab mir für dich den Arsch aufgerissen. Ich hab jeden Tag Überstunden gemacht, ich hab die Mittagspause sausen lassen. Alles für dich. Damit du deinen gottverdammten Zeitplan einhältst. Damit dir kein Auftrag sausen geht. Ich habe alles befolgt. Wie n Soldat. Jeden Befehl. Ich habe alles gegeben. Ich habe wirklich alles gegeben."

Rensing stürzt sich auf mich, ich sehe es aus dem Augenwinkel und gebe wieder Gas. Die Lambretta röhrt auf.

„Schluss jetzt! Aus!", schreit Rensing und packt mich am Arm.

Ich fahre zwei Meter nach vorne und wäre beinahe gegen die Scheibe gekracht. Ich drehe mich um, ziehe das Eisen und ziele auf Meyer: „ICH HAB DEIN HAUS GESEHEN, MEYER! ICH BIN DAVOR GESTANDEN! DAS IST KEIN HAUS, DAS IST NE GOTTVERDAMMTE VILLA! DAS HAST DU MIT MEINEM SCHWEISS UND BLUT GEBAUT, DU GOTTVERDAMMTER HURENSOHN!"

Für nen Augenblick ist's totenstill. Irgendwo in einem angrenzenden Raum hört man jemanden lachen.

„Schweiß und Blut", sagt Meyer und schüttelt verächtlich den Kopf. „Da haben wir es mit einem echten Klassenkämpfer zu tun. Ich habe in schweren Zeiten weitergemacht, habe nicht zugesperrt. Während alle den Schwanz einzogen, habe ich nicht aufgegeben, habe ich die Firma am Leben erhalten. Wärst du gesund, du könntest sofort bei uns anfangen. Ich hab immer Platz für nen guten Mann."

Durch die Verglasung der Tür seh ich, dass der Sicherheitsdienst angekommen ist. Sie stürmen herein, bleiben aber stehen, als ich meine Waffe auf sie richte.

„Wir sind gleich fertig“, sage ich. „Herr Meyer hält nur noch seine Verteidigungsrede.“

„Was soll ich mich verteidigen?“, lacht Meyer, und er lacht wie einer, der weiß, dass er gleich bluten wird. „Ich habe nichts verbrochen. Gar nichts. Du bist hier der Spinner. Du bist der, der ausflippt. Jetzt beruhigen wir uns mal, dann kann man über alles reden.“

„Mickrige 4.000 Euro hätten mich und Marion gerettet. Ich wäre meine Schulden losgewesen und hätte ihr helfen können, das Geld zusammenzubekommen.“

„Von was redest du, Samweber?“

„Du hast uns getötet, Meyer.“

Meyer sieht hilflos zu Rensing, Rensing sieht zu Boden, die Security-Affen beobachten mich. Einer von ihnen telefoniert mit seinem Handy.

„Okay“, sagt Meyer. „Du kriegst dein Geld.“ Er greift in seine Jackentasche und zieht sein Portemonnaie heraus. „Du kriegst dein Geld jetzt und hier und ich zahl es aus meiner eigenen Tasche.“ Er nimmt ein Büschel Scheine und zählt sie. „Wie viel waren’s noch mal? Wie viel? 4.000? Du kriegst dein Geld und wir vergessen die Sache!“

„Fick dein Geld, Meyer. Ich will dich.“

„Ich leg noch was drauf. Siehst du? Kannst du zählen? Kannst du zählen, Samweber? Ich lege noch was drauf.“

Ich kann es nicht fassen. Mein verdammtes Leben, mein Glück, meine Freiheit war von diesem Geld abhängig – und der Typ trug die Kohle die ganze Zeit bei sich.

„Warum hast du mir das Geld nicht ausbezahlt?“

„Warum hätte ich sollen? Deine Leasingfirma ist an dem ganzen Schlamassel schuld.“

„Du hast die Leasingfirma gar nie bezahlt, Meyer.“

„Wie hätte ich denn sollen? Der Chef der Firma hat sich ja davongemacht!“

„Du warst der, der uns die Mittagspause gestrichen hat, der uns Überstunden hat machen lassen. Der, der uns Samstag- und Sonntagmorgen anrief, um uns auf die Baustelle zu holen. Du.“

„Ach, hör doch auf. Du hast keine Ahnung vom Geschäft. Da muss man eben die Ärmel hochkrempeln. Immer noch besser als arbeitslos zu sein. Ich habe nichts Illegales getan. Ich habe mich immer an die Gesetze gehalten, dreißig Jahre lang."

„Hat dir Rensing dabei geholfen?"

„Wobei geholfen?"

„Beim Recht-Biegen. Damit alles immer schön legal bleibt?"

„Ich biege gar nichts, Samweber."

Er ist auf einmal gar nicht mehr so cool, der Meyer. Der Schweiß rinnt dem Schwein über die Stirn. Es stinkt nach Furz in dem Raum. Nach Schützenhauptmannsfurz. Nach Schützenhauptmannsschweiß. Ich positioniere die Lambretta neu, mein Eisen immer auf ihn gerichtet. Er wirft das Geld auf den Tisch, ich nehme die Scheine und stecke sie ohne zu zählen in meine Jackentasche.

„Kai ...", sagt Burcak, die in der Tür steht, neben den beiden Security-Affen. „Gib mir die Waffe."

„Willst du die beiden abknallen, Burcak?"

„Bitte. Gib mir die Waffe."

„Was ist denn mit Ihnen, Doktor Rensing? Ich dachte, Sie wären auf meiner Seite? Warum haben Sie mich verraten?"

Rensing hat die Hosen voll.

„Dass dieser Prolet hier Ihr Golfspezi ist, enttäuscht mich. Ich dachte, Sie hätten Niveau. Ich habe mir Ihr ganzes Leben ausgemalt. Ihre Wohnung in Bogenhausen, Ihre Freundin, Ihre Diskussionen mit Freunden, Ihr Auto, die Musik, die Sie hören, die Bücher, die Sie lesen, die Filme, die Sie sich anschauen, die Nobelrestaurants, in denen Sie essen. Ich habe mir vorgestellt, wie Sie im Gerichtssaal Plädoyers halten. Ich habe Sie ein bisschen beneidet, Wenzel. Sie haben mich so enttäuscht."

Ich drücke aufs Gas und lächle. Ich steige ab, gehe zu Meyer, drückte ihm das Eisen in die Wampe. „Mitkommen."

Ich sehe den Hass in seinen Augen. Seine Verachtung. Und ein bisschen Angst.

Ich marschiere mit ihm zum Fenster. Ich öffne es.

„Raussteigen", sag ich.

„Du bist nicht ganz dicht."

„Du bist doch nie da oben gestanden, oder? Kein einziges Mal habe ich dich auf einem unserer Dächer gesehen."

Meyer sieht zu Rensing, dann zu den Securityleuten, aber da ist mein Eisen an seiner Stirn, da ist der Tod so nah, dass er nicht widerspricht. Er steigt hinaus.

„Du bist noch jung", sagt er. „Wirf dein Leben nicht weg."

„Umdrehen! Dreh dich um! Schau hinunter!"

„Ich bin nicht schwindelfrei."

„Wenn Sie ihn töten, Herr Samweber, kommen Sie nie wieder aus dem Gefängnis", sagt Rensing. „Ein Leben lang Gefängnis, weißt du, was das bedeutet?"

Er ist so nervös, dass er mich mal mit „Sie", mal mit „du" anspricht und sich ständig durchs Haar fährt.

„Du auch", sage ich zu Rensing. „Du auch da raus!"

„Hören Sie", sagt er. „Wir können das alles regeln, ohne dass du ... dass Sie ... Ihr Leben wegwerfen müssen."

„Können wir nicht, Wenzel. Es gibt keinen Notausstieg mehr."

„Herr Meyer hat Ihnen jetzt doch das Geld gegeben. Wir vergessen die ganze Aufregung hier und Sie gehen nach Hause."

„Ich kann nicht mehr nach Hause."

„Mensch, Burcak, sag ihm, er soll endlich zur Vernunft kommen!"

Burcak sieht mich an, ähnlich wie Tage zuvor Marion. Mit fremden Augen.

Sie weiß, niemand wird mich mehr stoppen können.

Auch Rensing steigt hinaus. Auch Rensing wagt es nicht, in die Tiefe zu blicken.

Ich schließe das Fenster, steige auf meine Vespa, das Eisen auf die beiden Schwuchteln gerichtet.

„Ihr habt Marion und mich getötet", rufe ich, als sie ihre Köpfe zu mir drehen, und hebe entschuldigend die Arme. „Und jetzt töte ich euch."

Mittlerweile sind auch die Bullen da. Ich befehle allen, das Büro zu verlassen. Allen außer Burcak.

Als die Schwuchteln draußen sind, sagt Burcak, deren verschwitztes Haar auf der Stirn klebt: „Dafür musst du ins Gefängnis."

„Ich geh nicht in' Knast. Hab ich dir das nicht schon einmal gesagt?"

Ich gebe ihr das Geld, so unauffällig wie möglich, drücke ihr die Scheine in die Hand. „Gib das Shane", sage ich. „Das schulde ich ihm."

„Du weißt nicht, was du tust", sagt Burcak.

„Sieh dir die beiden an", sage ich. „Wie lächerlich sie sind!"

„Gib auf", sagt Burcak. „Bitte gib auf!"

„Die beiden stehen da draußen so lange, wie ich auf dem Dach gestanden bin. Jede Minute stehen sie da draußen."

„Tun sie nicht, Kai. Die haben schon Scharfschützen angefordert. Die ballern dir den Schädel weg."

„Nichts anderes will ich", sage ich leise.

„Du willst die beiden gar nicht umbringen?"

„Ich bin doch kein Mörder, Burcak."

„Was soll dann das Ganze? Du schmeißt das Leben weg, für was? Damit sie sich da draußen eine Erkältung holen, während dir ein Polizist den Kopf wegschießt?"

„Ich möchte, dass sie einmal Angst haben. Dass sie einmal zittern, so wie ich gezittert habe. Dass sie einmal bis zum Hals in der Scheiße stecken. Sie sollen einmal um ihr Scheißleben fürchten, diese Hurensöhne, wissen, wie es ist, wenn man gar nichts mehr hat. Sie sollen Albträume haben, so wie ich sie hatte all die Monate."

„Und dafür willst du sterben? Für das bisschen Rache. Das ist doch ..."

„Mein Leben für nen Kuss", sage ich leise. „Erinnerst du dich? Mein Leben für nen Kuss. Ich habe ihn bekommen, ich kann mich nicht beklagen."

Sie schüttelt den Kopf.

„Es ist besser, wenn du jetzt gehst, Burcak. Du kannst hier nichts mehr tun."

„Ich lass dich nicht allein."

„Weißt du, was ich nicht verstehe? Warum du dich um mich sorgst. Am Anfang dachte ich, es wäre, weil ich Shanes Kumpel wäre, aber jetzt?“

„Ich habe schon einmal vergeblich versucht, einen Menschen zu retten. Vielleicht wollte ich was gutmachen. Ich wusste von Anfang an, dass was Schlimmes mit dir passieren würde. Wie bei meinem Bruder. Und ich konnte wieder nichts ausrichten. Ich habe wieder versagt.“

Ich will ihre Hand nehmen, aber weil die Bullen glotzen, lass ich es bleiben.

„Es tut mir leid, Burcak. Dass ich dich da mit reingezogen hab.“

Sie zuckt mit den Schultern und lächelt für nen kurzen Augenblick, als wolle sie sagen: Scheiß drauf.

„Versprich mir, dass du das Geld Shane gibst. Versprichst du mir das?“

Sie presst die Lippen aufeinander und nickt.

„Marion ist die, die dafür bezahlen muss, wenn du das Geld den Bullen und nicht Shane gibst. Nicht ich. Marion. Ich tu das nur für sie.“

Burcak verlässt den Raum, ohne noch was zu sagen. Ohne Abschiedskuss. Ohne letzten Blick.

Ich lasse die Kupplung spicken, steuere die Vespa zu den beiden Schwuchteln, steige ab und öffne das Fenster.

„Alles klar, Meyer?“

„Jetzt ist Schluss mit dem Unsinn“, sagt er und will wieder hereinkommen, aber ich halte ihm das Eisen so dicht vor den Schädel, dass er es vorzieht, draußen zu bleiben.

„Dafür wirst du bezahlen, Samweber“, sagt er. „Dafür wirst du bezahlen.“

Ich setze mich auf die Vespa, baue mir nen Joint, nen feinen, fetten, allerletzten Joint, und zünde ihn an. Ich summe ein Liedchen.

Ich habe Zeit, viel, viel Zeit.